BVT

D1728706

Theresa ist fast fünfzehn in dem Sommer, als sie die beliebteste Babysitterin in dem kleinen Städtchen auf Long
Island wird. Sie ist herzlich zu den Eltern, beliebt bei Kindern und Haustieren und hat eine besondere Begabung,
sich der kleinen und großen seelischen Kümmernisse ihrer
Schützlinge anzunehmen. Sie ist von einem Zauber umgeben, der ihr hilft, den tiefen Erschütterungen in den Familien der ihr Anvertrauten zu begegnen. Höchst empfind-
sam schreibt Alice McDermott über Kinder und deren
Verletzlichkeit, ohne anzuklagen oder zu moralisieren.

*Alice McDermott*, geboren 1944, veröffentlichte zahlreiche
Romane, auf Deutsch erschien zuletzt *Irischer Abschied*
(2001). Für diesen Roman erhielt sie in den USA den *Na-
tional Book Award*. Sie lebt mit ihrer Familie in Washing-
ton, D.C.

Alice McDermott

# *Theresas Sommer*

Roman

Aus dem Amerikanischen von
Barbara Scriba-Sethe

Berliner Taschenbuch Verlag

April 2006
BvT Berliner Taschenbuch Verlags GmbH, Berlin
Die Originalausgabe erschien 2002 unter dem Titel
*Child of My Heart*
bei Farrar, Straus & Giroux, New York
© 2002 Alice McDermott
Für die deutsche Ausgabe
© 2004 Berlin Verlag GmbH, Berlin
Bloomsbury Berlin
Umschlaggestaltung: Nina Rothfos und Patrick Gabler, Hamburg,
unter Verwendung einer Fotografie von
© Mieke Dalle/ès/PhotoAlto
Gesetzt aus der Stempel Garamond
durch Fotosatz Amann, Aichstetten
Druck und Bindung: Clausen & Bosse, Leck
Printed in Germany · ISBN 3-8333-0352-2

*Für Harriet Wasserman*

In dem Sommer betreute ich vier Hunde, drei Katzen, die Moran-Kinder, Daisy, meine achtjährige Cousine, und Flora, das Künstlerkind am Ort. Eine Zeit lang gab es auch einen Wurf von wilden Kaninchen, drei an der Zahl, die unter unserer Hintertreppe zurückgelassen worden waren. Sie waren feucht und blind, wie Würmer zusammengerollt und in eine Art graue Membran gewickelt – so winzig, dass man nicht erkennen konnte, ob der Herzschlag oder der Atem ihre Körper bewegte. Als wilde und an Freiheit gewöhnte Geschöpfe würden sie nicht überleben, hatten meine Eltern mich gewarnt, obwohl ich fast eine ganze Woche versucht hatte, sie mit einem wässrigen Gemisch aus Milch und klein geschnittenem Klee zu füttern. Aber das war Ende August.

Ende Juni kam Daisy zu uns, das mittlere Kind der einzigen Schwester meines Vaters. Sie reiste ganz allein mit der Long-Island-Bahn. Ihr Name stand auf einem abgerissenen Stück Packpapier, das mit einer Sicherheitsnadel an ihrem Kleid befestigt war. In meinem Zimmer, das sie mit mir teilen musste, öffnete ich ihren Koffer, und ein paar glatte Päckchen kamen zum Vorschein. Tenniskleidung, Caprihosen, Bermudashorts, Baby-Doll-Pyjamas und Unterwäsche, alle nagelneu und noch in Zellophanpapier verpackt. Da waren auch ein paar neue Turnschuhe, von der billigen Sorte, wie man sie auf Wühltischen findet, mit derselben Plastikschnur zusammengebunden, an der das Preisschild hing, und ein weiteres, noch billigeres Paar blassrosa Slipper, mit blauen und türkisfarbenen Schmucksteinen besetzt. Prinzessinnenschuhe. Daisy war stolz auf sie, merkte ich. Sie fragte mich sofort – sie war das schüchterne Kind strenger Eltern, und das meiste, was sie sagte, klang, als würde sie um Erlaubnis bitten –, ob sie ihre abgetragenen zweifarbigen Treter, in denen sie gekommen war, ausziehen und in die anderen schlüpfen dürfe. »Bis Sonntag ziehe ich sie nicht draußen an«, versprach sie. Ihre Haut schimmerte blassblau, fast durchscheinend wie die von Rothaarigen, sie war ein schlichtes zartes Kind mit dickem Haarschopf und großem Kopf. Mir war es ziemlich egal, was für Schuhe sie trug, und das sagte ich ihr auch. Ich war mir ziemlich sicher, dass sie sowieso als Hausschuhe gedacht waren. »Wieso bis Sonntag warten?«, sagte ich.

Während ich zwischen den Päckchen mit ihren Sachen kniete, fragte ich: »Hast du nicht irgendwelche alten Klamotten mitgebracht, Daisy Mae?« Sie antwortete, ihre Mutter habe ihr gesagt, sie könne sich alles, was sie brauche, von mir leihen. Ich war in diesem Sommer fünfzehn Jahre alt und schon so groß wie mein Vater, aber die Garderobe meines ganzen Lebens war im Dachgeschoss verstaut, deshalb wusste ich, was sie meinte. Daisy selbst hatte sechs Brüder und eine Schwester, und sogar ich mit fünfzehn wusste, dass meine Tante und mein Onkel es für reine Verschwendung hielten, wie viel Zeit und Geld meine Eltern für mich, ein Einzelkind, aufbrachten. Ich wusste, wie eben fünfzehn Jahre alte Mädchen so was wissen – manchmal intuitiv, manchmal mit der genauen und neutralen Beobachtungsgabe eines Menschen, der zweifellos auf der Welt ist, aber noch nicht an ihr teilhat –, dass Daisys Eltern gegen eine Menge Dinge etwas hatten, nicht zuletzt natürlich gegen Daisy. Für sie war Daisy nur eines in einer langen Reihe unerwünschter Kinder. Acht im Verlauf von zehn Jahren, obwohl sie offenbar nur so etwas wie zwei oder drei geplant hatten.

Den Winter davor hatte ich ein Wochenende in ihrem sauber aufgeräumten Haus in Queens Village verbracht. Ich war von East Hampton heraufgekommen, um die arme Daisy (für uns war sie immer die »arme Daisy«) mit nach Manhattan zu nehmen und mit ihr die Weihnachtsshow in Radio City anzusehen. Tante Peg, die Schwester meines Vaters, holte mich am Jamaica-Bahnhof ab und ließ sofort eine Bemerkung fallen, es sei unhöflich und unfair von mir, nicht auch Bernadette, ihre Zwölfjährige, mit eingeladen zu haben. Tante Peg war eine dünne, drahtige Frau, die wahrscheinlich sogar hübsch wäre, wenn sie nur mal eine Nacht durchschlafen würde. Unter den Sommersprossen war ihre trockene Haut blass, und ihr dickes, sprödes Haar hatte einen müden, sonnenverblichenen Schimmer von Kastanienbraun. Auch beim Autofahren hatte sie eine Art, sich ständig nach vorne zu lehnen, total angespannt, was natürlich ihren Ausdruck entschlossener Tüchtigkeit verstärkte. (Ich konnte sie mir gut vorstellen, wie sie einen Einkaufswagen durch die Great Eastern Mills in Elmont schob, Shorts und Tennisklamotten aus den überquellenden Behältern zog – eins, zwei, drei, vier, Unterwäsche, Schlafanzüge, Schuhe – und sie direkt von der Einkaufstüte in den Koffer stopfte, noch eine Haarbürste und eine Zahnbürste hineinwarf, den Koffer zuknallte, fertig.) »Bernadette wird sich morgen allein amüsieren müssen«, war ihre Art, mich auf die versäumte Einladung hinzuweisen, und dabei drückte sie sich ins Lenkrad, als steuerten wir auf einen Abgrund zu.

Ihr Haus stand am Ende einer Sackgasse: schmal, gestrichene Ziegel, mit einer langen Auffahrt und einer mit Schindeln bedeckten Garage und einem kleinen Garten dahinter, der gerade groß genug war für einen zusammenklappbaren Wäscheständer und einen lange nicht mehr benutzten Sandkasten. Oben lagen drei Schlafzimmer, und hinter einer Tür führte eine weitere Treppe zu einem ausgebauten Dachboden, der als Schlafraum für die drei ältesten Jungen diente. Über dem Ganzen hing der Geruch nach Kindern, der nach meiner Erfahrung jedem Haus anhaftete, in dem mehr als drei von ihnen lebten – eine Destillation häuslicher Ausdünstungen von Milch und feuchten Socken, vermischt mit dem Geruch nach Papier und Klebstoff und Desinfektionsmitteln von Grundschulkorridoren. Trotz der vielen Leute in dem kleinen Haus strahlten die Zimmer einen bemerkenswerten Ordnungssinn aus, vor allem in dem Schlafzimmer meiner Tante und meines Onkels, das oben direkt gegenüber der Treppe lag, ein kleiner quadratischer Raum mit einem großen Fenster, das auf die Straße hinausging. Darin standen ein großes Vierpfostenbett, eine hohe Kommode (seine) und eine niedrige mit einem Spiegel (ihre), zwei Nachttische und ein stoffbezogener Stuhl mit einer geraden Lehne. Die über Kreuz gerafften Fenstervorhänge waren aus weißer Spitze. Über dem Bett hing ein Kruzifix, ein großes Herz-Jesu-Ölgemälde auf der gegenüberliegenden Wand – das Erste, was man sah, wenn man vom Gang ins Zimmer guckte –, auf dem Fußboden prangte ein überwiegend blutroter Orientteppich. Es gab nur ein Foto im Zimmer: das Hochzeitsbild meiner Tante und meines Onkels. Mit anderen Worten, kein Hinweis auf die acht Kinder, die auf der Doppelmatratze gezeugt worden waren unter der ewig glatten Bettdecke. Eine ausreichende Erklärung, wie mir schien, für die offensichtliche Vergesslichkeit der beiden, die alle diese unerwarteten Schwangerschaften hervorgebracht hatte. Bei geschlossener Schlafzimmertür fühlten sie sich offenbar so frei, dass sie immer wieder von neuem begannen.

Onkel Jack war Bahnpolizist. Er hatte ein angenehmes Gesicht mit dunklen Augen und dünnen Lippen und tausenderlei unergründliche, aber unüberwindliche Regeln für sein Heim und seine Kinder. Keines, zum Beispiel, durfte vor dem Haus über den Rasen laufen. Oder auf der Stoßstange seines Wagens sitzen, wenn er auf der Auffahrt geparkt war. Niemand durfte von einem oberen Fenster herunterrufen, wenn jemand an der Haustür war. Niemand durfte Handball vor der Garage spielen. Barfuß im Haus herumlaufen gab es nicht. Niemand stand vom Tisch auf ohne eine genaue Antwort auf eine genaue Frage: »Darf ich mich, bitte, entschuldigen?« Kein Herumsitzen auf dem Bordstein oder Stehen unter einer Straßenlaterne. Kein Geschirr auf dem Abtropfbrett stehen lassen. Nach sechs Uhr abends keine Telefonanrufe von Freunden. Kein Spielen im Keller nach acht. Kein Schlafen auf der Couch – weder tags noch nachts, weder als Kranker noch als Gesunder –, was dazu führte, dass man mich mit Daisy und Bernadette in das kleinste der drei Schlafzimmer verfrachtete. Daisy schlief auf dem wackeligen Feldbett, weil ich der Gast war und weil Bernadette nicht den wunderbaren Tag in der Stadt haben würde, der Daisy am nächsten Morgen erwartete, weshalb sie wenigstens, so Tante Peg, gut schlafen sollte.

Ich mochte Bernadette nicht besonders – sie war unscheinbar und dicklich, aber vor allem war sie auch ungemein schlau und heimtückisch. Als hätte sie schon den Wert ihrer Intelligenz gegen das abgewogen, was das Schicksal für sie bereithielt, und wäre instinktiv zu dem Schluss gekommen, dass sie den Kürzeren zog. Obgleich ich versucht war, Mitleid mit ihr zu empfinden, erkannte ich mit selbstgefälliger Befriedigung, dass Bernadettes sämtliche Auszeichnungen, die die Wände pflasterten, ihr auch nicht meine Zuneigung einbrachten, nachdem ich meine Reisetasche auf Daisys Bett abgestellt hatte. Und auch das letzte Fünkchen Mitgefühl, das ihr verlorener Gesichtsausdruck vielleicht bei mir ausgelöst hätte, als sie mich von ihrer Tagesdecke voller Balletttänzerinnen (einer Tagesdecke, die für ein ganz anderes Kind gedacht war) aus beobachtete, wurde durch ihre Fragen zunichte, wie ich es aushalten könne, »weit weg am Ende von Long Island« zu wohnen, wenn all die interessanten Sommerleute weg seien.

Einen gemeinsamen Spaziergang lehnte sie ab. Es sei

zu kalt zum Spazierengehen, meinte sie. Außerdem gebe es nichts, was es wert gewesen wäre, hinzulaufen, nirgends in der Gegend – als ob sie allein schon jemals anderswo gewesen wäre, an einem Ort, den zu besuchen sich lohnte. Selbst da begriff ich, dass diese kühle Verachtung die letzte Zuflucht der Unscheinbaren war (Großzügigkeit und Liebenswürdigkeit – die sie sich für die Gesellschaft mit Erwachsenen aufsparte – waren die vorletzte), und ich war mehr als froh, sie ihr zu lassen. Kein Menschenverächter ist so schlimm wie ein dicklicher Menschenverächter. Daisy und ich gingen also alleine los und schlüpften durch den kleinen Spalt zwischen dem großen Sturmzaun, der das Grundstück meiner Verwandten begrenzte, und dem Drahtzaun ihrer Nachbarn hindurch auf den Weg, der sicherlich auch in Onkel Jacks Verbotsliste vorkam. Er verlief hinter einer Reihe von Sackgassen, die typisch für die Gegend waren, und wurde hier und da von noch kleineren Pfaden unterbrochen, die zwischen anderen engen Gärten und Häusern zu weiteren Straßen führten. Ziellos folgten wir diesen schmalen Durchgängen, vorbei an umzäunten Wintergärten und Lagerschuppen, an zerbeulten Abfalltonnen und einem Gewirr verlassener Fahrräder, und hinaus auf Straßen, in denen wir beide nie gewesen waren. Ich hatte natürlich schon nach einer halben Stunde jegliche Orientierung verloren, aber Daisy hielt voller Vertrauen meine Hand und staunte, woher ich oft trotzdem wusste, wo wir abzubiegen hatten.

Als wir auf einen breiten Boulevard gelangten, der von einer Reihe winterkahler Weiden gesäumt war, hörte ich, wie sie den Atem anhielt. Alle kleinen Häuser hier hatten an der Vorderseite Wintergärten, und durch irgendeine wunderbare nachbarliche Übereinkunft waren alle Fensterscheiben mit Schnee aus der Spraydose verziert. »Wir sind in Bayern«, bemerkte ich, und Daisy flüsterte: »Wirklich?«, als wäre dies eine Überraschung, die ich mir für sie ausgedacht hatte. Dann begann richtiger Schnee zu fallen, und die Art, wie Daisy zum Himmel hinaufsah, ließ einen glauben, auch dies hätte ich geplant. Zunächst blieb er auf dem Gras liegen, dann auch auf der Straße und den Gehwegen. Unsere Fußstapfen waren die ersten, die man sah. Wir gingen auf dem schmalen Streifen Erde unter den dünnen Weidenzweigen entlang, auf denen sich der Schnee sammelte, und es war nicht zu unterscheiden, ob es der gelbe Himmel war, was sich über uns verdunkelte, oder der immer dichter werdende Baldachin schneebedeckter Bäume. Wir warfen den Kopf nach hinten, öffneten den Mund, streckten die Zunge heraus und spürten die Schneeflocken in den Augen und auf unseren nackten Kehlen. Als immer mehr Kinder aus den Häusern hinter uns herauskamen und lärmten und hoffnungsvoll mit einigen Schlitten über die Gehwege ratschten, liefen wir vor ihnen weg hinauf zur Jamaica Avenue, wo die Straßenlampen schon brannten. Es war dieses merkwürdige Licht eines frühen Winters, wenn der Nachmittag sich vorzeitig in stahlblaue Nacht verwandelt. Wir gingen in einen Süßwarenladen an der Ecke; der Eingang war schon glitschig vom Schnee und voller Fußabdrücke, und sein Geruch nach Zeitungspapier und Zuckerstangen und den kalten Mänteln der Männer, die gerade aus der Untergrundbahn kamen, gab uns das Gefühl, wir hätten eine lange Reise hinter uns.

Am Tresen bestellte ich uns eine heiße Schokolade mit dem Extrageld, das ich immer in meinen Schuh steckte, wenn ich die Long-Island-Bahn nahm. Es war ein wunderbares Zeug, angerührt mit heißem Wasser, nicht mit Milch, und obendrauf einem Klacks Sahne aus einer kalten Silberkanne. Es wurde in angeschlagenen, vergilbenden Tassen und Untertassen serviert, die leicht nach Kaffee rochen – die warmen Tassenränder waren angenehm trocken und dick an unseren Lippen. Während wir tranken, gaben wir vor, französisch zu sprechen – warfen das Wort *chocolat* zwischen uns hin und her –, und hielten mit den Ellbogen auf dem Tresen die Tassen mit beiden Händen umfasst wie Europäer. (Tassen mit beiden Händen umfassen und Ellbogen auf dem Tisch waren natürlich, wie Daisy sagte, zwei weitere unter den Tabus ihres Vaters.) Nachdem ich bezahlt hatte, fragte ich den Mann an der Kasse nach dem Weg nach Hause, wobei ich so tat, als wollte ich mir nur bestätigen lassen, was ich schon wusste, obwohl ich mir gar nicht sicher war, ob Daisy es überhaupt gemerkt hätte. Neben dem Zeitungsgestell stand ein Behälter mit Lollis mit einem handgeschriebenen Hinweis »zwei für 5 Cent«. Daisys Eltern hatten sie viel zu höflich erzogen, als dass sie um einen gebeten hätte, deshalb kaufte ich beiläufig hundert, lehnte eine Papiertüte ab und stopfte sie stattdessen in unsere Taschen, Hosen- und Manteltaschen und zog dann den Saum ihres Pullovers hoch, um eine weitere Tasche zu formen und sie ebenfalls zu füllen.

Als wir zu Hause ankamen, ließen wir die Lollis auf Daisys Brüder und Bernadette hinabregnen, die auf dem Wohnzimmerboden lagen und fernsahen, was ihnen eine

Stunde vor dem Abendessen erlaubt war. Die Lollis waren in ihren Hüllen nass vom Schnee, einige davon, die wir auf dem Heimweg hatten fallen lassen, auch verdreckt. »Wo habt ihr die her?«, fragte Bernadette, und bevor Daisy antworten konnte, sagte ich: »Wir haben einen Lollibaum gefunden. Du hättest mitkommen sollen.« Die Jungen meinten: »Ja, klar«, aber Bernadette konnte es sich nicht verkneifen, uns nach Einzelheiten auszuquetschen. Ihre Augen wurden schmal, ihr dünner Mund öffnete sich skeptisch und zeigte ihre Kugelfischzähnchen.

Der Baum steht vor einem Haus auf dem Boulevard, erklärte ich. Eine Weide. Eine riesige Weide voller Lollis zum Mitnehmen. Der Baum gehört einem alten Ehepaar, dessen einziges Kind, ein kleiner Junge, am Tage seines Todes von einem Lollibaum im Vorgarten geträumt hatte, genau heute vor fünfzig Jahren. Einmal im Jahr und nur an diesem Tag, sagte ich, lassen sie seinen Traum wahr werden, indem sie ihre Weide mit Lollis voll hängen. (Und das Merkwürdige ist, fügte ich hinzu, es hat in seinem Traum auch geschneit, und jedes Jahr fängt es genau an diesem Tag an zu schneien, genau in der Minute, wenn das alte Paar den letzten Lolli an den Baum hängt.) Sie laden Kinder meilenweit aus dem Umkreis ein. Es überrascht mich, dass ihr vorher nie davon gehört habt. Das alte Paar serviert draußen auf dem Rasen heiße Schokolade, während die Kinder die Lollis vom Baum pflücken. Sie haben sogar große Männer angeheuert, die die kleineren Kinder hoch in die Zweige heben. Die einzige Vorschrift besteht darin, dass man sich so viele Lollis nimmt, wie man nach Hause tragen kann – ohne Papiertüten oder Koffer –, ja, und dass das Pflücken nur eine Stunde dauert, von der Dämmerung, bis es dunkel wird, genau auf die Sekunde, wenn der erste Stern erscheint. So wie bei der letzten Stunde ihres Sohnes auf Erden, als der Abendstern am dunkelblauen Winterhimmel das Erste war, was dem Paar auffiel, als sie, nur eine Minute nachdem der Arzt ein Leintuch über sein friedliches kleines Gesicht gezogen hatte, an das Schlafzimmerfenster traten.

Obwohl Bernadette während der ganzen Geschichte skeptisch blinzelte, saßen die Jungen mit dem Rücken zum Fernseher, als ich zu Ende erzählt hatte. »Nächstes Jahr müssen wir auch hingehen«, meinte Jack jun. leise. Aber Bernadette wandte sich an Daisy: »Stimmt das alles?« Daisy zuckte mit ihren dünnen Schultern.

An ihrer Oberlippe klebte ein Rest heißer Schokolade, und das drahtige Haar oben auf ihrem Kopf war von einer kleinen Kappe geschmolzenen Schnees feucht und dunkel. »Du hättest mitkommen sollen«, sagte sie beiläufig, um eine Lüge zu umgehen. Mein Herzenskind.

Um acht Uhr riefen meine Eltern an und sagten, ich müsse um des lieben Friedens willen Bernadette fragen, ob sie morgen mit uns kommen wolle. Das tat ich, sehr zur deutlichen Zufriedenheit meiner Tante. Bernadette hatte beim Rumlaufen natürlich nicht so eine Ausdauer wie Daisy und hielt den riesigen, flimmernden Baum im Rockefeller Center für eine schwache Ablenkung von ihren kalten Zehen. In den silbrigen Griffen und den Glaskästen der Automaten konnte sie keinen Zauber entdecken. Sie weigerte sich, einer Frau mit dick wie Kleister aufgetragenem Make-up und Pelzmantel, unzweifelhaft einer Tän-

zerin, durch die Menge zu folgen und die geheime Büh-
neneingangstür der Music Hall zu entdecken. Über den
Geschmack der heißen Maroni, die ich an einem Stand im
Park gekauft hatte, beklagte sie sich so sehr, dass Daisy
und ich nicht mehr so tun konnten, als schmeckten sie uns.
Bernadette konnte nicht glauben, dass es in der Radio
City Music Hall kein Popcorn zu kaufen gab. Sie war
nicht dazu zu bewegen, auf einen Downtown-Bus zu
springen, nur um Greenwich Village zu sehen. Auf der
ganzen Zugfahrt nach Hause jammerte sie über Bauch-
schmerzen und gab den Ereignissen des Tages dann eine
völlig neue Wendung, indem sie an jenem Abend ihre
Mutter bat, mir zu sagen, dass irgendwann im Laufe des
Nachmittags ihre »Freundin« sie besucht hätte. Ich vermute, es war eine Art Rechtfertigung für ihre Quengelei
zuvor. Vielleicht war es auch einfach nur eine Entschuldigung. Ein Flehen um Sympathie von einem Wesen, das
von sich selbst, seiner humorlosen Persönlichkeit, seiner
unerbittlichen Intelligenz und der Schwerfälligkeit seines
Gesichts und seiner Glieder – hätte Bernadette eine Wahl
gehabt, sie hätte sich nichts davon selbst gewählt – so ent-
mutigt war wie jeder andere auch.

Ich sagte meiner Tante, ich verstehe es, und bedachte
Bernadette in ihrem Schlafanzug mit einem herzlichen Lächeln, aber als ich an dem Abend Daisy zu mir ins Bett
holte oder vielmehr in ihr eigenes, schlang ich mich um
ihren kleinen Körper und versprach ihr, während ihre
Schwester schlief und blutete, einen Sommeraufenthalt
bei uns, sie ganz allein, eine Woche lang oder zwei oder
drei oder vier – so viele, wie ihr Vater erlauben würde. Nur

wir zwei, flüsterte ich. Würde sie so tapfer sein und ganz allein mit dem Zug kommen? Sie nickte in der Dunkelheit. Klar.

Meine Eltern waren nach Long Island gezogen, als ich zwei war. Sie hatten es getan, weil sie inzwischen wussten, dass ich das einzige Kind war, das sie je haben würden – sie waren schon Mitte vierzig –, und dass ich hübsch werden würde. Und zwar besonders hübsch. Eine junge Elizabeth Taylor, hieß es oft. (Später, bei den Leuten im East End, war es dann eine junge Jackie Kennedy.) Blaue Augen und dunkles Haar und volle Lippen und blasse Haut. Ein ziemlich verblüffender Kontrast zu den rothaarigen oder rotgesichtigen Verwandten, die sich über meine Wiege beugten und tuschelten, ob ich nicht der Beweis für etwaiges französisches Blut in der Familie sei. Damit fuhren sie fort, bis ich in den Dreißigern war. Aber meine Mutter behauptete, mein Aussehen sei auf die Fürbitte der heiligen Theresia vom Kinde Jesu zurückzuführen, meiner gallischen Schutzheiligen – was ihre schlichte und fromme Art war, sowohl dem Lob der Verwandtschaft entgegenzuwirken, das Eitelkeit hervorrufen konnte, als auch der Vorstellung, irgendwo in unser irisches Erbe sei ein Tropfen gottloses Blut eingeflossen.

Da sie die Kinder von Immigranten waren, sehr belesen, aber wenig gebildet, betrachteten meine Eltern meine Zukunft nur unter dem Gesichtspunkt einer späteren Heirat, und sie befürchteten, dass sich meine Entwicklungsmöglichkeiten durch die jüdisch-irisch-polnisch-italienischen Kinder verringern könnten, von denen es in der Stadt und den Vierteln wimmelte, wo sie sich eine Wohnung leisten konnten. Sie zogen weit hinaus nach Long Island, weil sie wussten, dass die reichen Leute draußen auf Long Island wohnten, wenn auch nur für die Sommermonate; mich an einen Ort zu bringen, wo mich vielleicht einige von ihnen entdecken würden, war ihre Art, mir alles zu bieten, was in ihren Kräften stand.

Es machte kaum etwas aus, dass wir in einem Haus mit zwei Schlafzimmern wohnten, das einst eine Fischerhütte gewesen war, oder dass unsere Nachbarn, die Morans, Bettfedern und Autoteile vor ihrem Haus stapelten, oder dass meine beiden Eltern jeden Tag zur Arbeit nach Riverhead fahren mussten. Ihnen lag nur an der Nähe zum Reichtum, und zu diesem Zweck ermutigten sie mich ungefähr seit meinem zehnten Lebensjahr, auf Anzeigen für Sommer-Babysitter zu antworten. Sie fuhren mich dann immer persönlich zu meinen Vorstellungsgesprächen, um die Größe des Hauses und des Schwimmbads und die Zahl der Dienstboten zu prüfen, bevor ich den Job annahm. Auf dem Weg zu diesen Gesprächen, wenn ich durch hohe Türen trat, die den Blick auf das Meer freigaben, oder um das Haus herum hinten zum Schwimmbad ging, wo die Dame des Hauses – immer schlank und schon sonnengebräunt – bei meinem Erscheinen ihre Sonnenbrille abnahm, muss ich haargenau den schönen Sommerträumen entsprochen haben, die diese hübschen jungen Mütter im März auf der Fifth Avenue gehabt hatten. Schon beim ersten Mal stellte man mich sofort ein, obwohl ich erst zehn war und Mrs Carew mit einem Teenager gerechnet hatte.

Im nächsten Sommer, nachdem mich die anderen jungen Mütter im Maidstone Club und am Main Beach gründlich unter die Lupe genommen hatten, war ich sehr gefragt. Ich war hübsch, intelligent, konnte mich ausdrücken wie eine Erwachsene, obwohl ich körperlich unterentwickelt war (ein weiteres Plus); außerdem war ich vertraut mit den altmodischen irisch-katholischen Sitten meiner Eltern (übernommen von deren Eltern, die ihr Berufsleben als Dienstboten bei genau dieser Sorte reicher Amerikaner verbracht hatten); und was am besten war: Kinder und Haustiere liebten mich.

Ich weiß nicht, woher ich diese Begabung hatte, mit kleinen Geschöpfen umzugehen. Es ist mir auch nie in den Sinn gekommen, nach einer Erklärung zu suchen. Da ich selbst noch ein Kind war, als ich damit anfing, kleine Kinder zu betreuen, sah ich sie von Anfang an als einen Teil meines Reichs, und für mich war meine Überlegenheit nur eine einfache Frage der Hierarchie – ich war die Älteste von ihnen (wenn auch nur um ein oder zwei Jahre), und als solche wurde ich natürlich verehrt und bewundert. Mehr habe ich darin wirklich nicht gesehen. Wenn sie sich an mich klammerten und mich liebkosten, wenn die verschmusten kleinen Jungen den Kopf in meinen Schoß legten und die Mädchen darum bettelten, meine Ringe zu tragen oder mir die Haare zu kämmen, nahm ich es so hin, als stehe es mir zu. Ich war Titania inmitten ihrer Feen (in dem Sommer, als ich dreizehn war, nannte ich die Kaufman-Kinder zu ihrem unendlichen Entzücken sogar Spinnweb und Bohnenblüte), und die Hunde und Katzen und Kaninchen und Wüstenspringmäuse, die mit ihrer

Zuneigung zu mir ihren jungen Besitzern in nichts nach-
standen, taten nur, was die Natur in unserem kleinen
Reich vorschrieb.

Seltsamerweise war es eher mein Umgang mit Haustieren, der mir Schwierigkeiten bei meinen Arbeitgebern
bereitete, als mein Umgang mit Kindern – während nämlich nur gelegentlich eine Mutter so tat, als sei sie beleidigt,
wenn ein Kind auf meiner Anwesenheit bestand, weil es
schlecht geträumt oder sich das Knie aufgeschürft hatte,
waren Väter echt beleidigt, wenn ihre Tierlieblinge die
Fronten wechselten. Ich erinnere mich besonders an einen
jungen schwarzen Labrador namens Joker, der mir nicht
von der Seite wich, nicht einmal, um kurz mit dem fürs
Wochenende gekommenen Herrchen an den Strand zu
laufen, selbst wenn ich ihn drängte, ihn energisch auf die
Füße stellte und ihm in sein samtiges Ohr flüsterte. Er wedelte nur langsam bei dem Klang meiner Stimme mit dem
Schwanz und ließ sich dann wieder zu meinen Füßen nieder – zur großen Erheiterung der Kinder auf der Veranda
oder der Stranddecke und zur großen Irritation seitens
des abgewiesenen Besitzers. Wurde ich dann im nächsten
Sommer nicht mehr angestellt, erfuhr ich von den Kindern, dass es der Vater gewesen war, der einige Hebel in
Bewegung gesetzt hatte, um mich nicht wieder zu be-
schäftigen.

Wenn es einen Trick, einen Kniff gegeben hat bei meinem Erfolg als Babysitter, dann wohl die Tatsache, dass
ich ebenso entzückt von den mir Anvertrauten war wie sie
von mir. Obwohl ich meine eigene Kindheit in einer, wie
mir schien, satten Zufriedenheit verbracht hatte, war ich

doch viel allein gewesen – wie das so ist bei Einzelkindern älterer arbeitender Eltern, besonders wenn sie in einem Dorf leben, das nur aus Sommer- und Wochenendhäusern besteht –, und die Zeit, die ich mit den mir anvertrauten Kindern verbrachte, war wahrscheinlich die längste Zeitspanne, die ich je mit anderen Menschen als meinen Eltern verbracht hatte. Die Folge war, dass ich mir keine Spiele und sonstige Vergnügungen für meine Kinder ausdenken musste – ich brauchte sie nur in all meine Spiele einzuschließen, die ich mir vor langer Zeit für mich selbst ausgedacht hatte.

Und dann waren da die Morans. Bis auf ein ältliches Ehepaar, das ich nur sah, wenn mich meine Mutter mit einem Glas Pflaumenmus, einem Korb voller Tomaten aus dem Garten oder dem Extra-Kugelfisch, den mein Vater gefangen hatte, zu ihrem Haus schickte, waren nur die Morans unsere ständigen Nachbarn. In meinen frühesten Erinnerungen wohnte Mr Moran allein in seinem Haus. Ich glaube, damals dachte ich, Mr Moran sei ein pensionierter Kapitän – vielleicht hatte mein Vater darüber einen Witz gemacht, den ich falsch verstanden hatte (er sagte häufig, er hätte »Schlagseite« – ein genügend seemännischer Hinweis für eine Sechsjährige) –, oder vielleicht hatte mir auch mein Onkel Tommy, der leichtlebige jüngere Bruder meiner Mutter, die Geschichte erzählt, und ich glaubte ihm (wenn ich nämlich meine Art, mit Kindern und Tieren umzugehen, von irgendjemandem geerbt hatte, dann von Tommy). Oder vielleicht war es auch nur Mr Morans Aussehen – krummbeinig und dünn wie eine Bohnenstange, mit einem ewigen Zweitagebart. Sein Haus stand im rechten Winkel hinter unserem Haus und war von einer hohen Hecke umgeben, die alles verdunkelte bis auf den Kiesweg und ein Stück von dem ungemähten Rasen. Ich kann mich nicht erinnern, dass ich damals viel von Mr. Moran gesehen hätte. Manchmal hörte ich ihn auf der anderen Seite der Hecke singen, wenn ich allein in unserem Garten spielte – mit rauer Stimme schmetterte er keltische Volkslieder, die ich für Seemannslieder hielt –, und manchmal sah ich meinen Vater mit ihm schwatzen, über den Zaun hinweg oder am Dock im Three-Mile-Hafen, wo sie beide ihre Boote liegen hatten. Gelegentlich fuhr die städtische Polizei Mr Morans Auffahrt hoch – sie brachte ihn nach einer »Sauftour« nach Hause, erklärte mein Vater –, und zweimal mussten meine Eltern selbst für ihn die Polizei rufen: einmal, als er zur Abendessenszeit an unserer Tür erschien, die Lippe aufgeplatzt und mit Blut, das ihm aus dem Mund lief; und ein anderes Mal, als sie ihn bei uns auf dem Rasen neben unserem Haus fanden, eiskalt, mit dem Gesicht im Gras und den Hosen um die Knöchel hängend. (Sie versuchten, mir die Augen zuzuhalten, aber ich erhaschte doch noch einen schnellen, erschreckenden Blick auf den Hügel eines bleichen Erwachsenenhinterns, so grau und verlassen wie eine Sanddüne im Winter.) Nicht lange danach zogen Sondra, Mr Morans Tochter, und ihre Familie in das baufällige Haus.

Das war in dem Winter, bevor ich meinen ersten Job als Babysitter bei Mrs Carew annahm. Sondra hatte wasserstoffblonde Haare, typisch für die Zeit von Marilyn Monroe und Jayne Mansfield, als diese Haarfarbe für unmittelbaren Glamour stand. An diesem ersten Tag trug sie eine schwarze Lammfelljacke, hatte ein Baby im Arm und drei weitere flachsblonde Kleinkinder, die um sie herumwuselten. Von einem Vater war nichts zu sehen. Sie kamen in einem holzgetäfelten Kombiwagen an, der während der nächsten Woche unausgepackt am Straßenrand geparkt blieb. Meine Mutter hatte ihre Ankunft vom Küchenfenster aus gesehen, und gleich ein oder zwei Stunden später, als ich aus unserer Hintertür heraustrat, hingen die drei Kleinen malerisch über dem breiten Holzbrett unserer Baumschaukel. Obgleich es Januar oder Februar gewesen sein muss und die winterliche Frische vom Ozean die Luft erfüllte, trug nur eines von ihnen, das Mädchen, eine Jacke und eine Mütze. Die beiden Jungen waren in Sweatshirts und Pyjama-Hosen. Alle drei trugen Socken an den Händen, aber keine an den Füßen. Das war deutlich zu sehen, als einer der Jungen (Petey, wie sich herausstellte) keine zehn Sekunden, nachdem ich »Hallo« zu ihm gesagt hatte, sich zu weit nach vorne beugte und kopfüber auf einer einzelnen gefrorenen Baumwurzel landete.

Kleine Blutbäche, die über einen rosafarbenen Schädel durch das Gestrüpp weißblonder Haare rieseln, werden für mich immer das Kennzeichen der Moran-Kinder bleiben.

Niemand hat mich je dafür bezahlt, dass ich auf sie aufpasste, aber von jenem Tag an musste ich nur durch die Hintertür hinausgehen, und schon hatte ich einen oder mehrere von ihnen in meiner Obhut. Da standen sie, an unseren Zaun gelehnt, alle vier, schließlich alle fünf, weil ihre wütenden Eltern sie aus dem Haus geworfen hatten, oder der eine oder andere saß kläglich in unserem Garten,

Tränenstreifen auf schmutzigen Backen oder Blut, das von irgendwoher kam – ein aufgeschrammter Ellbogen, ein aufgekratzter Mückenstich. Bald war es so, dass ich, wann immer ich einen von ihnen nach drinnen brachte, um ihm die Wunde und die schmutzigen Hände und das Gesicht zu waschen, leicht das Datum und den Ort jeder anderen Narbe benennen konnte, die ich außerdem an ihm entdeckte.

Sondras Mann kam etwa eine Woche später, eine vage Gestalt, die kam und ging, manchmal im dunklen Anzug, manchmal in Jeans, manchmal, vermute ich, in der Verkleidung eines ganz anderen Mannes. Sie stritt mit ihm und ihrem alten Vater, Flüche gingen hin und her, und sie warf mit Gegenständen und kurvte dann mit quietschenden Reifen zu jeder Tages- und Nachtzeit aus der Auffahrt heraus, während die Kinder wie Schutt nach einer Explosion überall verstreut zurückblieben, auf der Straße, auf unserem Rasen und der Hintertreppe.

Von Zeit zu Zeit kamen die Kinder mit einem neuen Tier an, manchmal einer Katze oder einem Hund, den sie gefunden hatten, ein Stück Wäscheleine um den Hals, manchmal einer Schildkröte oder einem Salamander oder einem Jungvogel. Auch diese Tiere pflegten allmählich in meine Zuständigkeit zu fallen, zumindest so lange, bis sie davonliefen oder starben oder von ihren wirklichen Besitzern eingefordert wurden. Zwei davon kamen und gingen regelmäßig: Rags, ein räudiger, aber süßer kleiner Mischling, und Garbage, eine orange gefleckte Katze.

In dem Sommer, als Daisy zu uns kam, hatte ich meine Pflichten als Babysitter auf Flora, das Künstlerkind, begrenzt, mir aber in der Nachbarschaft noch etwas mit Hunde-Spazierenführen und Katzenbetreuung dazu verdient. Flora war ziemlich pflegeleicht. Sie war zweieinhalb und meistens fügsam, und mein Auftrag war, sie jeden Morgen abzuholen und bei gutem Wetter in ihrer Karre zum Strand zu fahren, sie mittags dort zu füttern, ihr Schläfchen machen zu lassen und sie dann gegen vier oder fünf wieder nach Hause zu bringen, damit die Haushälterin sie baden und ins Bett bringen konnte. An Regentagen spielte ich mit ihr in ihrem Zimmer oder nahm sie mit zu mir nach Hause, wo ich sie wie eine empfindliche Porzellanvase im Auge behalten musste, einfach nur, damit nicht die schmutzigen Hände der Moran-Kinder ihrer habhaft wurden. Sie war winzig für ihr Alter, hatte wenig Haare und trug immer lose weiße Kleidchen wie ein Baby auf einem Gemälde. Ihre Mutter war so etwas wie eine Tänzerin oder Schauspielerin. Sie war dünn und groß und sah immer irgendwie streng aus; mit ihrer scharfen Nase, den hohen Backenknochen, einem schmalen Mund und ihrer ansonsten makellosen Haut hatte sie etwas Raues und Graues an sich, das an fachmännisch gemischten Beton erinnerte. Sie war bestimmt dreißig oder vierzig Jahre jünger als Floras Vater, der Künstler – wenn nicht mehr. Der Vater war ein unscheinbarer alter Mann, Brille, Khakihosen, krummer Rücken. Er hatte einen üppigen weißen Haarschopf, der sich über seinem Kopf zu erheben schien wie eine weiße Rauchfahne. Ich habe wohl nie herausgefunden, woher das kam, aber irgendwie hatte ich den Eindruck, dass sich seine Haare ständig bewegten, wie eine Flamme – vielleicht umfächelt von der ständigen Vibration seines künstlerischen Hirns. Meine Eltern sagten, man halte ihn für ein Genie. Er malte riesige abstrakte Bilder in einem garagengroßen Studio neben dem Haus und manchmal draußen auf dem Kiesweg. Die Bilder waren nicht besonders farbenprächtig oder interessant, aber er hatte ein paar Zeichnungen von Flora und seiner Frau gemacht, die in Floras Zimmer hingen, und diese waren gut genug, um mich davon zu überzeugen, dass er wirklich wusste, was er tat.

Als ich das erste Mal bei Flora babysittete, schenkte er mir ein Bild. Es war an einem frühen Frühlingsabend im April, bevor Daisy kam. Sie hatten mich in letzter Minute angerufen, weil ihre Haushälterin den Zug aus der Stadt verpasst und sie selber etwas in Southampton zu erledigen hätten (jedenfalls hatte meine Mutter, die den Anruf entgegengenommen hatte, es mir so geschildert). Mein Vater setzte mich vor ihrer Eingangstür ab, und die Köchin machte mir auf. Floras Vater saß in dem niedrigen langen Wohnzimmer an einem schmalen Schreibtisch und wartete zeichnend auf seine Frau; eigentlich kritzelte er mehr, zwei oder drei Kohlestriche auf Zeichenpapier, und sobald er mit einem Blatt fertig war, warf er es auf den Boden und begann ein neues. Ich stellte mich vor, und er sagte, immer noch zeichnend, die »Mädels« kämen gleich. Da saß er seitlich an dem kleinen Schreibtisch, die langen Beine übereinander geschlagen, und zeichnete, warf weg und zeichnete erneut. Während ich auf der Kante einer ziemlich modernen und unpraktischen weißen Ledercouch saß und wartete, muss er an die fünfzig Blätter verbraucht haben; soweit ich es sehen konnte, war auf jedem genau das gleiche Muster. Als Flora ins Zimmer wackelte, sah er kaum auf, nicht einmal, als sie auf einige der herumliegenden Blätter trat. Sie trug ein weißes Nachthemd, und ihr dünnes Haar stand in die Luft, genau wie bei ihrem Vater. Auf ihre eigene merkwürdige Weise war sie ein hübsches Kind. Ich zeigte ihr die Zeitschrift, die ich durchgeblättert hatte, und ohne zu zögern, lehnte sie sich gegen meine Knie. Bis ihre Mutter kam (in einem eleganten, chinesisch angehauchten Gewand, wie ich mich erinnere), saß sie schon auf meinem Schoß, und während ich meine üblichen Anweisungen erhielt, wo die Eltern sein würden und welche Lampen anbleiben sollten, wenn Flora im Bett war, bemerkte ich, dass ihr Vater weiter zeichnete und die Blätter auf den Fußboden warf. Schließlich beugte sich seine Frau, ohne ein Wort zu ihm, plötzlich zu ihrer Tochter herunter, küsste sie auf den Kopf, wandte ihre lange Nase zur Tür und ging hinaus. Einen Augenblick lang fragte ich mich, ob er mitging. Mir kam sogar der Gedanke, ob er überhaupt der Ehemann war und nicht ein Großvater auf Besuch, auf den ich auch noch aufpassen sollte. Während ich weiter mit Flora über die Bilder in der Zeitschrift redete und sie vom Verschwinden ihrer Mutter ablenkte, beobachtete ich ihn aus dem Augenwinkel. Er fertigte noch ein paar Zeichnungen an, dann stand er langsam und bedächtig auf, als wäre er allein im Zimmer, hielt inne, beugte sich, noch immer stehend, über den Schreibtisch und zeichnete das Muster noch einmal. Inzwischen waren Flora und ich mit der Zeitschrift fertig, und die Kleine fasste mich an der Hand und zog mich zu einem Korb mit Büchern neben dem Schreibtisch ihres Vaters.

Er blickte auf, sah sie und lächelte zerstreut, und dann sah er mich an. Er nahm die Brille ab. Er hatte diese zarte, fast verknitterte dünne Haut, wie man sie bei alten Männern häufig findet. Seine Fingerspitzen waren ganz schwarz von dem Kohlestift in seiner Hand. Während er den Stift zwischen Daumen und Zeigefinger rollte und mich von oben bis unten betrachtete, schenkte er mir ein Lächeln, das anders war als zuvor. Seine weißen Haare bewegten sich, als seien sie von einer leichten Brise erfasst. »Ich höre, du bist eine Babysitterin par excellence«, sagte er – nicht gerade wie ich mich ausdrücken würde, aber wie jemand, der wirklich französisch sprach. Ich erwiderte, ich hätte Kinder einfach gern. Er nickte langsam, als wäre dies eine traurige, aber vielschichtige Information, dann setzte er seine Brille wieder auf und wandte sich seiner Zeichnung zu. Er signierte sie mit dem Kohlestift und reichte sie mir über Floras Kopf hinweg. »Nimm das mit nach Hause und rahme es«, sagte er. »Es wird dir helfen, all deine eigenen Kinder durchs College zu kriegen.« Das Blatt war nicht gerade bemerkenswert – eine Schlinge, eine Linie, so was wie ein Hühnerbein –, und es sah irgendwie orientalisch aus. Das Papier jedoch war dick und wunderbar. Nachdem er gegangen war (er schlenderte zur Tür, als hätte er es überhaupt nicht eilig, obwohl ich draußen die Scheinwerfer des Autos sehen konnte, in dem seine Frau saß, und das ungeduldige Knattern des Motors hörte), schob ich es zwischen die Seiten einer Ausgabe von *Life* und legte diese auf den Tisch neben der Eingangstür, damit ich es nicht vergessen würde. Dabei dachte ich weniger daran, wie dieses Bild mir helfen würde, meine (*all* meine) Kinder durchs College zu bringen, als an die Peinlichkeit, die Floras Vater empfinden würde, wenn ich vergaß, es mit nach Hause zu nehmen. Er mochte ja gut und gern ein Genie sein, ein berühmter Künstler, ein Mann, dessen Signatur und Gekrakel einen Wert hatten, aber ich war fünfzehn Jahre alt und hübsch, und ich zweifelte nicht einen Augenblick daran, dass ich die Vorteile auf meiner Seite hatte.

Am nächsten Morgen fragte Flora gleich nach mir, sobald sie aufgewacht war, und weinte dann, als sie begriff, dass ich gar nicht mehr da war. Ihre Mutter gab nach, rief an und fragte, ob ich Flora spazieren fahren könnte, und dann noch, ob ich dasselbe jeden Tag nach der Schule machen könnte und im Sommer dann den ganzen Tag. *Wenn der Sommer kommt,* sagte sie leicht melodramatisch, denn es war wochenlang kalt und feucht und bewölkt gewesen, und sie habe sich hier draußen so früh in der Saison zu Tode gelangweilt. Hier draußen sei sie nur, damit ihr Mann arbeiten könne. Sie blickte zu dem grauen Studio, wo man am Fenster zwei einzelne Glühbirnen sehen konnte, die in die Düsternis der Einfahrt hineinstrahlten. Für mich war das ein neuer Gebrauch des Wortes »Arbeit«: Zeichnen und Malen hatte ich damit noch nie in Verbindung gebracht. Der Gedanke gefiel mir. Und ich begann, Gefallen an ihrem Haus zu finden, das lang und niedrig und voller breiter Fenster war und angenehm nach ihrem Chanel-Parfüm und seinem Pfeifenrauch roch. Schon hatte ich Flora ins Herz geschlossen.

Meine Eltern waren von der Vereinbarung nicht allzu erfreut, da es bei dieser Künstlerfamilie nicht so viele Gelegenheiten gab, mit reichen möglichen Verehrern zusammenzukommen wie beim Babysitten für Börsenmakler oder Rechtsanwälte oder Schönheitschirurgen, aber ich erinnerte sie daran, dass Daisy kommen würde, und wenn ich den Tag mit Flora verbrächte, könnte ich auch Daisy mitbringen, während sie bei all meinen anderen Babysitterjobs bis zu meiner Rückkehr sich selbst überlassen bliebe. Die arme Daisy, meinte ich, verdiente es wirklich, zur Abwechslung mal einen richtig schönen Sommer zu verbringen, und meine Mutter – deren Mitleid für Daisy ein wunderbares Ausdrucksmittel für ihre Missbilligung der Schwester meines Vaters war – rollte die Augen und wiederholte: »Arme Daisy.« Der Ablauf meines Sommers war beschlossene Sache.


»Als Allererstes«, sagte ich zu Daisy, »müssen wir deine Sachen auspacken, das heißt, wir müssen sie auswickeln.« Sie saß auf dem Fußboden neben mir mit ausgestreckten dünnen Beinen, so dass wir beide die harten rosafarbenen Schuhe bewundern konnten. Ich hatte versucht, sie davon zu überzeugen, sie ohne Socken zu tragen, schließlich war Sommer, meinte ich, aber schüchtern hatte sie darauf bestanden, dass die Socken die Schuhe bequemer machten. Ich sah, wie sie in dem Sonnenlicht meines Zimmers die Farbe wechselten und unter dem Rosa ein Hauch metallisches Blau schimmerte, und als ich Daisy darauf hinwies, meinte sie erfreut, das habe sie vorher nicht bemerkt. »Wahrscheinlich war es vorher gar nicht da«, sagte ich zu ihr. Leise fragte sie, was ich damit meinte. »Sie verändern sich«, antwortete ich schlicht. »Es sind nicht dieselben Schuhe, wie du sie im Great Eastern gekauft hast. Es sind nicht einmal dieselben Schuhe, die deine Mutter heute Morgen in den Koffer gepackt hat. Sie werden langsam etwas anderes. Was, weiß ich noch nicht. Wir müssen abwarten. Vielleicht sind sie ganz blau, wenn du wieder nach Hause fährst, oder sogar silbrig. Und vielleicht sind dann die hier«, ich beugte mich hinunter und klopfte auf einen der türkisfarbenen Steine, die auf das billige Leder geklebt waren, »echt geworden.«

Ich sortierte ihre Sachen und legte die einzelnen Garnituren aufeinander, und dann packte ich alles aus, indem ich Stecknadeln und Kartonstücke herauszog. Ich ließ Daisy jedes Stück anziehen und war entsetzt, als ich sah, dass nicht nur alles gebügelt werden musste, um die fabrikbedingten Kniffe und Falten zu entfernen, sondern um mindestens ein oder zwei Nummern zu groß war. Hier kam die ganze Logik meiner Tante Peg zum Ausdruck, die Tatsache, dass ihr Groll auf die Ungerechtigkeit des Lebens alles durchdrang, was sie tat. Sie würde ihr mittleres Kind für den Sommer nicht zu den hochnäsigen Hamptons schicken und ihm einen Koffer voll mit Bernadettes abgelegten Klamotten mitgeben. Niemals! Ich konnte hören, wie sie es zu Onkel Jack sagte, der an ihrem Küchentisch saß und seinen Lieblingsnachtisch aß, Fruchtsalat aus der Dose mit darüber gestreuten Marshmallows. Nein, Leute. Daisy würde mit neuen, noch verpackten Klamotten ankommen. Dabei sollten weder ich noch meine Eltern vergessen, dass das Leben für einen Bahnpolizisten mit acht Kindern nicht leicht war, nicht im Entferntesten so leicht wie für ein arbeitendes Ehepaar mit nur einer Tochter, und dass solche Luxusgüter wie neue Shorts zu jeder Saison, aus Regalen gewählt, nicht von Wühltischen, für diese hart arbeitende Familie einfach nicht drin waren. Die ewige Litanei von der »armen Daisy« hatte zweifellos ihre Vorzüge – zum Beispiel, ein paar Sommerwochen ein Maul weniger zu füttern und mit einem Kind weniger, das man im Auge behalten musste –, aber selbst in ihrem engstirnigen, armseligen Leben wollte Tante Peg ihr Kind mit Beweisen ihrer Würde und ihres praktischen Sinns ausstatten.

Die arme Daisy stand in ihren rosa Schuhen in meinem Zimmer und hakte zwei Daumen in die schlaffen Armlöcher ihres ärmellosen Tenniskleides wie Mr Green Jeans, der an seinen Hosenträgern zog. »Ein bisschen groß«, meinte sie und lachte über sich selbst und den Faltenrock, der ihr fast bis zu den Knien ging. Unter dem weißen Polyester-Baumwoll-Tuch des billigen Kleides konnte ich ihre knochige Brust mit den schattenhaften Mulden und rosa Brustwarzen sehen. Ihre Haut schien fast durchsichtig; selbst mit acht ging von ihr noch diese besondere Aura eines Neugeborenen aus, das zum ersten Mal ans Tageslicht kommt. »Heben wir es für Bernadette auf«, sagte ich und stand auf. »Hier entlang, Daisy Mae.«

Unser Haus war so klein, dass beide Schlafzimmer direkt ins Wohnzimmer führten, und der Platz unter der Treppe, die vom Wohnzimmer zum Dachboden führte, ließ erahnen, wie klein das Esszimmer war. Eine Fischerhütte, ganz klar; sie war, wie es hieß, gegen Ende des neunzehnten Jahrhunderts gebaut worden, mit einem Kamin aus Stein, breiten Dielenfußböden und einem Dachboden, der nach Zedernholz und Mottenkugeln und Staub roch und an sonnigen Tagen wie heute nach dem warmen Atem alten Holzes. Die Treppe, die zu ihm hinaufführte, war steil und an den Enden leicht verzogen, und als ich oben ankam und mich nach unten beugte, um Daisys Hand zu packen, spürte ich, wie sie zitterte. Als sie die letzten beiden Stufen erreichte, zog sie ihre Hand weg und krabbelte auf allen vieren auf den Dachboden, wobei die rosa Schuhe ihr nur wenig Halt gaben. Als sie merkte, dass sie wieder sicheren Boden unter sich hatte und der Treppenschacht weit genug entfernt war, drehte sie sich um und saß mit ausgebreiteten Beinen da, als sei sie gerade irgendwo heruntergefallen und nicht etwa hinaufgeklettert. »Alles in Ordnung?«, fragte ich und lachte leicht, um ihre Panik zu dämpfen. Heftig atmend nickte sie, wobei das zu große Kleid sich wie eine Toga um sie herum ausbreitete. »Mir geht es gut«, sagte sie leise.

Dieser Dachboden war mein Lieblingsplatz im Haus, obwohl ich jede Ecke in dem Haus liebte. Er war voller Balken und alter Schätze und Streifen gebrochenen Sonnenlichts, das durch Ritzen in den Wänden und das einzige winzige Fenster fiel. Die beiden alten Eisenbetten, die den Eltern meiner Mutter gehört hatten, standen unter einer Dachschräge und waren mit zwei alten Decken und zwei schlaffen Federkissen bedeckt – unsere Gästesuite, wie meine Mutter es nannte (mein Onkel Tommy war der einzige Gast, den sie je beherbergt hatte). Außerdem waren da noch ein verblichener Queen-Anne-Stuhl und einige altmodische Lampen mit Schirmen voller Troddeln.

Eine Kommode. Ein Standspiegel. Ein Schiffskoffer, den man aufklappen konnte wie einen Schrank. Der kleine Armeekoffer meines Vaters fürs Fußende des Bettes mit eingraviertem Namen und Rang und einem vergilbten Frachtzettel von der *Queen Mary*. Da waren einige aufgerollte Teppiche und etliche antike Krüge und Schalen. Schachteln mit alten Fotos, Weihnachtsschmuck, mit Zeitschriften und Büchern. Da stand mein auseinander genommenes Kinderbett. Mein schwarzer Kinderwagen, mit einem alten Leinentuch verhängt. Meine blaue Wippe, mein Schaukelpferd. Der klassische Dachboden eben, wie eine Bühne. Meine Bühne.

Unter der anderen Dachschräge war eine lange Stange angebracht, an der Stoffhängeschränke mit unseren Wintermänteln baumelten; am restlichen Teil der Stange hingen die Kleidungsstücke meines bisherigen Lebens. Meine Mutter hatte alle Kleider und Oberteile und Hosen und Shorts chronologisch geordnet, so dass hinter dem Mantel meines Vaters der Rock von meiner katholischen Schuluniform kam, den ich erst eine Woche vor Ferienbeginn abgelegt hatte, dann meine Uniformblusen und -pullover, mein Osterkleid und -mantel, meine grüne St.-Patrick's-Day-Hemdbluse, mein samtenes Weihnachtskleid, meine Herbströcke und Strickjacken, danach meine Highschool-Uniform, ein weiteres Osterkleid und so weiter. Alles war so ordentlich, dass es eine reine Freude war, und ich brauchte nur die Ärmel der Samtkleider oder die gelben, grünen, rosafarbenen oder blauen Schultern von meinen Ostermänteln abzuzählen, um genau zu wissen, wo ich gucken musste, um etwas für Daisy zu finden.

Ich zog das erste Kleid, an das ich mich erinnerte, heraus, ein weißes mit hellgelben Blumen und einer grünsamtenen Schärpe, Puffärmeln, einem niedlichen Kragen und einem weiten Rock. Daisy saß noch immer auf dem Fußboden, aber als ich es ihr hinhielt, stand sie langsam auf und ging über die warmen abgenutzten Bohlen vorsichtig auf mich zu, als wäre sie sich noch nicht sicher, ob sie ihnen trauen konnte. Vor ihr kniend, knöpfte ich das Tenniskleid auf und zog es ihr über die Schultern. »Arme hoch«, befahl ich und streifte ihr mein altes Kleid über. Ich drehte sie herum, knöpfte es hinten zu und band ihr die Schärpe um. »Wunderschön«, sagte ich und drehte sie erneut. Sie war es wirklich, mit alldem Gelb und Weiß und Grün und ihren geröteten Wangen und dem glänzenden roten Haar.

»Ich könnte es am Sonntag in der Kirche anziehen«, meinte sie etwas atemlos. Und ich antwortete: »Warum willst du bis Sonntag warten?«

Ich zeigte ihr meine Babysachen ganz am Ende der langen Stange. Die Kleidchen auf ihren Bügeln, die Schachteln auf dem Bord darunter mit den Pullovern und Schlafanzügen und sogar eine Hand voll verschlissener Tuchwindeln, alle in Seidenpapier eingewickelt und mit Zedernklötzchen beschwert. Ich hielt Daisy die Schachtel unter die Nase und forderte sie auf, einzuatmen. Ob es nicht toll sei, dass alle meine Babysachen so rochen, fragte ich. Als wenn meine Eltern mich nicht im Krankenhaus bekommen hätten, sondern in irgendeinem alten Wald. Vielleicht hatten sie mich ja auf einem Moosbett gefunden, zwischen die Wurzeln eines alten Baumes geschmiegt.

»Da kommt man schon ins Grübeln«, sagte ich geheimnisvoll, und ich liebte es, wie sie dasaß und mich mit offenem Mund und glänzenden Augen anschaute. Ich legte den Deckel auf die Schachtel und schob sie wieder auf das Bord.

»Erinnerst du dich an irgendetwas aus der Zeit, bevor du geboren wurdest, Daisy Mae?«, fragte ich.

Sie dachte einen Augenblick nach und sagte dann nein, wohl nicht.

»Du erinnerst dich nicht an Gott?«, fragte ich weiter. »Oder den Himmel? Oder die Engel? Oder an die anderen Kinder, die darauf warteten, geboren zu werden?«

Sie runzelte die Stirn. »Ich glaube nicht.«

»Du erinnerst dich nicht, wie du Kevin begegnet bist« (einem ihrer jüngeren Brüder) »oder Brian oder Patrick« (den anderen), »bevor ihr alle geboren wart?«

Sie schüttelte den Kopf.

»Du solltest versuchen, dich zu erinnern«, sagte ich zu ihr. »Du bist erst acht. Bis vor ein paar Jahren habe ich mich noch an eine Menge erinnert. Du solltest mehr darüber nachdenken und herausfinden, was dir einfällt.«

Ich erzählte ihr, dass ich mich an den Namen Robert Emmet erinnerte. Einmal, wahrscheinlich als ich etwa in Daisys Alter war, hatte ich meine Mutter gefragt, wer Robert Emmet sei, und nach langer Pause antwortete sie, das sei ein irischer Patriot gewesen, den ihr Vater besonders gern gehabt hätte. Ich bestritt das und meinte, derjenige, über den ich redete, sei ein kleiner Junge. Ein Baby, noch in eine Decke eingewickelt. Das war der Robert Emmet, den ich meinte.

Später fand ich heraus, dass meine Mutter vor mir noch ein Baby gehabt hatte, das gleich nach der Geburt gestorben und von der Schwester im Kreißsaal Robert Emmet getauft worden war, denn das war der Name, den mein Großvater vorgeschlagen hatte, als mein Vater gefragt wurde und keine Antwort wusste.

Klar, sagte ich, mein Bruder und ich waren uns begegnet und hatten irgendwann zwischen seiner und meiner Geburt Namen ausgetauscht. Einmal hatte ich auch einen Blick auf meinen Großvater erhascht, da war ich sicher, aber meine Erinnerung war hier nicht so deutlich.

Ich ging zu der alten Kommode und zog die unterste Schublade heraus. Darin waren einige Schuhschachteln aufgereiht, und in einer davon bewahrte meine Mutter die alten Rasiersachen ihres Vaters auf: eine Schale, in Seidenpapier eingewickelt, ein Rasierpinsel, ein langes dünnes Rasiermesser. Eine braune Flasche mit Bayrum, mit einem Korken verschlossen, auf dem Etikett eine fleckige und vergilbte Zeichnung von einer Palme und einem Strand. Ich nahm die Flasche und zeigte sie Daisy. Ich zog den Korken heraus. Die Flasche war leer, aber es entströmte ihr noch immer ein schwacher Hauch von dem Zeug, das darin gewesen war. Wieder forderte ich sie auf, daran zu riechen.

Sie beugte sich vor und atmete tief.

Denselben Geruch hätte ich irgendwann vor meiner Geburt gerochen, erzählte ich ihr. Vielleicht waren ja mein Großvater und ich aneinander vorbeigegangen, er auf seinem Weg hinein, ich auf meinem Weg hinaus – er war im März gestorben, ich im April geboren. Ich musste es wohl gerochen haben, als er sich im Vorbeigehen herüberbeugte, um mir über den Kopf zu streichen.

Ich stopfte den Korken wieder hinein und legte die Flasche zurück in ihre Schachtel.

»Das heißt«, sagte ich, »ich glaube mich zu erinnern.«

Ich sah Daisy an. Die Augenbrauen hochgezogen, die Mundwinkel nach unten, nickte sie, als ob sie über all dies nachdenke und es sehr einleuchtend und sehr wahrscheinlich finde. Es gefiel mir, wie sie aussah, in meinem alten Kleid, ihren rosa Schuhen und Socken, und ich nahm sie hoch und wirbelte sie ein paar Mal herum und stellte sie dann wieder hin. Als ich zurück zur Kleiderstange ging, erzählte ich ihr von Onkel Tommy, dass er hier schlafe, wann immer er zu Besuch käme, und wie er immer sagte, bevor er die Treppe hinaufstieg: »Wenn ich den Geist sehe, grüße ich ihn von dir.«

Manchmal, so sagte er, sei der alte Fischer, der dieses Haus gebaut hatte, nachts erschienen und habe einfach da am Fenster gestanden, um hinauszusehen und seine Pfeife zu rauchen. Das erste Mal hatte Onkel Tommy gefragt: »Kann ich Ihnen helfen, Sir?« Und der Mann drehte sich ein wenig um, winkte mit der Hand und antwortete: »Nein, nein. Nein, danke«, und seine Stimme war so erstickt von Gefühlen, dass Onkel Tommy nichts weiter fragte, nur den Mann beobachtete, der aus dem Fenster starrte und rauchte, bis Tommy wieder einschlief.

Einmal fragte er ihn: »Kann ich Ihnen einen Stuhl holen, Sir?« Und wieder scheuchte seine Hand ihn weg, und er sagte: »Nein, nein.« Aber am nächsten Morgen schob Onkel Tommy den Stuhl gleich zum Fenster und freute sich ungemein, als er in der nächsten Nacht aufwachte und den Mann darauf sitzen sah, die Beine bequem übereinander geschlagen. Und seltsamerweise, sagte Onkel Tommy, schlief ein kleiner Junge auf seinem Schoß.

»Wer war das?«, fragte Daisy.

Ich zuckte die Schultern.

»Wer weiß?«

Ich zog ein rot-blau kariertes Sommerkleid mit Spagettiträgern heraus. »Das ist auch hübsch«, sagte ich. Und rosa dreiviertellange Hosen, die gut zu ihren Schuhen passen würden. »Vielleicht schlafen wir mal 'ne Nacht hier«, sagte ich. »Du und ich.«

Sie zögerte einen Augenblick und antwortete dann: »Okay.« Dabei ließ sie keinen Moment lang das Kleid aus den Augen, das ich ihr anhielt.

»Möglicherweise wird der einzige Geist, den wir sehen werden, ich sein, wie ich in deinem Alter war«, meinte ich. »Nur um zu sehen, wer meine alten Kleider trägt.«

Bevor wir wieder nach unten gingen, riet ich ihr, die Schuhe auszuziehen, wenn sie sich so auf der Treppe sicherer fühlte.

Sie schüttelte den Kopf. »Es geht schon«, meinte sie.

Ich ging vor ihr mit den Bügeln voller Kleider über dem Arm und drehte mich nach jedem Schritt um, um zu sehen, ob sie zurechtkam. Es gab kein Geländer, aber sie hielt die Hände flach gegen die Wand und stieg so langsam und mit solch banger Vorsicht hinab, dass man hätte meinen können, sie tastete sich auf einem wackligen Baugerüst entlang.

»Hast du Höhenangst, Daisy Mae?«, fragte ich sie, als wir schon halb unten waren.

Sie schüttelte den Kopf, ohne auch nur einen Moment lang den Blick von der Treppe oder dem Saum meines alten Kleides oder den rosa Schuhen zu heben, deren Holzabsätze und glatte beigefarbene Sohlen laut gegen jede Stufe knallten. »Ich habe nur Angst zu fallen«, meinte sie.

Jeden Morgen erwachte ich vom Klang der Stimmen meiner Eltern, die durch die Wand hinter meinem Bett zu hören waren. Sie schliefen in getrennten Betten mit gesteppten Lederkopfteilen, zwischen sich einen Nachttisch, und in jenen ersten Augenblicken des Tages waren ihre Stimmen gedämpft. Sie schienen zu plaudern. Einmal stellte ich mir vor, dass sie sich einfach gegenseitig ihre Träume erzählten, und in derselben nüchternen Art erzählten sie sich wohl auch die Einzelheiten eines gewöhnlichen, nicht weiter bemerkenswerten Gangs zum Markt. Irgendwie habe ich es nie verstanden: warum sie zwar nicht im selben Bett schliefen, aber jeden Morgen miteinander zu reden begannen, als hätten sie verwandte Seelen. Die Tapete in ihrem Schlafzimmer und in meinem war voller gelber Rosen, faustgroßer gelber Rosen, die manchmal, während ich sie anstarrte und den Stimmen meiner Eltern lauschte und zu verstehen versuchte, was sie sagten, zu den faustgroßen gelben Gesichtern von faltigen Babys wurden und zu grinsenden Wasserspeiern und erschrockenen Schutzengeln oder zu Chorknaben in Kriegsbemalung mit offenen ovalen Mündern.

Meine Eltern standen um fünf Uhr auf, badeten und frühstückten, und gewöhnlich waren sie schon um sechs aus dem Haus. Während des Schuljahres setzten sie mich zwanzig Meilen westlich von uns bei den Nonnen in meiner Privatschule ab – im Wesentlichen ein Internat für die Töchter reicher Asiaten und Südamerikaner, mit nur einer Hand voll Tagesschülern, die man zusätzlich aufnahm, um die Einheimischen bei Laune zu halten. Im Sommer aber gehörte das Haus mir. So war es fast immer gewesen, solange ich mich erinnern konnte, obgleich es eine Zeit gegeben haben musste, als ich noch nicht in die Schule ging und die alte Mrs Tuohey in diese Morgenroutine hineingerührt wurde, bevor meine Eltern zur Arbeit aufbrachen, hineingerührt wie der hastige halbe Teelöffel Zucker, den meine Mutter immer in den schwarzen Tee gab, den sie für sich und meinen Vater machte. Doch selbst in diesen frühen Jahren war Mrs Tuohey kaum mehr als eine Geste, eine schwache Erinnerung, die schnell verwässert wurde von der ungeheuren Einsamkeit des kleinen Hauses und meiner Liebe zu ihm. Gewöhnlich verbrachte die arme Frau, eine blasse und gebrechliche kleine Witwe, die im Dorf lebte, den Tag auf dem ersten Stuhl, auf den sie sich gesetzt hatte, wenn mein Vater sie ins Haus führte, als sei sie selbst nicht mehr als ein Geist.

Ich liebte dieses Haus, wie ich schon sagte, und ich liebte es besonders an jenen Sommermorgen, wenn die Sonne hell in die Küche und die Schlafzimmer schien, während das Wohnzimmer kühl und feucht blieb und ein wenig nach dem alten Steinkamin roch, wie eine erst kürzlich bewohnte Höhle. Ich ging barfuß hindurch in die Küche, wo meine Eltern ihre Eier mit Schinken aßen und immer noch dieselbe dahinplätschernde Unterhaltung führten wie seit dem Moment, als sie an diesem Morgen zum ersten Mal die Augen geöffnet hatten. Wenn sie mich sahen, zog mein Vater den dritten Stuhl unter dem Tisch hervor, und meine Mutter stand auf und holte einen Extrateller, als wäre ich ein unerwarteter Gast. Sie goss mir von dem Tee ein, den sie für sie beide gemacht hatte, und streute etwas Zucker hinein, während ich mir ein Stück Toast oder Schinken von dem Teller nahm, der zwischen ihnen stand. Dann setzten sie ihr Gespräch fort, nur ab und zu richteten sie das Wort an mich wie einen verstohlenen Blick. Sie sprachen leise, als schliefe ich noch, und ihre Augen, so schien es mir, waren immer etwas abgewandt.

Ich glaube, meine Eltern waren inzwischen mir gegenüber wachsam geworden. Wachsam nicht nur wegen meiner körperlichen Veränderungen, der langen bloßen Beine, die ich unter das Kinn zog, während ich meinen Toast zu merkwürdigen Formen zerbiss, oder wegen der breiteren Schultern unter meinem T-Shirt, der knospenden Brüste, der Art, wie meine augenfällige kindliche Schönheit schnell zu etwas Dünnerem und Schärferem und sicherlich auch Komplizierterem wurde, sondern auch wachsam, weil sie sich der Erfüllung ihres Traums für mich näher sahen – meiner Aufnahme in jene Welt, auf deren Schwelle mich zu platzieren sie sich solche Mühe gegeben hatten. Dabei war es wohl eine der Ironien ihres Ehrgeizes für mich, dank ihrer eigenen Erziehung und ihres Selbstverständnisses, dass sie mich so lange nicht ganz als einen Teil der glamourösen Welt reicher Leute und vermeintlicher Genies betrachten würden, solange ich nicht irgendwann begriff, dass sie selbst nicht dazugehörten.

Der beste Nachweis für sie, dass ich wirklich Teil einer besseren Gesellschaftsschicht war, würde meine Verachtung für ihre eigene sein.

Sie waren liebe Leute, meine beiden Eltern, aber die Lebhaftigkeit ihres Traums von meinem Aufstieg, ihr absolutes Vertrauen in die Unvermeidlichkeit meines Erfolges führten dazu, dass sie genau das verurteilten, was daraus entstand, selbst in dem Sommer, als ich erst fünfzehn war und keiner anderen Gesellschaftsschicht angehörte als meiner eigenen. Indem sie sich von mir abwandten, um meinem eigenen Rückzug vor ihnen zuvorzukommen, ließen sie mich in jenem Sommer mehr allein, als ich es vielleicht je gewesen war.

Als sie zur Arbeit gefahren waren, nahm ich mir einen Pfirsich von der Anrichte und ging durch das Wohnzimmer zurück. Unsere vordere Veranda war klein und quadratisch; die Fußbodenplanken waren mit einem glänzenden Grau gestrichen, und die Zierleiste und das Geländer schimmerten zu dieser Morgenstunde weiß und feucht vom Tau. Mit der Zeitung und meinem Sommerlesebuch setzte ich mich auf die Stufen. Auf jeder Seite der Veranda standen Fliederbüsche, den Lattenzaun schmückten die Dahlien meines Vaters. Jenseits der schmalen Asphaltstraße sah man nur eine hohe Hecke, die sich wie ein großer grüner Vorhang die ganze Straße entlangzog. Eigentlich sollte sie vor allem das Sommerhaus dahinter verbergen, doch zugleich ließ sie unser Haus als den einzigen Ort erscheinen, der bewohnt war. Vielleicht auch als den einzigen Ort (und uns als die einzige Familie), der mutig genug war, für jeden beliebigen Passanten deutlich sichtbar zu sein. Ich las die Zeitung, aß den Pfirsich und warf dann den Kern ins Gras. Ich stieg die drei Stufen zu dem Fliederbusch hinunter, schüttelte die Zweige und fing den Tau in meiner Hand auf, rieb mir den klebrigen Saft von den Händen. Dann hob ich mein Gesicht, schloss die Augen und schüttelte erneut die Zweige, um den Pfirsichsaft von meinen Lippen zu bekommen. Der Tau war kalt trotz der Sonnenstrahlen, die bereits auf die Blätter schienen, und ich schob meine Haare hoch und beugte mich unter die Zweige, um den Tau hinten im Nacken zu spüren. Langsam lief ein Tautropfen in mein Hemd und meinen Rücken hinunter. Während ich mich aufrichtete, verfing sich ein Zweig in meinen Haaren, und als ich danach griff, spürte ich, wie er sich in meinen Schädel bohrte, ein knochiger Finger, der über meinen Hinterkopf strich. Hin und her bewegte ich mich, die Haare verhedderten sich noch mehr, doch ich genoss es, welche Gewalt der Zweig über mich hatte, genoss den sanften Druck und das Kratzen. Ich ließ meinen Kopf zurückfallen, presste die Schultern in die grünen Blätter, machte einen Buckel wie eine Katze und spürte die Feuchtigkeit meines T-Shirts, die Tautropfen, die mir über die Arme perlten. Dann bekam ich den Zweig zu fassen, befreite mich sanft davon und trat einen Schritt zurück. Die Worte, nach denen ich suchte, standen in dem Taschenbuch auf der Treppe: Schick mir große Liebe von irgendwo her, sonst sterbe ich.

Ich schüttelte den Saum meines T-Shirts, hob ihn und wrang ihn aus, nicht weil er nass war, sondern weil ich die milde Sonne auf meinen Rippen spüren wollte. Wenn ich den Mut gehabt hätte, hätte ich es ganz ausgezogen. Ich schüttelte meine Haare und drehte sie hinten im Nacken zusammen. Schließlich wischte ich den Tau von meinen Armen und ging durch das Gras und die Sonne zur Rückseite des Hauses, wo unter beiden Schlafzimmerfenstern eine Hecke wuchs. Ich trat hinter sie, die nackten Füße in die weiche, feuchte Erde gedrückt, und lehnte mich an meinem eigenen Fenster aufs Fensterbrett. Ich drückte meinen Mund gegen das Fliegengitter, dort, wo das Fenster hochgezogen war, atmete seinen metallischen Geruch und sagte: »Margaret Mary Daisy Mae, wann stehst du endlich auf?«

Durch das schattige Geflecht konnte ich sehen, wie sie sich in meinem Bett bewegte, hochfuhr und sich erschrocken umblickte. Ich drückte meine Lippen an das Fliegenfenster. Noch immer spürte ich den Pfirsichgeschmack hinten auf meiner Zunge. »Es gibt 'ne Menge zu tun«, sagte ich ihr, und sie rieb sich die Augen und antwortete, noch immer verschlafen: »Ich bin wach.«

Ich schlüpfte hinter der Hecke hervor und trat durch die Hintertür. In der Speisekammer lagen ein paar englische Muffins. Einen davon toastete ich und bestrich ihn mit Butter und dem Pflaumengelee meiner Mutter. Ich goss ein Glas Saft ein und wollte beides gerade zu Daisy bringen, als sie in dem Blumenkleid und ihren weißen Socken und den rosa Schuhen aus meinem Zimmer auftauchte. Ihre Haare waren ein einziges Durcheinander und ihre Haut so blass, als bestünde sie aus dem Gazestoff der Sommergardinen meiner Mutter. Ich stellte das Glas und den Teller auf den Tisch im Esszimmer. »Alles klar, Daisy Mae?« Sie nickte und setzte sich gehorsam nieder.

»Nur verschlafen«, erwiderte sie. Ich sah ihr beim Essen zu. Sie aß sittsam; die eine Hand und die Serviette auf dem Schoß, nahm sie Bissen für Bissen und kaute mit geschlossenem Mund. Nach jedem Schluck Orangensaft berührte sie ihre Lippen mit der Serviette. Alles Feinheiten, die Onkel Jack von seinen Kindern verlangte, wenn er an seinem Resopaltisch in der überfüllten Küche des überfüllten Hauses in dem Queens-Village-Haus saß, wo ich ihn beim Frühstück hatte präsidieren gesehen, die Pistole der Verkehrsgesellschaft im Halfter, das noch von der vergangenen Nacht um seine Hüften hing. Ich nahm die zweite Hälfte des englischen Muffins, klappte sie zusammen und fragte: »Machst du das nie?«

Daisy schüttelte den Kopf. Ihre Augen waren müde. Ich deutete auf die Falte im Brot. »Beiß hier hinein«, sagte ich, was sie tat, und dann zeigte ich ihr das perfekte Loch, das in der Mitte entstanden war. Ich forderte sie auf, den Zeigefinger zu heben, und streifte den Muffin darüber wie einen übergroßen Ring. »Jetzt kannst du ihn mitnehmen und den ganzen Tag daran knabbern«, schlug ich vor.

Ich nahm ihren Teller und ihr Glas und stellte beides auf die Küchenanrichte, während wir zur Hintertür hinausliefen. Zuerst müsste ich den Hund der Kaufmans spazieren führen, sagte ich. Und dann den von den Richardsons. Anschließend würden wir auf dem Weg zu Flora die Katzen bei den Clarkes füttern. Ich nahm Daisy an die Hand, als wir durch das Loch im hinteren Zaun stiegen. Auf der anderen Hand balancierte sie immer noch den englischen Muffin. Im Haus der Morans war es still, als wir vorübergingen, die Jalousien am vorderen Zimmer waren nur teilweise oder ungleich geschlossen und verliehen dem Haus den dümmlichen Ausdruck eines Menschen, der mit einem halb geöffneten Glasauge schläft. Wie immer lag ein verrosteter Außenbordmotor auf dem Rasen, daneben eine zerbeulte Pappschachtel und ein verlassener Gartenschlauch neben einem nicht aufgeblasenen Plastikplantschbecken. Spielzeugteile waren überall verstreut, hier ein paar Fahrräder, dort die weiße Unterhose eines kleinen Jungen, die an der Hecke hing und wie ein geplatzter Ballon aussah. Dankbar stellte ich fest, dass von den Moran-Kindern noch keines zu sehen war. Heute Morgen sollte Daisy das einzige Kind sein.

Wir wanderten mitten auf der Straße entlang und sangen »Zip-A-Dee-Doo-Dah«, schwangen dabei die Arme so heftig vor und zurück, dass Daisy in ihren rosa Schuhen fast das Gleichgewicht verlor und ich sie am Arm hochziehen musste, damit sie sich nicht die Knie aufschürfte – was natürlich nicht schwierig war, denn sie war so leicht, dass ich sie über meinen Kopf hätte heben können. Einen Moment lang huschte etwas von der gestrigen Furcht über ihr Gesicht, während sie sich von dem Schreck erholte, aber mit einem »Na, gut geflogen?« brachte ich sie wieder zum Lachen. Die Sonne stand nun voll über den Bäumen, emsig tummelten sich die Vögel in den Zweigen. Von den braunen Kartoffelfeldern und den grünen Rasenflächen der größeren Anwesen stieg noch immer Nebel auf, und die wenigen Leute, die vorbeifuhren, winkten beiläufig aus ihren Autos. Es gab genügend Kaninchen, um Daisy bei Laune zu halten.

Bislang habe ich sowohl aus diesem Bericht als auch

weitgehend aus meiner eigenen Erinnerung die Ereignisse ausgeklammert, die die arme Daisy im Herbst und Winter erwarteten, denn obwohl man sie als den Schlusspunkt dieser Geschichte betrachten kann, sind sie schließlich nicht der Grund, warum ich sie erzähle; jedenfalls war es genau dieser Morgen, den sie am Telefon Ende Februar erwähnte, als sie wieder in Queens Village war – der Morgen, als wir all die Kaninchen sahen, sagte sie. Der Morgen, als sie auf ihrem Finger den mit Pflaumengelee bestrichenen Muffin trug wie einen Schmuckring.

Das Haus der Kaufmans war ein ziemlich bescheidenes, einstöckiges Gebäude aus Zedernschindeln, mit einer gebogenen Kiesauffahrt, weißen Fensterläden, grünen Blumenkästen und roten Zierleisten. Vor zwei Sommern hatte ich hier ausgeholfen, damals, als ich die Zwillinge Colby und Patricia Spinnweb und Bohnenblüte taufte. Sie hatten den letzten Sommer mit ihrer Mutter in Europa verbracht (meine eigene Mutter tippte auf Scheidung, und das zu Recht), und in diesem Jahr würden sie bis August in einem Feriencamp bleiben. Aber ihr Vater war im Sommer hier draußen, und er war derjenige, der mich gebeten hatte, drei Tage in der Woche den Hund auszuführen, wenn er in die Stadt musste. Ein netter Mann, klein und mit beginnender Glatze. Er war Jude und viel freundlicher als seine blonde Frau, nun Exfrau, eine Presbyterianerin, die am liebsten Madras-Karos von Brooks Brothers trug.

Eines Nachmittags, als ich Dienst hatte und wir, gerade erst vom Strand gekommen, um den Tisch am Schwimmbad saßen, beugte sich Mr Kaufman vor und legte seinen Unterarm neben meinen. Die Zwillinge saßen schläfrig, in Strandtücher gewickelt, auf meinem Schoß, aber sie kämpften sich beide hoch, um zu sehen, was ihr Vater machte. »Seht euch das an«, sagte er. Sein Arm war tief gebräunt und mit dicken schwarzen Haaren bedeckt, meiner hatte seine übliche blasse Nach-dem-Strand-Röte. »Haben wir den Tag eigentlich unter derselben Sonne verbracht oder was?«, fragte er. Dann lehnte er sich zu mir herüber, zog die dünnen goldenen Arme der Kinder aus den Handtüchern, und während wir uns alle bemühten, unsere acht Arme nebeneinander zu halten, kniete er sich vor uns hin, wobei seine nackte Brust meine Knie streifte, und umfasste uns alle in einer Art Umarmung. Es begann eine Diskussion, welcher der Zwillinge brauner war – mir wurde sofort die wenigste Bräune, ihrem Vater die meiste bescheinigt –, und sie riefen nach ihrer Mutter, sie sollte entscheiden. Mrs Kaufman kam gerade aus der Badekabine. Sie hatte schon geduscht und trug einen Krepp-Kimono und gestreifte Slipper, und um den Kopf hatte sie ein Frotteehandtuch geschlungen. Sie kam zu uns herüber und beugte sich hinunter, um ihren Arm neben unsere Arme zu legen. Ihre Haut hatte eine wunderschöne Färbung, heller als die der Kinder, aber dunkler als meine. Sie war glatt und glänzend und roch nach Zitronen. Einen Augenblick lang ließ sie den Arm liegen – ihr Gewand öffnete sich kurz, und ich sah die spinnenwebartigen Schwangerschaftsstreifen auf ihren gebräunten Brüsten –, dann erhob sie sich, ohne den Wettstreit zu entscheiden, und sagte zu ihrem Mann, der immer noch mit der Brust meine Knie berührte: »Kann ich dich bitte sprechen?«

Dr. Kaufman lehnte sich über meinen Schoß und küsste die Hand eines jeden Kindes. »Ihr seid beide schön«, sagte er und fuhr beim Aufstehen mit den Fingern an meinem Arm herunter. Er strich mir übers Haar und fügte hinzu: »Du auch, Irin«, ehe er seiner Frau nach drinnen folgte. Die Zwillinge zogen sich sofort die Strandtücher wieder über den Kopf und kuschelten sich an mich. Spinnweb lutschte am Daumen, und Bohnenblüte hatte ihr Zopfende im Mund. Ich summte ein paar Weihnachtslieder für sie – besonders liebten sie »Stille Nacht« und »Was ist das für ein Kind?« und »O kleine Stadt Bethlehem« –, und da lagen wir alle angenehm warm und schläfrig im Schatten des Sonnenschirms, der uns auch vor dem leichten Landwind schützte, und rochen nach Chlorwasser und Sonnencreme, als ich die Stimme ihrer Mutter durch die offenen Fenster hörte, die nach hinten gingen. Erst dachte ich, sie habe etwas fallen lassen oder verloren und riefe: »Oh, was ist passiert?« oder »Wo ist es?«. Einen Augenblick lang – bis ich mich erinnerte, wer sie war – fragte ich mich, ob sie vielleicht versuchte zu singen.

Doch es war kein Sprechen oder Singen. So etwas hatte ich noch nie gehört, weder vom Klang her noch von der Lautstärke, mit Sicherheit etwas, das nie durch die rosenbedeckte Wand gedrungen war, die das Schlafzimmer meiner Eltern von dem meinen trennte. Ich blickte auf die Kinder: Spinnweb schlief, sein nasser Daumen war auf seinen Schoß gefallen, doch Patricias Augen standen weit offen. Die Stimme ihrer Mutter wurde lauter. »Oh, was ist passiert? Oh, wo ist es?«, schien sie zu rufen, aber in einer Sprache, die ich nicht kannte. Laute Stimmen hatte ich bisher nur gehört, wenn jemand zornig war – Daisys Brüder, die miteinander stritten, oder die schlimmsten Nonnen in der Schule, wenn sie von uns Respekt forderten –, und obgleich ich wusste, dass dies kein Zorn war, war ich auch nicht überrascht, als sie zu fluchen begann, oder es klang wie Fluchen, und schließlich hörte ich sie den Namen ihres Mannes rufen – Phil, Phil, Phil. Irgendwo hinter alldem glaubte ich auch ihn zu hören – Scht, scht, machte er –, aber dann wurde selbst dieses Geräusch von ihrer Stimme erstickt, als sie sich in eine Art Schrei hineinsteigerte. Längst ehe ich mir eingestand, dass ich wusste, was im Gange war, hatte ich die Ohren der Kinder mit meinen Händen bedeckt. Der Schrei mündete in ein erkennbares Stöhnen, das kein Ende zu nehmen schien, und dann – ich konnte hier keinerlei Logik erkennen – ertönte ein tiefkehliges Lachen, das mir selbst nach dem ganzen Aufruhr der letzten paar Minuten völlig unangemessen erschien – als ob sie sich alle Mühe gäbe, gehört zu werden. Von mir gehört zu werden. Stille, und dann hörte ich ihn schreien: Oh, oh, oh, als ob ihm jemand den Daumen umdrehte.

Es dauerte eine Weile, bis sie aus dem Haus auftauchten, nun beide geduscht und angezogen. Die Kinder hatten auf meinem Schoß tief geschlafen und regten sich gerade wieder, und mir waren die Beine eingeschlafen. Mrs Kaufman nahm die Kinder sanft von mir weg, führte sie ins Haus, wo die Köchin schon mit dem Essenkochen angefangen hatte, und dann wandte die Mutter sich um und fragte, ob ich schnell noch einmal schwimmen wollte, bevor ich nach Hause ging. Ihre Stimme hatte den üblichen etwas flachen, gedehnten, nasalen Klang. Ich sprang hinein, im Wesentlichen, um meine Verlegenheit zu verbergen; als ich herauskletterte, war nur Mr Kaufman auf der Terrasse und hantierte mit dem Grill. Ich zog mein T-Shirt über den nassen Badeanzug, holte meine Strandtasche und mein Handtuch und schlüpfte in meine Gummilatschen. »Gute Nacht, Dr. Kaufman«, sagte ich, und er blickte über die Schulter zurück. Er sah mich nicht wirklich an, sondern wandte nur das Gesicht in meine Richtung, nicht die Augen. »Gute Nacht, Süße«, antwortete er, das gleiche Kosewort, das er für seine Kinder benutzte. Die Kleinen aßen am Tisch in der Frühstücksecke Käsetoast, und ich gab ihnen einen Gutenachtkuss, und dann löste ich Spinnweb an der Eingangstür von meiner Taille und versicherte ihm, dass ich gleich am Morgen wiederkommen würde. Während es langsam dunkel wurde, ging ich nach Hause, und etwas von diesem blauschwarzen Himmel und dem trägen blutroten Sonnenuntergang blieb in mir haften wie ein dunkles Juwel, für immer verknüpft mit meiner Vision vom Eheleben und meiner eigenen ungewissen Zukunft.

Letzten Sommer hatte meine Mutter vermutet, dass die Reise nach Europa auf eine Scheidung der Kaufmans hindeutete, aber jener Nachmittag schien der Beweis dafür gewesen zu sein, dass sie Unrecht hatte. Sie hatte damals gesagt, dass mir nicht klar sei, wie leicht es für Nicht-katholiken geworden war, sich scheiden zu lassen. Ihr selber war nicht klar (und ich versäumte, es ihr zu sagen), was die Kaufmans in jenen verblassenden Stunden eines Sommernachmittags getan hatten.

Der Hundezwinger stand hinten hinter dem Badehaus. Ohne die Kinderspielsachen und die Schwimmringe wirkte das Schwimmbad trostlos, und Red Rover warf sich begeistert gegen den Zaun, sobald er uns sah, als ob ich die Rückkehr der Kinder inszeniert hätte. Wie die meisten irischen Setter war er ein nervöser Hund, aber recht gut erzogen; deshalb war ich nicht darauf vorbereitet, als er, sobald ich das Tor öffnete, auf Daisy losstürzte, im Nu ihren englischen Muffin verschlungen hatte und sie dann mit seinen Begeisterungsstürmen fast umwarf. Die Kleine war überrascht, aber nicht erschrocken, und obwohl sie zurückwich, war sie dem Lachen näher als dem Weinen. Ich packte den Hund am Halsband und hakte die Leine ein, während er einen Augenblick brauchte, um sich das Gelee von den Lefzen zu lecken. Schließlich wandte er mir den Kopf zu, als wollte er sagen: »Oh, du bist es«, und begann, fast außer sich vor Freude, mein Gesicht und mein Kinn zu lecken, die Pfoten auf meiner Brust. Ich musste ihn von mir weg und aus der Zwingertür hinausschubsen, während Daisy die ganze Zeit auf dem Zaun hing und ihr vor lauter Lachen der Atem wegblieb.

Wir gingen zum Strand der Küstenwache hinunter, wo ich ihn von der Leine nehmen und laufen lassen konnte. Daisy war noch immer etwas aufgewühlt, und ich riet ihr, sich auf einen Stein zu setzen und Schuhe und Strümpfe auszuziehen, bevor sie in den Sand trat. »Vielleicht ziehst du morgen doch lieber deine Turnschuhe an«, meinte ich. Sie setzte sich, wie ich es ihr gesagt hatte, machte aber keine Anstalten, die rosa Schuhe auszuziehen. Mit einem Auge beobachtete ich Red, der unentwegt vor und zurück lief, als würde er auf uns warten, aber der Abstand wurde jedes Mal ein wenig größer. Ich wusste, er war ein viel zu großer Feigling, um sehr weit wegzulaufen, aber ich hatte keine Lust, ihn aus den Augen zu verlieren und bis nach Amagansett gehen zu müssen, um ihn wieder einzufangen. Um neun musste ich bei Flora sein.

Daisy machte immer noch keine Anstalten, die Schuhe auszuziehen. »Die werden im Sand kaputtgehen, Daisy Mae«, meinte ich und bückte mich, um sie ihr auszuziehen. Abrupt schleuderte sie ihre Füße weg, und als ich sie leicht überrascht ansah, blickte sie schnippisch auf mich herab, eine von diesen frechen, görenhaften Posen, die ich bei einer Menge Kinder gesehen hatte, aber nie bei ihr. »Was ist los?«, fragte ich, und um das Bild zu vervollständigen, verschränkte sie die Arme über der Brust, über dem Oberteil des Kleides mit dem hübschen Kragen, und sagte störrisch: »Ich will sie nicht ausziehen.« Die Sonne brachte das Rot und das Gold auf ihrem drahtigen, ungekämmten Haar zum Leuchten, und einen Moment lang dachte ich, dass sie vielleicht wirklich das Temperament einer Rothaarigen hatte, wie ihre Mutter und Bernadette mir versichert hatten.

Ich richtete mich auf und zuckte die Achseln. »Wie du willst«, sagte ich, und ohne ein weiteres Wort oder einen Blick schlüpfte ich aus meinen eigenen abgetragenen Keds und rannte hinunter zu Red Rover, der dies als Signal ansah, in vollem Tempo vor mir herzujagen. Eine Weile rannte ich, mit der Leine in der Hand, hinter ihm her, wurde dann aber langsamer, als er begann, an allem, was er an der Küste entlang finden konnte, herumzuschnüffeln. Das war sein altes Spiel, mit dem er mich immer in seiner Nähe hielt, ohne dass es den Anschein hatte. Als ich mich schließlich umsah, rannte Daisy den Strand entlang auf mich zu. Ich brauchte ein paar Minuten, um zu erkennen, dass sie ihre rosa Schuhe in der Hand und die weißen Socken noch immer an den Füßen trug, und dass sie weinte. Ich breitete die Arme aus, und als sie bei mir angekommen war, hob ich sie hoch und wirbelte sie herum. Sie schluchzte heftig, und ich ließ sie wieder herunter. »Hattest du Angst, es könnte sie jemand stehlen?«, fragte ich. Sie wartete einen Augenblick, bevor sie nickte. »Willst du die Söckchen auch ausziehen?«, fuhr ich fort, und sie flüsterte: »Nein.« Red kam auf uns zugesprungen, und ich hob ein Stück Treibholz auf und warf es zurück in Richtung Straße. »In Ordnung«, sagte ich.

Daisy setzte sich wieder auf ihren Stein, strich sich den Sand von den dünnen Söckchen und schlüpfte in ihre Schuhe. »Du willst sie immer noch nicht ausziehen?«, fragte ich, und sie schüttelte den Kopf. »Hast du keinen Sand zwischen den Zehen?« Lächelnd schüttelte sie erneut den Kopf. Ich zuckte die Achseln. Bei Kindern weiß man nie. Vielleicht hatte sie einen abgebrochenen Zehennagel, für den sie sich schämte. Vielleicht hatten ihre Brüder oder Bernadette ihr erzählt, sie habe Stinkefüße. Oder sie hatte wirklich Angst, ihre magischen Slipper könnten gestohlen werden. Vielleicht war es aber auch einfach nur eine Laune.

Ich nahm Red Rover an die Leine, und wir machten uns auf den Weg zu den Richardsons. Sie hatten zwei Scotchterrier – der typische Hund für ein Paar tweedliebender New Yorker mit leicht britischem Akzent. Die Scotchterrier verstanden sich gut mit dem Setter, und deshalb hielten wir an, um Zeit zu sparen und sie auf dem Weg zu Red Rovers Zuhause mitzunehmen. Natürlich war das Haus der Richardsons im Tudor-Stil gebaut und ziemlich pompös, mit wunderschönen Blumenbeeten und beträchtlichem Personal. Die Richardsons gingen jeden Nachmittag etwa eine Stunde selbst mit ihren Hunden spazieren – das heißt, bis ich sie auf meinem Rückweg vom Strand mit Flora Anfang Juni kennen gelernt hatte. Mrs Richardson war eine von diesen direkten, lauten Frauen mit Ponyfrisur, die offenbar glaubte, dass jeder andere von ihr genauso entzückt sein müsse wie sie von sich selbst, so bodenständig und direkt, wie sie war, und von der Gleichheit der Menschen überzeugt. Sie und ihr Mann waren erstaunt gewesen, als sie sahen, wie ihre beiden kleinen Hunde eifrig mit ihren Stummelschwänzen wedelten, als ich mich hinunterbeugte, um ihre Ohren zu kraulen. »Sie sind gewöhnlich schrecklich eingebildet«, sagte Mrs Richardson in ihrer halbbritischen Art. Auch Flora, die sich über den Rand ihrer Karre lehnte, war entzückt gewesen, und so entstand eine Unterhaltung zwischen uns. Mrs Richardson erfuhr, dass ich in dem süßen Häuschen mit den Dahlien wohnte (interessiert) und aufs Internat ging (noch interessierter), und dass ich bei dem Kind des berühmten Künstlers babysittete (höchst interessiert). Während sie mir mit der ganzen Würde einer Königinwitwe direkt ins Gesicht starrte, sagte sie: »Du bist sehr hübsch!« Sie wandte sich an ihren Mann, der eine Pfeife in der Hand hielt. »Findest du nicht auch?«, fragte sie ihn und brachte uns beide in Verlegenheit. »Ich wette, du bist auch intelligent und fleißig, nicht wahr?« Mir kam sie vor wie eine dieser Perlen tragenden Charakterschauspielerinnen aus dem Stummfilm, die einen durch ein Monokel anstarrten. »Wie auch immer, meine Hunde sind entzückt von dir«, sagte sie. Gerade als wir uns trennen wollten – die Scotchterrier gruben ungeduldig ihre kleinen grauen Krallen in die Straße, weil sie endlich weiterwollten –, erwähnte ich, dass ich für einige Nachbarn auch Hunde spazieren führte. »Wirklich?«, fragte Mrs Richardson. Na ja, meinte sie, wenn sie sehe, wie die Hunde auf mich geflogen seien, und auch weil sie ziemlich stämmig geworden seien, ob ich wohl Lust hätte, einmal morgens vorbeizukommen und mit ihnen etwas spazieren zu gehen, während sie und ihr Mann Golf spielten. Ja, ich *hätte* Lust, antwortete ich, und damit war die Sache abgemacht.

Wie gewöhnlich wurden mir die Hunde an der Hintertür von einem Dienstmädchen ausgehändigt (»Einem Dienstmädchen?«, flüsterte Daisy und lachte, als hätte ich gesagt, von einem Kobold oder einem Zentaur), und da die beiden weitaus berechenbarer waren als Red Rover, gab ich beide Leinen Daisy und behielt die von Red für mich selbst. Die Straße, in der die Richardsons wohnten, war breiter und prächtiger als unsere und von riesigen Eichen gesäumt, die um diese Jahreszeit üppig und frisch waren, mit angrenzendem grünen Rasen und dunklen Hecken, und als wir sie so entlanggingen, blieb ich irgendwann etwas zurück, um Daisy mit ihrem wilden roten Haarschopf (ich hatte ihr versprochen, ihn später zu Zöpfen zu flechten) und in meinem alten Kleid und den geliebten rosa Slippern und den sandigen Söckchen zu beobachten, wie sie hoheitsvoll hinter den plumpen Scotchterriern herging. Die Hunde waren im selben Jahr, als Daisy geboren wurde und in den von Kleinkindern wuselnden Haushalt ihrer Eltern kam, erster Klasse von Edinburgh nach Idlewild geflogen worden, um in Mrs Richardsons offene Arme befördert zu werden.

Wir ließen Red Rover mit frischem Wasser, einigen Hundekuchen und der Zusicherung, am späten Nachmittag wiederzukommen, in seinem Zwinger zurück und gingen mit den Terriern zu mir nach Hause, um auf dem Weg zu Flora unsere Strandsachen mitzunehmen. Tony und Petey Moran saßen bereits bei uns auf der Hintertreppe, Petey mit einem frischen, sichelförmigen Schnitt unter dem Auge, das fast schwarz angelaufen war. Sobald wir im Garten waren, fielen die Jungen über die beiden Hunde her, stürzten sich buchstäblich auf sie wie zwei schwachsinnige Hinterwäldler, die hinter einem eingefetteten Schwein herjagen, die Brust voraus und mit ausgebreiteten Armen, nur um dann ins Gras zu rollen, als die Hunde ihnen mit erstaunlicher Schnelligkeit und leichtem Knurren entwischten. Ich musste die Stimme erheben (den Jungen gegenüber, nicht den Hunden), um wieder Ordnung zu schaffen, und dann brachte ich die Hunde, beide Jungen und Daisy dazu, sich im Kreis auf den Rasen zu setzen. Die armen Terrier keuchten inzwischen vom vielen Laufen, und auch Petey und Tony schienen zu keuchen vor Liebe und Sehnsucht und ihrer ungestümen blauäugigen Zuneigung zu allen Geschöpfen, die sie liebkosen und streicheln konnten und oft verletzten, ohne es zu wollen. Petey saß neben einem Hund (es war Angus, glaube ich;

ich konnte sie nie auseinander halten) und Tony neben dem anderen (Rupert), und ich sah ihnen ein paar Minuten dabei zu, wie sie ganz ruhig ihre Hunde streichelten, die sich schnell an die langen besänftigenden Striche gewöhnten, aber nicht unbedingt an die Kleinjungengesichter, die immer wieder neben ihnen auftauchten, zögernd, ob sie ihnen einen Kuss aufdrücken sollten. Irgendwann schlang Tony seinen Arm um den Hund und versuchte, ihn auf seinen Schoß zu ziehen, aber ich hinderte ihn daran. Das seien keine wirklich alten Hunde, erklärte ich, aber sie hätten alte Besitzer, und wenn die Jungen sich nicht ruhig verhielten, könnte es passieren, dass sie plötzlich mit einer abgebissenen Nase dasäßen. Ich führte ihre Hände über den Kopf der Hunde und ihren Rücken entlang. »Lieb und ruhig«, mahnte ich sie. Dann stellte ich ihnen Daisy vor, und die beiden betrachteten sie mit einem Ausdruck liebevoller Innigkeit. »Das ist meine Cousine. Sie ist hier, um mir diesen Sommer zu helfen.«

»Hi«, sagten sie, und Petey fügte hinzu: »Mir gefallen deine Schuhe«, aber da war eine Spur von Hinterlist und Boshaftigkeit in seiner Stimme, die zweifellos durch den Piratenflecken eines schwarzen Auges gefördert wurde. Petey war in diesem Sommer neun oder zehn Jahre alt und hatte erst kürzlich seine Angewohnheit abgelegt, mich ständig im Drei-Minuten-Takt zu fragen: »Magst du mich?« – »Magst du meinen Bruder?« – »Magst du meine Mutter?« – »Magst du mich?« Er war das bedürftigste der Moran-Kinder, und sie waren alle sehr bedürftig. Im vergangenen Jahr hatte er zweimal die Nacht unter der Hecke vor dem Fenster meines Zimmers verbracht, und zweimal hatten meine Eltern überlegt, seinetwegen die Fürsorge anzurufen. Aber er war gut genährt und ging zur Schule, und seine Schnittwunden und Kratzer und blauen Flecken unterschieden sich nicht von den Schnittwunden und Kratzern und blauen Flecken seiner Geschwister, Verletzungen, die allesamt das Ergebnis von Pech und falschem Timing, von Zufällen oder Schicksal waren. Als ich Petey fragte, was er mit seinem Auge gemacht habe, erklärte Tony an seiner Stelle, dass er mit zwei Saftgläsern auf den Augen herumgelaufen sei, als wären sie ein Fernglas, und prompt gegen einen Türpfosten gekracht sei.

»Du musst ziemlich schnell gelaufen sein«, meinte ich.

»Er hat gesagt, er jage den letzten verbleibenden bekloppten Vogel auf Erden«, antwortete Tony.

»Und wer war der bekloppte Vogel?«, fragte ich Petey. Er senkte den Kopf. »Baby June«, erwiderte er und drückte verschämt das Gesicht in Angus' (oder Ruperts) Nacken. Erstaunlicherweise nahm der noch immer schnaufende Hund es hin, klopfte sogar leicht mit dem Schwanz und hob eine Pfote, als suche er das Gleichgewicht zu halten. Vielleicht erkannte er, dass er in all seinen acht Jahren bei den Richardsons nie so gebraucht worden war wie in diesem Moment. Ich lehnte mich übers Gras und legte eine Hand auf Peteys Igelkopf. »Völlig verständlich«, sagte ich, als wollte ich in Wirklichkeit sagen: »Ich mag dich, Petey.«

Als die Jungen und Hunde ruhig geworden waren, gab ich die Leinenenden Daisy, stand langsam auf und ging ins Haus zurück. Ich suchte unsere Strandsachen zusammen und schmierte uns Brote, wobei ich die ganze Zeit aus dem

Fenster sah, um mich zu vergewissern, dass alles in Ordnung war, weil man bei den Moran-Kindern nie sicher sein konnte. Aber die Hunde lagen inzwischen im Gras, während die Jungen noch immer über ihr Fell strichen, und Petey und Tony und Daisy schienen tatsächlich eine Art Unterhaltung zu führen. Daisy flocht müßig die Leinen zusammen, nickte immer wieder, und Tony zupfte beim Sprechen langsam Gras. Ich fragte mich, ob sie sich gegenseitig ihr Leid klagten – über zu viele Geschwister und überlastete Eltern und eine Familie, in der man geliebt wurde, aber vielleicht nicht genug. Über Häuser, die nach nasser Wolle und alten Socken und verschütteten starken Reinigungsmitteln rochen, wo die Eltern manchmal deinen Namen verwechselten oder eine Ohrfeige gaben, ohne es zu wollen, oder dich ansahen, als wäre es ihnen lieber, du wärst im Abfluss verschwunden – Eltern, die dann die Tür hinter sich schlossen, dich gänzlich vergaßen und schrien: »Oh, wo ist es? Oh, was ist passiert? Oh, oh, oh …« – vor Kummer und Glück und Ärger und Lachen und Schmerz.

Ich machte zwei zusätzliche Sandwiches für die Moran-Kinder, aber als ich sie gerade nach draußen bringen wollte, tauchten zwei der Mädchen auf, Judy, etwa elf, und Baby June, deren herunterhängende Windel so nass war, dass sie eine Art Schneckenspur im Gras zu hinterlassen schien. Ich schickte Judy zurück in ihr Haus, um eine neue zu holen, und wechselte die Windel gleich auf dem Rasen, während Tony und Petey neben mir standen, ihre Sandwiches aßen und gelegentlich Ratschläge gaben (»Da ist ein Grashalm auf ihrem Hintern«), wie Bauarbeiter bei einer Kaffeepause. Ich warf die nasse Windel in den leeren Wäschekorb meiner Mutter neben dem Haus und schickte die Jungen zur Ecke, zusammen mit Judy und dem Baby, wo ich ihnen sagte, dass ich jetzt wirklich zur Arbeit musste. Bereitwillig kehrten sie um, aber ein paar Minuten später kamen Tony und Petey auf ihren Bonanzafahrrädern herangesaust, drehten ein paar Runden um uns herum und verschwanden wieder. Als wir vor der Einfahrt der Richardsons auftauchten, nachdem wir die Hunde abgeliefert hatten, waren sie wieder da, und sie folgten uns auch fast auf dem ganzen Weg zu den Clarkes, bis sie von einem roten Kabrio mit einem geräumigen, schneeweißen Inneren abgelenkt wurden, das über die Kreuzung fuhr. Mit aufgebäumten Fahrrädern brausten sie davon, um zu sehen, ob sie es einholen und herausfinden konnten, ob es einem Filmstar gehörte. »Wir erzählen es dir dann«, rief Petey über seine Schulter zurück. Seine Stimme war tief und ernst, erfüllt von der ganzen Dringlichkeit eines Comichelden. Es war klar, dass er uns beeindrucken wollte.

»Er hat dich gern«, sagte ich zu Daisy, die grinste, mit den Achseln zuckte und dann das erforderliche »ph« von sich gab, und als ich es noch einmal sagte, kam das unvermeidliche »Ist gar nicht wahr«.

Ich blieb stehen, bückte mich und packte ihr dünnes Bein. Ich hob ihren Fuß hoch, und sie lehnte sich an mich, wobei sie auf dem anderen Fuß balancierte. Ich tat so, als inspizierte ich ihren Schuh. Die weißen Socken waren immer noch mit Sandkörnern gesprenkelt. Auf ihrem Knie glänzte eine Narbe, und ihre mit Sommersprossen bedeckte Wade war voller blauschwarzer Flecken. Ein Mädchen, das Brüder hat. »Deine Schuhe sind schon ganz rosa«, sagte ich, ließ ein Bein los und hielt das andere hoch. »Du musst verliebt sein.«

Das Haus der Clarkes erinnerte an den viktorianischen Stil mit seiner schönen großen Veranda vorne und einer Terrasse hinten; letztere ging auf einen breiten Rasen und einen kleinen Teich hinaus, der von Rohrkolben und Libellen umgeben war. Mr und Mrs Clarke waren Freunde meiner Eltern und hatten denselben städtischen Hintergrund und dasselbe mittelständische Einkommen. Das Haus selbst hatten sie von einem allein stehenden Onkel Mr Clarkes geerbt, der in der Bekleidungsindustrie gut verdient hatte. In meiner Kindheit war ich entzückt von diesem Haus gewesen, nicht nur wegen seines Teichs und seiner Veranda, wegen der rautenförmigen Scheiben in den Erkerfenstern oder seines Türmchens und der »Witwenwache«, sondern auch, weil ich jahrelang geglaubt hatte, dass Mr. Clarke es tatsächlich von einer Fee geschenkt bekommen hatte, genauer von einem »Feenonkel«, wie er immer sagte; die wahre Bedeutung dieses *fairy uncle*, der niemals eine Frau hatte und sich lieber mit Männern abgab, war mir damals nicht klar. Jedenfalls schien mir in dem Wunderland, das meine einsame Kindheit war, ein solch verzauberter Nachlass – ein Winken mit dem Rohrkolbenzauberstab, ein Sonnenstrahl auf der Facette einer Glasscheibe, ein Flattern von Libellenflügeln – ebenso glaubhaft wie wunderbar. Hätte ich in meinem ersten Jahr in der Highschool nicht erfahren, was dahinter steckte (meine Erkenntnis ähnelte freilich mehr dem langsamen, enttäuschten Aufgehen eines Lichts als einem Blitz der Erleuchtung), hätte ich an diesem schönen Junimorgen, nun voll von Bienengesumm und dem Duft nach frisch gemähtem Gras und Vogelgezwitscher, Daisy wohl dieselbe Geschichte erzählt.

Die Clarkes verbrachten jeden Sommer in einer Wohnung an der Nordküste, so dass sie von Juni bis September ihr Haus an eine reiche Familie aus Westchester, die Swansons, vermieten konnten. Die Katzen gehörten den Clarkes, aber der Familie aus Westchester gefiel es, die Katzen gleich mit zu mieten, damit ihre Kinder Erfahrungen mit Haustieren sammeln konnten, ohne gleich jahrelang an sie gebunden zu sein. Auch ich war in dem Abkommen inbegriffen. An Werktagen, wenn die Swansons nach Hause fuhren (anders als so viele Sommermütter, deren Ehemänner in der Stadt arbeiteten, hatte Mrs Swanson keine Lust, fünf Nächte die Woche hier draußen allein zu verbringen), kümmerte ich mich um die Katzen, und manchmal passte ich auch an Samstagabenden auf die Kinder auf. Meine Eltern ließen mich kein Geld von den Clarkes nehmen, da sie miteinander befreundet waren und die Clarkes sich offensichtlich bemühten, das Haus in gutem Zustand zu halten; die Swansons tranken zum Abendessen immer zu viel Wein und zahlten mir das Doppelte von dem, was ich forderte, wenn sie nach Hause kamen.

Die Clarkes und ihre Mieter pflegten eine von diesen seltsamen lang währenden Beziehungen, die mehr einem Freundschaftsdienst ähnelten als einem Mietverhältnis. Obgleich die Clarkes selbst keine Kinder hatten (dafür Katzen, und die Tatsache, dass sie bereit waren, ihre Katzen mitsamt dem Haus zu vermieten, sagt wahrscheinlich alles, was man über sie wissen muss), erlaubten sie den Swansons, über der Garage ein Basketballnetz anzubringen und im Garten ein kleines Schaukelgestell. Sie hatten den Swansons gestattet, einen Extra-Kühlschrank in den Keller zu stellen und über die Terrasse eine Markise zu spannen. Auch als die Swansons anboten, alle elektrischen Küchenmaschinen auszuwechseln und die meisten Zimmer zu streichen, waren die Clarkes einverstanden. Sie ließen sie die Rattanmöbel für die Veranda kaufen und die ziemlich neue Teppichauslegware herausreißen und die Holzböden versiegeln. Einen oder zwei Sommer später würden die Swansons sogar vorschlagen, ein richtiges Schwimmbad zu bauen, was für die Clarkes (meinten meine Eltern) ein richtiges Schnäppchen sein würde, denn sie schlugen damit zwei Fliegen mit einer Klappe: einmal die Wertsteigerung ihres Eigentums, zum anderen die Sicherheit, dass ihre treuen und großzügigen Mieter bestimmt noch viele Sommer wiederkehren würden. Viel später, lange, nachdem ich weggezogen war, würden die Swansons dann in einer Zeit unglaublicher Zinssätze und des Niedergangs des Immobilienmarkts den Clarkes eine fürstliche Summe für ihr Haus bieten – genug Geld für sie, um sich ein anderes Haus an der Nordküste zu kaufen sowie eine Eigentumswohnung in Florida – und damit den Grund für viele Diskussionen zwischen meinen Eltern und den Clarkes, die uns drängten, selbst mit einem Immobilienmakler zu reden. Meine Eltern meinten jedoch, mit dem Angebot hätten die Clarkes ein Riesenglück gehabt, und es sei eine rein emotionale Geste der Swansons gewesen. Auch wenn das Haus der Clarkes ein Jahrzehnt später das Zehnfache von dem wert sein würde, was die Swansons ihnen gezahlt hatten, schien es doch eine Zeit lang, als hätten der Elektriker und die Haushälterin aus Woodside den Wall-Street-Typen aus Westchester übers Ohr gehauen, einen Mann, der, wie es hieß, mehr Dollars hatte als Verstand.

In der Küche wechselten Daisy und ich das Wasser und die Katzenstreu und stellten Moe, Larry und Curly, die um unsere Beine strichen und vor Liebe und Treue schnurrten, drei Schüsseln mit frischem Futter hin. Daisy saß bei ihnen auf dem Fußboden und lachte, wenn sie über ihren Rock liefen, den sie zwischen ihren Knien ausgebreitet hatte, oder wenn Curly sein Köpfchen an den harten Seiten ihrer rosa Schuhe rieb. »Sie sind so lieb«, sagte sie, und ich erwiderte: »Das ist ihre Gegengabe fürs Füttern.«

Als ich für ein paar Minuten die Fenster öffnete (ein Extra-Service, um den Mrs Clarke mich gebeten hatte), führte ich Daisy im Haus herum, das selbst so früh in der Saison bereits mehr von den Swansons als von den Clarkes geprägt war, was mit den Bastmatten auf den Fußböden und den kunstvollen Vasen voll halb verwelkter Wiesenblumen auf jedem Tisch und den Kinderzimmern zu tun hatte. Die Swansons hatten zwei Kinder, einen Jungen und ein Mädchen (typisch Millionäre, sagte meine Mutter), Debbie und Donald, und ihretwegen herrschte in den Gästezimmern – die während der Herrschaft der Clarkes so nüchtern und praktisch waren wie Klosterzellen, mit schmucklosen beigefarbenen Wänden, weißen Chenille-Tagesdecken und einer Mahagonikommode – ein fröhliches, buntes Chaos mit Kunstdrucktapete und grellfarbigen Stofftieren und bemalten Muscheln und Tagesdecken und Vorhängen in Hellblau und Knallrosa. Die Katzen – natürlich hatte Mr Clarke persönlich sie getauft, ein kurzarmiger Mann mit einem runden, kampfeslustigen Gesicht, der selber wie eine Mischung aus allen drei Stooges aussah, nach denen sie benannt waren – folgten uns in jedes Zimmer hinein und hinaus, mit aufgestelltem Schwanz und hoch erhobener Nase, als wollten sie uns mit ihrem katzenhaften Selbstbewusstsein zeigen, dass der Ort ihnen allein gehörte, ganz gleich, welche Ausstattung er gerade hatte. Ich fragte mich, ob es wegen der Katzen war, dass Daisy sich verpflichtet fühlte zu flüstern, während wir in ein Zimmer nach dem anderen lugten.

Im dritten Stock, der zum Teil Gästezimmer war, zum Teil unausgebauter Dachboden, zeigte ich ihr die niedrige Tür zur »Witwenwache«. Früher, erklärte ich, als es keine Telefone und keine Telegramme gab, sei es für eine Frau, die wissen wollte, ob ihr Mann vom Meer zurückkam, die einzige Möglichkeit gewesen, den Horizont zu beobachten – bei Tage ein gerader, ununterbrochener Streifen Blau und bei Nacht, wenn der Mond schien, eine fast nicht erkennbare Linie in Tintenschwarz. Die Seemannsfrau habe unentwegt schauen müssen, ob sein Schiff auftauchte, und zunächst sei es nur ein winziger Punkt oder ein winziges Licht am Ende der Welt gewesen, weiter nichts. Den Ozean sehen zu können, fuhr ich fort, sei für die Seemannsfrauen und Schiffskapitäne so wichtig gewesen wie für uns ein Telefon oder ein Radio oder auch ein Briefkasten, denn wenn man nicht hinaussehen und am Horizont nach seinem Schiff Ausschau halten konnte, blieb einem nichts anderes übrig, als im Wohnzimmer auszuharren, bis der Ehemann, Sohn oder Vater durch die Eingangstür hereinkam.

Daisy hörte höflich zu, nickte und schob ihre wilden Haare hinter die abstehenden Ohren – ganz das gehorsame Kind, das weiß, dass es etwas lernen soll. »Manchmal«, sagte sie, »bleibe ich mit meiner Mutter auf, wenn mein Vater spät nach Hause kommt.«

»Ja, schon«, sagte ich. »Aber schau mal, er kann immer anrufen, wenn es spät bei ihm wird. Er kann anrufen und sagen, er sei schon auf dem Heimweg. Aber damals konnten Seeleute nicht anrufen.«

»Sie macht sich wirklich Sorgen«, antwortete Daisy und wies mit einem Augenrollen darauf hin, wie bedeutsam dieses »wirklich« war. »Immer, wenn er zu spät kommt.«

»Ja, sicher«, bestätigte ich. »Sie wird nervös.« Als ob Tante Peg je aufhörte, nervös zu sein. »Stell dir vor, wie es wäre, wenn du jede Nacht aufs Dach hinaufsteigen und nach seinem Auto Ausschau halten müsstest – wenn es keine andere Möglichkeit gäbe, herauszufinden, ob er auf dem Weg ist. Stell dir mal vor, wie das wäre.«

Sie erschauderte mit einem Lachen. »Das wäre komisch«, meinte sie. Dennoch konnte ich sie nicht dazu bringen, herauszutreten und einen Blick auf den Ozean zu werfen.

Als ich durch die Zimmer ging, um die Fenster wieder zuzuziehen, fing ich an, ein Lied zu singen, das mein Vater immer gesungen hatte, eine von den hundert traurigen

Melodien, die er kannte. Es war ein Lied über ein Schiff, das nie zurückkehrte, und ich war noch nicht durch den halben Refrain durch, als Daisy mit einfiel: »*Niemals, ach niemals kehrten sie zurück, allein der Himmel weiß, was ihnen geschah. / Ein liebend Herz wartet bis heute auf sein Glück, schaut nach dem Schiff, das niemals mehr es sah.*« Erst in diesem Moment, als ich die Worte aus ihrem Munde hörte, gesungen mit ihrer dünnen kleinen Stimme statt dem vollen Bariton meines Vaters, begriff ich, dass es kein zartes, melancholisches Lied war, sondern ein verstörendes Lied, ein Lied von grausamer Sentimentalität. (»*Nur eine Fahrt noch, sprach der Matrose zur Mutter, und küsste sein Weib vor dem kleinen Haus, / eine Fahrt noch hinaus mit dem alten Kutter, dann ist's mit der Seefahrt für mich endlich aus.*«)

»Woher kennst du dieses Lied?«, unterbrach ich Daisy, und sie antwortete, ihre Mutter habe es gesungen – wodurch mir klar wurde, dass mein Vater es wohl in seiner Kindheit gelernt haben musste. Zum ersten Mal fiel mir auch auf, wie schrecklich es war, ein solches Lied einem Kind vorzusingen, und selbst wenn ich diejenige war, die damit begonnen hatte – auch mit meiner sozialgeschichtlichen Lektion über Seemannsfrauen –, tadelte ich insgeheim Tante Peg dafür, dass sie es der armen Daisy beigebracht hatte.

»Ich habe deine Mutter nie singen hören«, sagte ich, und Daisy nickte. »Tut sie aber, meistens abends, um uns in den Schlaf zu singen.«

Ich hatte für einen Augenblick die Vision von Tante Peg, die oben in der Diele stand (Herz Jesu spähte ihr über die Schulter), die Hände auf den Hüften, ungeduldig mit dem Zeh klopfend, wie sie das Lied hinter sich brachte, als wäre es eine weitere Aufgabe, die man hinter sich bringen müsse: »*Niemals, ach niemals kehrten sie zurück, ein liebend Herz wartet bis heute auf sein Glück,* auf geht's, ins Bett jetzt und Schluss.« Während Daisy und ich die Treppe hinuntergingen, um die verbliebenen Fenster zu schließen, tat ich so, als wär ich Tante Peg, und sang mit, und als wir die Küchentür verschlossen hatten und den Schlüssel wieder in den Blumentopf unter der Verandatreppe legten, sangen wir aus vollem Hals, schnell und wild, und verstümmelten die Wörter, ich sang statt »liebend Herz« »lauter Furz«, während Daisy sich mit rotem Gesicht, die Hände vorm Mund (noch so etwas, das Onkel Jack niemals erlaubt hätte), vor Scham und Entzücken krümmte. Scham und Entzücken waren, so schien es mir, ein gutes Mittel gegen die düstere Botschaft des Liedes über die Grausamkeit der Zeit und des Schicksals und über all die nutzlosen Sehnsüchte von uns, die wir zurückgelassen werden. Auf zu Flora.

Das Seitentor zu Floras Haus war leicht zu übersehen, weshalb es mir lieber war als die offizielle Zufahrt eine Viertelmeile weiter unten auf der Straße. »Wir sind da«, sagte ich zu Daisy und blieb mitten auf der Straße stehen. Das Wunderbare war, dass sie zuerst in die Bäume hinaufsah, bevor ihr Blick auf das schmale schmiedeeiserne Tor in der dichten Brombeerhecke fiel, durch das gerade ein Kind passte. »Hier?«, fragte sie, und ich antwortete:

»Hier.« Die Hecke war so hoch und dicht überwuchert, dass man natürlich nichts von dem sah, was jenseits lag. Das war zweifellos auch der Grund, warum Daisy zögerte, als wir den kleinen Grasabsatz überquert hatten und ich an den widerspenstigen Türangeln zu zerren begann. »Geh vor«, sagte ich und hielt das Tor auf, aber sie hielt inne. »Dürfen wir das?«, fragte sie. »Klar dürfen wir«, sagte ich zu ihr. »Ist nur eine Hintertür.« Trotzdem blickte sie mich argwöhnisch an, bis ich ihr die Hand auf die Schulter legte und sie vorwärts schob. »Sie haben dieses Tor nur für uns angebracht. Sie nennen es das Gärtnertor. Es ist nur für uns.« Noch immer vorsich-tig, ging sie weiter und schaffte es ziemlich elegant unter der niedrigen Laube aus Schlingpflanzen hindurch, wo ich mich bücken musste; Blätter und Zweige verfingen sich in meinem Haar.

Innen war der Pfad zum großen Teil überwuchert – nur hie und da glitzerten winzige Steinchen und Sand zwischen Unkraut und heruntergefallenen Zweigen. Der Pfad verlief durch einen ziemlich dichten Wald, und da die Sonne nur stellenweise durchkam, fühlte sich das Unterholz noch immer feucht an, und die Luft roch etwas modrig. Plötzlich war es so, als hätte die Sonne, die im Laufe des Morgens zunehmend wärmer auf unsere Köpfe geschienen hatte, ihr Gleichmaß oder ihren Rhythmus und auf jeden Fall ihre Sicherheit verloren, und einen Augenblick lang dachte ich, es hätte jede Tageszeit sein können, frühmorgens, spätnachmittags, und fast jede Jahreszeit. Als ich Daisy das sagte, meinte sie: »Ist aber schön so.« Vor unseren Füßen huschten Salamander oder Feldmäuse vorbei, und die Schatten von Vögeln schwebten hoch oben über die Blätter. Ich hielt inne und brach für Daisy einen Strunk Wolfsmilch ab; sie nickte ernst wie bei allem, das ich ihr zeigte. Ich nahm ihre Hand. Um uns herum war ein Licht wie in einer Kathedrale und der Geruch nach feuchter Erde und nassem Holz, und als ich die Umrisse von Floras Haus zwischen den Bäumen auftauchen sah, hing da auf einmal auch ein leichter Duft nach Farbe oder Terpentin in der Luft, oder was auch immer Floras Vater benutzte – irgendetwas jedenfalls, das mit Kunst zu tun hatte. Floras Vater stand draußen auf der Einfahrt hinter einer alten Tür, die über zwei Sägeböcken lag, und rührte in einem kleinen Farbtopf. Vor der Garagenmauer war eine Leinwand aufgestellt, etwa so lang und so breit wie die Spannweite von Männerarmen. Ein paar Spritzer schwarze und graue Farbe waren bereits darauf zu sehen. Auf dem Behelfstisch standen vier weitere Töpfe mit verschiedenen Farben – weiß, grau, schwarz und sogar, was mich freute, leuchtend rot. Auf dem Tisch lagen einige Zeichnungen, die Floras Vater beim Rühren immer wieder betrachtete; er studierte sie auf dieselbe vage, desinteressierte Weise, wie er seine Arbeiten an jenem ersten Abend angeschaut und nach Kriterien beurteilt hatte, die ich mir weder vorstellen noch verstehen konnte. In seinem Mundwinkel steckte eine Zigarette, und als Daisys harte Sohlen auf dem Kies der Einfahrt klapperten, schaute er einen Augenblick hoch, blinzelte gerade lange genug durch den Rauch, um festzustellen, was es war, das da von dem Pfad im Gehölz in den Sonnenschein getreten war, und wandte sich – vielleicht mit einem kurzen Lachen –

wieder seiner Arbeit zu. Ich winkte, nur um höflich zu sein, und schob Daisy zurück aufs Gras, um ihre Schritte zu dämpfen.

»Ist das der Künstler?«, flüsterte sie. Ich bejahte es und mahnte sie dann, nicht zu starren.

»Er ist sehr alt«, sagte sie.

»Es ist Floras Vater«, antwortete ich.

Die Haushälterin erwartete uns an der Eingangstür und sagte in ihrem aufgeregten und akzentuierten Englisch, die Lady sei gerade für ein paar Minuten mit dem Baby ins Dorf gefahren, komme aber gleich zurück, und wir sollten warten. Ich stellte unsere Strandtasche neben die Tür und setzte mich auf die Treppe der Veranda; Daisy nahm neben mir Platz. Die Veranda war lang und niedrig, ein paar Segeltuchstühle standen herum und dazwischen ein paar hohe weiße Tischchen mit Aschenbechern darauf. Der Rasen davor war breit und mit drei kleinen Hängezierkirschen bepflanzt; eines Tages würden wir sie mit Lollis und Bonbonketten und Lakritzstangen behängen, um Flora eine Freude zu machen, erzählte ich Daisy. Wir blickten auf unsere Schuhe hinunter. Daisys rosa Schuhspitzen waren vom Tau dunkel geworden, und ich fasste an die kleinen Schmucksteine, um zu sehen, ob sie sich durch die Feuchtigkeit gelockert hatten, aber es war nichts passiert. Ich zeichnete ein Kästchenspiel in die sandige Erde zu unseren Füßen und wollte sie gerade zum zweiten Mal gewinnen lassen, als wir Floras Vater hinter uns sagen hörten: »Entschuldigung, Ladys.« Er stellte sich zwischen uns, seine Leinenschuhe und die Khakihosen mit Farbe bespritzt, die Knöchel nackt, ein unirdischer Schatten von gelblichem Weiß und dunklem Rosa. In seinen Kleidern hing ein Hauch von Zigarettenrauch und Terpentin. Sobald er ins Haus ging, stand Daisy auf, ging zum Ende des Pfades und beugte sich vor, um die Leinwand an der Garagenmauer zu betrachten. Sie drehte sich zu mir um und flüsterte: »Was ist das?«

»Ein Gemälde«, antwortete ich.

»Von was?«

Ich zuckte die Achseln. »Weiß ich nicht. Irgendwas in seinem Kopf.«

Beeindruckt sah sie es sich erneut an. »Aber was?«, hörte ich sie sagen. Hinter mir öffnete sich die Tür, und ich ließ Floras Vater vorbei. Einen Moment lang sah ich Hosenbeine und merkwürdige, weiche Schuhe (ich hatte noch nie solche Schuhe an einem Mann gesehen) und in seiner Hand ein kurzes Glas mit Eis und irgendeinem bräunlichen Alkohol darin – plötzlich lag der Geruch von Onkel Tommy in der Luft. Die Finger des Malers und sein Handgelenk waren sehnig und alt und mit schwarzer Farbe befleckt. Daisy drehte sich mit offenem Mund und aufgerissenen Augen zu ihm um – er hätte genauso gut ein Drachen sein können, der durch den Garten flog –, und als er an ihr vorbeiging, berührte er leicht ihren Kopf, so, wie man nebenbei einen Zaunpfosten oder eine Gartenstatue berührt.

Daisy lief schnell zur Treppe zurück und setzte sich neben mich, die rosa Schuhe unter den geblümten Rock hochgezogen. Floras Vater kehrte nicht zu dem Tisch mit den Farben oder seinen Zeichnungen zurück, sondern ging stattdessen in die Garage – wir sahen, wie die nackte

Glühbirne im Fenster am anderen Ende aufleuchtete –, wo er sich noch immer aufhielt, als der Wagen seiner Frau in die Einfahrt einbog.

Flora saß auf dem Rücksitz und weinte. Mit strengem Gesicht stieg die Mutter aus und sagte ohne Pause oder Gruß zu mir: »Holst du sie, bitte, heraus?« Dann ging sie so eilig ins Haus, dass ihre Sandalen klappernd gegen die nackten Hacken schlugen und Kieselsteinchen hochwirbelten. Flora war mit einem ausgeklügelten Gurtsystem aus den seidenen Kopftüchern ihrer Mutter am Autopolster festgemacht, eines über ihrer Taille, zwei über Kreuz über ihre Brust gewunden und jedes mit einer riesigen Windelnadel an den schwarzen Polstersitz geheftet. Als ich sagte: »Hallo, Flora Dora«, stieß sie mit den Füßen und zerrte an den Tüchern über ihrer Brust, aber an ihrem Weinen merkte man, dass ihre Tränen bald versiegen würden. »Du siehst aus, als wärst du von Zigeunern entführt worden«, meinte ich. Flora hatte ziemlich lange geweint. Ihr Gesichtchen war geschwollen, ihre sowieso nicht bemerkenswerten Züge waren vom Weinen noch konturenloser. Ich kniete mich auf dem Autositz neben sie, wischte ihr einige dünne Haare aus der nassen Stirn, und während ich die Tücher löste, begann ich ihr von Daisy zu erzählen, die direkt hinter mir in der Einfahrt stand. Noch immer schniefend, beugte sich Flora vor, um sie zu sehen. Daisy ist den ganzen Weg von New York mit dem Zug gekommen, erzählte ich ihr, ganz allein, und Daisy hat sechs Brüder, drei große und drei kleine, und eine Schwester namens Bernadette, die ihren Namen von einem anderen kleinen Mädchen hat, das einst der heiligen Jungfrau Ma-

77

ria begegnete – der schönsten Frau, die irgendjemand je gesehen hat –, während es draußen mit seinen Freundinnen an einem Fluss in einer Grotte spielte, in einem weit entfernten Land, dem Land, in dem Paris liegt und der Eiffelturm steht. Und wenn jetzt kranke Leute nach Frankreich fahren und das Wasser von jenem Fluss trinken, geht es ihnen gleich besser, und wenn alte Leute es trinken, werden sie wieder jung, und wenn weinende Babys es aus ihren Flaschen trinken, fangen sie an zu lächeln, und alle ihre Tränen verwandeln sich in wunderschöne Edelsteine, die ihnen die Mütter von den Wangen pflücken und daraus Ringe und Halsketten und Armbänder machen, einige kleben sie sogar auf ihre Schuhe, so wie Daisys Mutter es gemacht hat.

Die Kopftücher – schwarz und gold und weiß und türkisblau – waren schön und teuer und verströmten den lieblichen Duft eines schon fast verflogenen Parfüms. Ich faltete jedes einzelne zusammen und legte es mit den geschlossenen Windelnadeln hinten auf die Ablage. Dann hob ich Flora heraus und stellte sie neben Daisy. Beide Mädchen beugten sich zusammen nach unten, um die hübschen Schuhe zu begutachten. Als ich im Auto nach den Tüchern und den Nadeln griff, hörte ich Daisy sagen: »Edelsteine.«

Floras Mutter war in der Küche und sprach mit der Haushälterin französisch, und als ich ihr die Tücher reichte, zuckte sie die Achseln und meinte lachend: »Anders kann ich sie nicht davon abhalten, die Fenster hinunterzukurbeln.« Die Kopftücher legte sie oben auf den Kühlschrank. Sie bat mich, Flora ein paar Cracker und eine Tasse Milch zu geben – sie habe nichts zum Frühstück gegessen, erklärte sie –, und dann verließen sie und die Haushälterin den Raum. Ich hatte keine Möglichkeit gehabt, Daisy vorzustellen, aber Floras Mutter hatte sie offenbar auch kaum wahrgenommen. Ich goss beiden Mädchen etwas Milch ein und stellte einen Teller mit Vollkornkeksen zwischen sie. Flora nahm nur einen Schluck Milch, rutschte dann vom Stuhl, kletterte auf meinen Schoß und legte müde den Kopf auf meine Brust. Sie trug wieder ein formloses weißes Kleid, ihre weißen Babyschuhe und spitzenbesetzte weiße Söckchen. Ihre nackten Beine waren knubbelig und rosig, und ich merkte, dass Daisy sie auch betrachtete, vielleicht weil sie wie ich an die dünne weiße Haut von Floras altem Vater dachte. »Da ist aber jemand ganz schön erledigt«, sagte ich zu den Mädchen. »Weinen ist harte Arbeit, nicht wahr?« Beide nickten.

Als Floras Mutter wieder in die Küche kam, trug sie ein beigefarbenes Kleid und hohe Hacken und hatte eine weiße Strickjacke über die Schultern gehängt. Ihre dunklen Haare waren glatt nach hinten gekämmt, was ihre lange, entschlossene Nase noch stärker hervorhob. Sie hatte einen leuchtenden Lippenstift frisch aufgetragen. »Hör mal«, sagte sie, und ihr Blick fiel für einen kurzen Augenblick gleichgültig auf Daisy. »Ich muss in die Stadt, ich weiß nicht für wie lange. Du kommst weiter her wie immer. Ana wird hier sein. Und die Köchin. Bleib mit Flora so lange wie möglich draußen, wenn das Wetter gut ist. Sie schläft besser, wenn sie den ganzen Tag draußen war.« Dann wandte sie sich an Ana. »Es wird verdammt heiß sein in Manhattan«, sagte sie, als hätten wir alle den

Raum verlassen. Trotz des Fluchs lächelte sie unter ihrer langen Nase hervor, als ob sie sich auf etwas Schönes freute – vielleicht darauf, was sie für eine tolle Zeit in Manhattan haben würde, während wir alle hier bleiben und Programm für Flora machen müssten, um sie müde zu kriegen. Ich dachte an meine eigenen Sommerbesuche mit meinen Eltern in Manhattan, an die stickigen Straßen, die staubige Luft, den heißen Schwall, der durch die U-Bahn-Roste hochquoll, in denen sich die Absätze verfingen. An Frauen in kurzen weißen Handschuhen und ärmellosen Kleidern, Schulter an Schulter, schwitzend, die an Kreuzungen in Trauben auf das Umschalten der Ampeln warteten. Und an den Augenblick der Orientierungslosigkeit und Angst, wenn wir aus der Music Hall oder dem Museum of Natural History oder einem Restaurant herauskamen, wo wir zu Abend gegessen hatten, und sahen, dass der Himmel über der Stadt nun stockdunkel und die Stadt eine Stadt bei Nacht geworden war. Ich war ziemlich sicher, dass es diese besondere Stadt war, diese Stadt bei Nacht, zu der Floras Mutter unterwegs war – und sie war entzückt davon –, während wir, die Babysitter, zurückblieben. »Ich muss den Verstand verloren haben«, tadelte sie sich selbst und wandte sich von uns ab, offenkundig immer noch verärgert über Flora, der sie zum Abschied keinen Kuss gab, obgleich Flora matt vom Weinen war; es schien ihr nicht viel auszumachen.

Vom Küchenfenster aus sah ich Floras Mutter die Einfahrt überqueren, während Ana mit einem kleinen Koffer hinter ihr hertrippelte. Sie stellte das Gepäck auf den Rücksitz des Autos, und Floras Mutter trat durch die

Seitentür in die Werkstatt ihres Mannes. Ich konnte mich nicht erinnern, sie jemals da hineingehen gesehen zu haben, und sie blieb auch nicht länger als ein paar Minuten drinnen, um schließlich mit härterem und angespannterem Gesicht als zuvor wieder herauszukommen, die weiße Strickjacke am Hals zugeknöpft und über ihre Schultern geworfen wie einen kleinen Superman-Umhang der Entschlossenheit und Entrüstung. Sie gab Ana ein Zeichen, und Ana stieg schnell ins Auto. Plötzlich machte Floras Mutter noch einmal auf dem Absatz kehrt und kam ins Haus zurück. Ich hörte ihre Schuhe auf dem Holzfußboden durch die Diele und das Wohnzimmer hindurch, weiter in die mit Teppich ausgelegten Schlafzimmer und dann einige Minuten später wieder hinaus. Ich guckte zu Daisy hin, die an die Stimmungsumschwünge in einem Haus voller Menschen gewöhnt war. Sie zuckte die Achseln und lächelte. Dann erschien Floras Mutter noch einmal an der Küchentür. »Meine Tücher«, sagte sie, und ich deutete nach oben auf den Kühlschrank. Sie nahm sie herunter, sortierte sie und wählte dann das mit Türkis und Weiß. Die anderen legte sie auf den Küchentisch direkt vor mich. Ich nahm die Gelegenheit wahr, um Daisy vorzustellen, und obwohl Floras Mutter kaum hinzuhören schien, sagte sie tatsächlich, als sie das Tuch ausschüttelte und innehielt, um ein kleines Loch zu untersuchen, das die Windelnadel verursacht hatte: »Was für ein hübsches Kleid. Ich hatte auch mal so eines.« Sie faltete das Tuch zu einem Dreieck, legte es sich mit zurückgebeugtem Kopf und halb geschlossenen Augen auf die Haare, verknotete es unter dem Kinn, wand die Enden um den Hals und band sie erneut fest. »Du könntest auch etwas eher kommen, wenn ich weg bin«, meinte sie. »Acht oder acht Uhr dreißig, um Ana etwas zu helfen.« Ich sagte ja. Sie beugte sich herunter, um sich in der verspiegelten Seite des Toasters zu betrachten. Auf meinem Schoß sagte Flora: »Bye-bye, Mommy«, und Mommy antwortete: »Bye-bye, Liebes.«

Floras Mutter richtete sich auf. Mit dem Kopftuch wirkte sie sehr groß und sehr elegant und dennoch hausbacken ohne das dunkle Haar, das die harten Linien ihres Gesichts und diese graue makellose Haut weicher machte. »Wenn dich mein Mann in meiner Abwesenheit zu ficken versucht«, sagte sie leise, »hab keine Angst. Er ist ein alter Mann, und er trinkt. Die Chancen stehen gut, dass es nicht lange dauert.« Sie wölbte ihre Finger um Floras Hinterkopf, so dass ihre Hand genau unter meinem Kinn lag. »Du kannst ihn immer zu Ana schicken, wenn du willst«, schlug sie vor, und dann beugte sie sich hinunter, mit dem duftenden Tuch genau an meiner Nase, küsste Flora auf den Kopf und hinterließ Lippenstift und den Duft von ihrem Gesichtspuder auf der blassen Kopfhaut des Kindes.

Nachdem sie gegangen war, saß ich ein paar Minuten da und wartete darauf, dass die Hitze aus meinen Wangen wich, bevor ich Daisy ansah. Ich hatte einen Arm um Flora gelegt, aber meine rechte Hand lag auf dem Tisch, und ich sah überrascht, dass meine Finger zitterten. Was ich empfand, war Verlegenheit und Ärger und Überraschung – ich hätte gedacht, die Haushälterin sei zu alt für das, wovon gerade die Rede gewesen war, ebenso wie ich vielleicht noch vor einigen Minuten gedacht hätte, dass ich zu jung und Floras Mutter zu elegant war, um ein solches Wort überhaupt auszusprechen. Ich hörte, wie das Auto aus der Einfahrt fuhr, und wartete dann noch ein paar Minuten, bevor ich langsam meine Augen zu Daisy hob. Sie sah mich eher erwartungsvoll als vorsichtig an, auf jeden Fall aber furchtlos. Ich fragte mich, ob ihr das Wort entgangen war oder ob sie seinen Klang nur erkannte, wenn es als Fluch herausgeschrien wurde, was sie von ihrem Vater sicher kannte. Ich stieß die Luft aus, und Daisy tat das Gleiche, und ich dachte mir, selbst wenn sie die eigentliche Bedeutung des Wortes nicht kannte, so wusste sie doch, was ein Ehekrach war, denn sie nickte weise, als ich sagte: »Oh, was sind die Menschen für Dummköpfe.«

»Sie schläft gerade ein«, flüsterte Daisy und deutete auf Flora, deren Augenlider in der Tat langsam zufielen. Ich hievte die Kleine auf meine Schulter, stand auf, schickte Daisy auf die Veranda hinaus, damit sie die Strandtasche holte, und trug Flora in ihr Zimmer. Eigentlich dachte ich, sie würde wieder munter werden, als ich sie auf den Wickeltisch legte, aber sie greinte nur und öffnete nicht einmal die Augen, als ich sie in ihr Bettchen legte und mit einer dünnen Decke zudeckte. Sie lächelte schläfrig, offenbar dankbar dafür, dass sie ihre Ruhe hatte. Ich fragte mich, was heute Morgen im Dorf vor sich gegangen war und ob es der Wutanfall ihrer Tochter war oder die Vertrautheit (ein Ausdruck meiner Eltern) ihres Mannes mit dem Dienstmädchen, die Floras Mutter nach New York getrieben hatte. Ich strich Flora übers Haar. Wie auch immer, das Kind schlief fest.

Über dem Bettchen an der Wand hingen drei einfache Bleistiftskizzen von Flora und ihrer Mutter – so lieblich, dass man sie in einer Kirche hätte aufhängen können. Gute Zeichnungen, dachte ich. Im Wohnzimmer dagegen, durch das ich gerade gegangen war, hing ein großes Bild von etwas, das für mich nur Zerstörung darstellte, vielleicht die Zerstörung einer Frau – da war ein Ohr, eine Brust, Lippen. Ein anderes kleineres Bild hing daneben; es bestand nur aus Farben und nicht einmal besonders hübschen Farben, sondern dunklen Klecksen, die aussahen, als wären sie darauf gefallen oder verschüttet oder verschmiert worden. Ich zog die Decke hoch bis an Floras Wange.

Plötzlich fiel mir ein, dass Ana gar nicht zu alt war und ich nicht zu jung, denn Floras Papa war beides, der Vater dieses Babys und ein alter, alter Mann. Er konnte süße Madonnen zeichnen und zerstückelte Gesichter und Bilder von nichts, gar nichts. Ich fragte mich, wie es kam, dass man so etwas konnte – einfach über die Grenzen von Zeit und Alter, von Recht und Anstand hinauszugehen oder sie zu überleben oder ihnen einfach zu entfliehen und sich keiner anderen Kriterien zu bedienen als der eigenen Gedanken und Vorstellungen.

Ich wandte mich von dem Bettchen ab und sah, wie Daisy den engen Flur entlangkam, der aus dem Wohnzimmer führte, die Strandtasche über dem Arm. Sie schien beim Gehen ihr rechtes Bein stärker zu belasten. Ich legte den Finger auf die Lippen und führte sie leise aus Floras Zimmer, und sobald wir draußen waren, fragte ich sie, ob sie von den Schuhen eine Blase bekomme. Sie sagte, nein, ihr Fuß sei eingeschlafen, aber ich bemerkte eine leichte Rötung, die ihre Wangen hinaufkroch.

»Wenn sie dir wehtun«, sagte ich, »möchtest du sie vielleicht lieber eine Weile ausziehen.« Aber Daisy schüttelte den Kopf, reichte mir die Strandtasche und wechselte lieber das Thema. »Was machen wir nun?«, fragte sie.

»Hinsetzen und warten«, sagte ich. »Bis sie wieder aufwacht.« Und da ich sah, dass sie diese Aussicht nicht sehr glücklich machte, fügte ich hinzu: »Wir können was lesen.« Ich rückte zwei von den Segeltuchstühlen unter Floras Fenster zurecht und bat Daisy, ein paar Bücher aus dem Korb neben dem Schreibtisch herauszusuchen. Ich holte aus der Strandtasche mein eigenes Buch, setzte mich damit hin, zog die Beine hoch und legte das Taschenbuch auf meine Knie. Und dann beobachtete ich Floras Vater über das Buch hinweg, wie er sein Studio verließ und zum Haus hinüberging. Langsam stieg er die drei Stufen hinauf, mit gesenktem Kopf, als nehme er meine Anwesenheit gar nicht wahr. Er ging ins Haus, und ich lauschte. Eine Eisschale klapperte in der Küche, und ein paar Minuten später kam er wieder durch die Tür mit einem neuen Drink in der Hand und sagte: »Der kleine Rotschopf da drinnen behauptet, du weißt, wo sich der heilige Joseph befindet.«

Ich legte mein Buch hin und stellte meine Füße auf den Boden. Ich hatte eine ungenaue und verwirrende Vorstellung von dem alten heiligen Joseph und der jungen Jungfrau Maria, aber schließlich gelang es mir zu fragen: »Wie bitte?« Er lächelte, vor allem um die Augen herum, als ob es ihm gefiele, in seinem Haus einen kleinen Rotschopf zu entdecken oder mich so verwirrt zu sehen. »Das Kinder-Aspirin«, sagte er. »Das St.-Joseph-Kinder-Aspirin. Das kleine Mädchen drinnen sagte, du wüsstest, wo wir das aufbewahren.«

»In Floras Zimmer«, antwortete ich. »Die Schuh-schachtel in ihrem Schrank.« Plötzlich begriff ich, warum er dastand und wartete, und so sprang ich auf und sagte ihm, ich würde es holen. An der Tür traf ich Daisy mit einem Stapel Bilderbücher auf den Armen. Ich sagte ihr, ich sei gleich wieder da.

Als ich zurückkam, saß Floras Vater auf dem anderen Segeltuchstuhl, und Daisy hockte auf dem Verandaboden, die Bücher um sie ausgebreitet. Ich reichte ihm die Flasche mit dem Aspirin und musste dann dicht an ihm vorbeige-hen, um wieder dahin zu gelangen, wo ich gesessen hatte. Ich spürte, wie mir ganz heiß im Gesicht wurde, und ich legte mir das Buch auf den Schoß aus Furcht, meine Finger würden wieder zittern, wenn ich es hochhielt. Langsam verstand ich die ganze Niedertracht in jenen letzten An-weisungen von Floras Mutter an den Babysitter.

Ich konnte ihm nicht ins Gesicht sehen. Er stellte sein Glas in den Rauchglas-Aschenbecher, öffnete dann die Flasche und reichte sie Daisy. »Schau mal, ob du mit dei-nen geschickten kleinen Fingern diesen Wattepfropfen für mich heraus bekommst«, sagte er.

Feierlich nahm Daisy ihm die Flasche ab, holte die Watte heraus und reichte sie ihm zurück. Mit offenem Mund sah Daisy zu ihm auf, immer noch den Wattebausch in der Hand, und ich griff nach unten, um sie davon zu be-freien. Er schüttelte ein paar Aspirintabletten auf seine

Handfläche und steckte dann eine nach der anderen in den Mund und begann zu kauen. Ich spürte, wie er mich dabei anguckte. Hinter den dicken Brillengläsern waren seine Augen immer noch dem Lachen nahe. Wieder schien sein weißer Haarschopf zu beben.

»Werde nie alt«, sagte er. Er kaute alles auf einer Seite. »Oder noch besser, kriege nie alte Zähne.« Er griff nach seinem Glas, nahm einen Schluck, schob ihn in seinem Mund hin und her und schluckte. Dann stellte er das Glas wieder in den Aschenbecher und schüttete sich noch ein paar Tabletten auf die Hand. »Es gibt nichts Besseres, um einen an die eigene Sterblichkeit zu erinnern, als wenn einem die Zähne im Zahnfleisch verfaulen.« Er blickte auf Daisy hinunter und hob die Augenbrauen. »Ich habe wirklich keine Ahnung, ob dieses Zeug gut tut«, meinte er, als ob sie allein sein Dilemma verstehen würde. »Aber sie sind kaubar, mit Orangengeschmack. Sie gehen direkt ins Blut.« Er zuckte die Achseln. »Sie können doch nichts Schlimmes anrichten, oder?«

»Sie sind gut«, meinte Daisy. »Ich mag sie sehr gern.« Er hielt ihr galant seine Handfläche hin. »Möchtest du eine haben?«

Sie sah zu mir auf.

»Du bist nicht krank«, sagte ich. Aber er bewegte seinen ausgestreckten Arm und haute mir aufs Knie. »Ach, komm schon«, drängte er mit seinem Daumen auf meiner Haut. »Sie kann doch eine nehmen.«

»Mein Bein tut ein bisschen weh«, sagte Daisy und berührte das Bein, das unter ihrem Rock hochgezogen war.

»Dein Fuß ist eingeschlafen«, korrigierte ich sie in bar-

scherem Ton als beabsichtigt. »Du hast es selbst gesagt.«
Und ich fügte hinzu: »Das sind keine Bonbons, Daisy.
Das ist Medizin.« Die beiden sahen mich an, beide überrascht und enttäuscht. Es war mir eng im Magen und in
der Brust, als fühlte ich mich von meiner Sittsamkeit und
Humorlosigkeit so eingeschnürt wie Flora durch die Sei-
dentücher ihrer Mutter. Vielleicht meinte ich, angesichts
potenzieller Lüsternheit müsse man sich so verhalten.
Wenn ich schon nicht das beliebteste Mädchen in der
Schule war, war ich immerhin das aufmerksamste, besonders wenn das Gespräch sich um Sex drehte. Plötzlich
hörte ich wieder Schwester Alphonse Maries Stimme, wie
sie sagte: »Bleibt standhaft, Mädchen.«

Floras Vater zuckte die Schultern, schloss die Hand und
zog sie zurück. Daisy sank zu meinen Füßen nieder und
kehrte ruhig zu ihren Büchern zurück. Schließlich sagte ich
in die Stille hinein: »In Ordnung, nur eine«, und Floras
Vater brach in Gelächter aus, ein röhrendes Gelächter, bei
dem ich einen Augenblick fürchtete, es werde Flora wecken – obwohl genau das es uns erlaubt hätte, zu gehen.

Er beugte sich wieder nach vorne, und Daisy nahm eine
der Aspirintabletten von seiner Handfläche und steckte
sie in den Mund. »Ich kann dir sagen, was für eine Mutter
du werden wirst«, sagte er zu mir und lächelte mich an –
voller Zuneigung, schien es. »Ein Dutzend Kinder wirst
du haben, und sie werden es alle schaffen, dich um den
Finger zu wickeln.« Sein Blick wanderte zu meinem Haar,
das zu dieser fortgeschrittenen Stunde eines Sommertags
wahrscheinlich so zerzaust war wie das von Daisy, und
dann zu meinem Mund und meinem Hals. Gleich würde

er sagen, ich sei hübsch, dachte ich – ich kannte den Blick, der einem immer das Gefühl gab, man würde gleich ein Geschenk bekommen –, aber stattdessen beugte er sich vor und nahm das Buch von meinem Schoß. Er schob die Brille hoch auf den Kopf, um den Titel zu lesen, und plötzlich sah ich in seinem Gesicht die vom Weinen erschöpften Züge Floras.

»Thomas Hardys *Heimkehr*«, sagte er und blätterte die Seiten um. Er kniff die Augen zusammen, um besser zu sehen. Eben ein alter, alter Mann. »Egdon Heath. Entzückende Eustacia.« Ich sagte ihm, ich müsste es für die Schule lesen, und er nickte. »Wenigstens ist es nicht *Jane Eyre*«, meinte er. »Mir gefällt auch *Jane Eyre*«, erwiderte ich, als wäre mir seine Ironie entgangen. Er gab mir über Daisys Kopf hinweg das Buch zurück, und ich hielt seinem Blick stand. Unter seinen Fingernägeln klebte schwarze Farbe, Spritzer von Grau und Weiß auf seinem Handrücken. Er nahm die Brille ab, legte sie auf seine Knie und fuhr sich dann mit den Händen übers Gesicht und durch das Büschel rauchweißen Haars. »Zwölf Kinder«, sagte er wie zu sich selbst. »Und einen Muschelsucher als Ehemann.« Er griff nach seinem Glas, nahm einen Schluck und bewegte ihn eine Weile im Mund. »Schmerz«, sagte er beim Schlucken. »Jemand sollte eine Geschichte der Welt schreiben, in der der Zusammenhang zwischen historischen Ereignissen und Zahnschmerzen dargestellt wird. Wie viele Königreiche gingen wegen Zahnschmerzen verloren? Wie viele Liebesgeschichten blieben unvollzogen? Wie viele Meisterwerke unvollendet? Wie viele Schiffe sind gesunken?«

Daisy blickte mit einem Ausdruck ernster Konzentration zu ihm auf, und als er dies bemerkte, strich er ihr übers Haar. »Werde nie alt«, sagte er. »Verkauf deine Seele, wenn es sein muss.« Er sah mich an; es war das Gesicht Floras, nur ausgelaugt, mit fliehender Stirn, die Haut gelb und papierdünn. Die schwachen Augen jedoch waren die seinen. »Was würde ich nicht darum geben, all die Zeit zu haben, die du noch hast, Kindchen«, sagte er. »Kinder, Muschelsucher, was noch alles.«

Ich senkte den Blick und zuckte die Achseln, wie ich es wohl auch getan hätte, wenn er mir das Geschenk ausgehändigt und zugegeben hätte, dass ich hübsch bin. Ich hatte die Angst vor ihm verloren, dieses enge Gefühl im Magen und der Brust, das Zittern in den Fingerspitzen. Was er sagte, erinnerte mich ein wenig an Onkel Tommys Philosophie nach dem dritten Drink und an meine eigene Fähigkeit, ihn manchmal in Verlegenheit zu bringen und Mitleid mit ihm zu empfinden. Das war mein Vorteil, jung zu sein und schön und noch so viel Zeit zu haben. Ich war nicht einmal erschrocken, als Floras Vater sich, vielleicht ein wenig betrunken, erneut zu mir herüberbeugte, mein Handgelenk nahm und sanft seinen mit Farbe bespritzten Finger in meine geschlossene Faust bohrte und sie auseinander drückte. Ich hatte noch das Stück Watte von der Aspirinflasche in der Hand. Er tauchte es kurz in sein Glas und drückte es dann in seinen Mund, in die Ecke, die er geschont hatte, als er das Aspirin kaute. Er bewegte seine Zunge hin und her, und was er schmeckte, war – das sah ich in seinen Augen – nicht nur der Whisky, sondern das warme Salz meiner Haut.

Ich griff nach hinten, um meine Haare zu einem lockeren Knoten zu drehen, wie ich es heute Morgen gemacht hatte. Die Luft wurde immer wärmer. »Flora ist müde«, sagte ich, und zu meinen Füßen murmelte Daisy: »Hör mal. So kommen wir nie an den Strand.« Sie legte das Kinn auf ihre Hand und blätterte träge eine Seite um. Ich sah, dass sie mit dieser Art von Enttäuschung vertraut war, einer Enttäuschung, die aus der endlosen und unvermeidlichen Anpassung an die jüngeren Geschwister entstand. »Doch, wir gehen jetzt«, sagte ich. Floras Vater ließ mich nicht aus den Augen; die Finger an die Schläfen gedrückt, sank er in den Segeltuchstuhl zurück und beobachtete mich, aber er lächelte nicht mehr. Selbst als Ana in die Einfahrt einbog, ruhte sein Blick noch immer auf mir.

Ana stieg die Stufen hinauf und betrachtete uns drei, die Hände auf den Hüften. Sie schien überrascht und nicht gerade erfreut zu sein, uns noch hier zu sehen. »Schläft das Baby?«, fragte sie mich, und ich bejahte es. Sie deutete auf das Haus: »Drinnen?« Fast hätte ich gesagt: »Wo denn sonst?«, aber ich verkniff es mir und antwortete: »Ja, in ihrem Bettchen.« Sie schüttelte den Kopf, schnalzte mit der Zunge und sah auf die Uhr: »Nicht gut, zu früh. Sie wird heute Abend zu müde zum Essen sein.« Ana war eine hübsche Frau, was mir allerdings vorher nie aufgefallen war. Sie hatte eine olivfarbene Haut, eine leichte Dauerwelle, große dunkle Augen und trug ein kleines Goldkreuz um den Hals. Unter ihrem hellblauen Dienstmädchenkittel zeichnete sich ihre rundliche Figur ab, eine stattliche Figur, wie man sagen würde. Irgendwo hatte ich gehört, dass sie in der Stadt einen Ehemann hatte. »Du solltest sie aufwecken«, sagte Ana und deutete auf die Straße; vielleicht war sie sogar böse auf mich. »Geh mit ihr spazieren.«

Von seinem Sessel aus sagte Floras Vater: »Unsinn.« Er setzte seine Brille auf und stand langsam und schwerfällig auf, ein großer, dünner Mann, der zu seiner Arbeit zurückkehrt. Er hatte immer noch das Glas in der Hand. »Lass sie schlafen«, sagte er zu mir und dann, als er an ihr vorüberging, etwas auf Französisch zu Ana. Sie blieb ein paar Minuten auf der Veranda stehen, als er die Stufen hinab und zurück in sein Studio ging, die Augen gesenkt, der Mund nachdenklich, die Hände noch immer auf den Hüften. Selbst wenn sie keine Französin war, hätte man die Pose, trotz ihrer Figur einer Frau im mittleren Alter, kokett nennen können.

Sie warf einen letzten Blick auf mich und verschwand im Haus. Ich fragte mich, was für Anweisungen ihr Floras Mutter in letzter Sekunde, bevor sie in den Zug stieg, gegeben hatte. Oder was Ana selbst im Sinne hatte, jetzt wo die Ehefrau in sicherer Entfernung war und das Kind mitsamt Babysitterin und ihrer rothaarigen Begleiterin den ganzen Tag am Strand. Das französische Dienstmädchen und der alternde Künstler, wie sie sich unter den hängenden Kirschbäumen miteinander vergnügten.

»Du meine Güte«, sagte ich zu Daisy, nachdem die Fliegentür zugeschlagen worden war. Daisy rollte die Augen und fragte: »Weswegen ist sie so wütend?«

»Keine Ahnung.« Ich setzte mich mit ihr auf den Verandaboden. Die meisten von Floras Büchern waren neu, und viele Seiten waren, wie Daisy bemängelte, mit Malstiften bekritzelt, ein Verstoß, den Onkel Jack nie zugelassen hätte und der Daisy sprachlos zu machen schien. »Sie ist verwöhnt«, erklärte ich. »Einzelkinder wie wir sind das meistens.« Daisy dachte einen Augenblick darüber nach und sagte dann, wohl aus Furcht, etwas Beleidigendes gesagt zu haben: »Ihr Vater ist schließlich ein Künstler. Vielleicht kann sie gar nicht anders.«

Ich lachte, beugte mich nach vorne und küsste sie auf die warme Stirn. Ich setzte mich hinter sie, zog sie zwischen meine Beine und begann ihre schweren, verhedderten Haare zu flechten. Zwei- oder dreimal erschien Ana hinter der Fliegentür, um zu sehen, was wir machten – ich fragte mich, ob sie wirklich zu Flora hineingehen und sie wachrütteln würde –, und dann kam sie mit einem Essenstablett heraus, das sie hoch zwischen den Händen trug. Sie überquerte damit die Veranda und ging die Stufen hinunter, über den Weg und in die Seitentür der Garage hinein.

Während sie in der Garage war, liefen Daisy und ich hinaus auf den Rasen und suchten uns einen der wenigen Schattenplätze unter einem der kleinen Kirschbäume, um unser Mittagsbrot zu verzehren. Es war inzwischen warm geworden, die Wärme eines perfekten Junitages, weich wie Wasser auf unserer Haut, und über dem niedrigen Haus, den Bäumen und der hohen grünen Hecke wölbte sich der blaue Himmel wie ein wunderschöner Baldachin. Während wir zusammen auf dem Rasen lagen, Daisys Kopf auf meinem Oberschenkel, waren wir so still, dass wir den Ozean hörten.

Mir wurde klar, dass mein Vorteil nicht nur darin bestand, Floras Vater in Verlegenheit bringen zu können, ihn zu bemitleiden oder seine Torheit zu erkennen – dieses vermeintliche Genie, ein reicher Mann mit einer jungen Frau. Es war auch nicht die Tatsache, dass ich mein Leben noch vor mir hatte, während das seine fast vorüber war. Mein Vorteil war, dass ich wusste, was er zu tun versuchte, hier in seinem Königreich am Meer, wo Kunst so war, wie er sie definierte, und wo die Grenzen der Zeit und des Alters verbannt waren und wo alles möglich war, weil er alles, worauf es ankam, im Kopf hatte. Mein Vorteil war, dass ich ihn durchschaute – und dass ich in alldem besser war als er.

Als Flora schließlich aufwachte, war sie heiß und verschwitzt, aber sie freute sich, mich und Daisy mit ihren Schuhen zu sehen. Ich gab ihr schnell etwas zu essen, packte ihr Handtuch und ihren Badeanzug ein und setzte sie in ihre Karre. »Soll ich schon meinen Badeanzug anziehen?«, fragte Daisy und guckte mich dann zweifelnd an, als ich sagte, wir würden uns am Strand umziehen. »Du willst doch nicht den ganzen Weg dahin in einem engen Badeanzug herumlaufen«, erklärte ich ihr und fügte zu ihrer Beruhigung hinzu: »Wir machen es unter einem Handtuch, Daisy Mae. Das geht bestens. Du wirst sehen.«

Inzwischen war Ana wieder in der Küche, freundlicher vielleicht, aber hauptsächlich ignorierte sie uns. Ich setzte Flora einen Sonnenhut auf und borgte mir noch einen für Daisy. Und dann nahm ich, aus einer Laune heraus, weil ich gewöhnlich klugerweise mir nie etwas von Leuten borgte, für die ich arbeitete, den Strohhut von Floras Mutter vom Türhaken und setzte ihn mir auf den Hinterkopf. Ich hatte sie ihn nur einmal tragen sehen, als ich eines Nachmittags Flora nach Hause brachte und sie auf dem Rasen saß und mit irgendeinem alten Kerl (jemandem vom Broadway, erzählte mir die Köchin freudig) und seiner ebenfalls viel jüngeren Frau etwas trank. Es war an einem jener kühlen und bedeckten Tage gewesen, über die sie sich so beklagt hatte, als ich bei ihnen anfing, weshalb der Hut reine Verkleidung gewesen war, die sie vielleicht um ihrer Theaterfreunde willen trug. Ich sah über die Schulter, wie Ana zu mir hinblickte, als ich ihn herunternahm. Mir wurde bewusst, dass es mir schnurzegal war, wenn sie es ihrer Herrin erzählte; vielleicht wäre es mir sogar recht. Daisy sah zu mir auf. »Du siehst hübsch aus«, sagte sie.

Ich lachte: »Ich sehe aus wie Huckleberry Finn.«

Sie lächelte ironisch. »Du meinst, Huckleberry Hound.«

Ich schaute sie an. Im Schatten des Sonnenhuts hatten ihre Augen einen hellblauen Rand. Sie grinste mit ihrem ganzen Mund voll schief stehender kleiner Zähne. »Du wirst immer besser, Daisy Mae«, sagte ich bewundernd. »Immer besser!«

Als ich Floras Karre den Kiesweg hinunterschob, fing sie an, mit offenem Mund monoton zu summen, so dass ihre Stimme von der Vibration der Räder auf den Steinen erzitterte und verschiedene Töne zu Stande brachte. Es war ein Trick, den ich ihr beigebracht hatte. Daisy fand dies ausgesprochen komisch, und als sie lachte, war Flora noch zufriedener mit sich selbst als sonst. Ihr holpriger Singsang wurde lauter und Daisys Gelächter noch ausgelassener, als wir an der verklecksten Leinwand, der bren-

nenden Glühbirne im Fenster und dem Farbgeruch vorbeikamen und uns auf den Weg zur Straße machten.

Daisy ging neben der Karre her – Flora hielt ihre
Hand –, und obgleich sie immer noch einen Fuß schonte,
wirkte das Hinken nicht mehr so auffällig wie vorher. Ich
wollte es genauer wissen und hielt an, befühlte mit der
Hand die Straße und verkündete, dass ich meine Turnschuhe ausziehen würde. Ich band die Schuhe zusammen
und warf sie mir über die Schulter. Der Belag war warm,
aber nicht zu heiß. Ich wackelte ausgiebig mit den Zehen.
»Fühlt sich richtig gut an«, sagte ich und ahmte einen
südlichen Akzent nach. »Besser, als immer artig zu sein.«
Trotzdem folgte Daisy meinem Beispiel nicht.

Am Strand tummelten sich schon vereinzelte Bade-
gäste. Ich schob die Karre in unsere übliche Ecke auf dem
Parkplatz, und Flora, die das Spiel schon kannte, sprang
sofort heraus und steuerte mit Daisy auf den Sand zu.
»Lass Schuhe Schuhe sein«, rief ich, beschloss aber dann,
mir deswegen nicht mehr den Kopf zu zerbrechen. In
meiner eigenen Kindheit, erzählte mir meine Mutter oft,
hätte ich einmal einen knallroten Zigeunerrock getragen,
Überbleibsel meines Halloweenkostüms, und ich trug ihn
Tag und Nacht, vom 31. Oktober bis zum Erntedankfest,
über Kirchenklamotten und Spielklamotten und Schlafanzügen, wobei ich weder für das Anziehen noch dafür,
dass ich ihn schließlich wieder auszog, eine andere Erklärung hatte, als dass ich es so wollte. Meine Mutter erzählte
die Geschichte, ohne je zur Diskussion zu stellen, warum
sie mich damals gelassen hatte; sie wollte nur wissen, warum ich so besessen darauf gewesen war, mich für eine

Weile nicht von dem knalligen Rock mit seinen gold-schwarzen Bordüren und den kratzigen roten Tüllrü-schen zu trennen – genau dem Rock, der im Augenblick in meiner Garderobe auf dem Dachboden hing, rechts neben einer Reihe von blaugrünen Uniformpullovern, Größe sieben.

Am Strand breitete ich die weiche blaue Decke aus, die Floras Mutter mir gegeben hatte, und holte Hand-tücher und Sonnencreme aus der Strandtasche. Ich öffnete die Thermosflasche mit Limonade, gab den Mädchen zu trinken und erzählte ihnen eine Geschichte. Gerade hatte ich mich an etwas erinnert, das uns eine Nonne von der Schule erzählt hatte. Es war eine Geschichte über ein kleines Mädchen – vor vielen, vielen Jahren –, dem man einen wunderschönen weißen Unterrock geschenkt hatte, handgestickt und aus der weichsten, edelsten Baumwolle der ganzen Welt genäht. Angefertigt hatten ihn einige Nonnen, die im Norden des Staates New York lebten und nur einmal im Jahr aus ihren Klöstern herauskamen, wenn sie zu Kirchen reisten, um nach der Messe all die von ihnen selbst gemachten Sachen zu verkaufen – Kinder-sachen und Altardecken und Spitzentücher. Der Unter-rock war schneeweiß, und das kleine Mädchen sollte ihn eigentlich für seine Kommunion im Mai aufheben, aber in einer kalten Februarnacht, als die Kleine sich gerade fürs Schlafengehen zurechtmachte, öffnete sie die unterste Schublade ihrer Kommode, wickelte den Rock aus dem Seidenpapier und zog ihn an. Als ihre Mutter am nächsten Morgen sah, in was sie geschlafen hatte, wurde sie böse, doch das kleine Mädchen sagte: »Ach, Mommy, ich wollte ihn doch bloß den Engeln zeigen.« Ihre Mutter antwortete, die Engel würden ihn bei der Kommunion sehen, und nahm den Unterrock, bügelte alle Falten heraus und packte ihn wieder in das Seidenpapier. Doch als sie am nächsten Morgen zu dem kleinen Mädchen ging, um es zu wecken, schlief es wieder in seinem weißen Unterrock. (Daisy lachte, als ob sie sagen wollte, ich mag dieses Kind.) Ihre Mutter wollte sie schon schelten, als sie erkannte, dass das kleine Mädchen alles andere als schlief – es war tot. Es hatte den Rock wirklich angezogen, um ihn den Engeln zu zeigen.

Daisy runzelte die Stirn und blinzelte mich skeptisch an. Eine Welle prallte mit Donnergetöse auf den Strand.

»Ich glaube die Geschichte auch nicht«, sagte ich lachend. Flora begann ungeduldig ihr weißes Kleid über den Kopf zu ziehen, wobei ihre drallen Oberschenkel und ihr Bauchnabel und ihr zerknittertes Windelhöschen sichtbar wurden. »Ich will schwimmen«, nörgelte sie. Ich zog sie auf meinen Schoß und band ihr die Schuhe auf.

Vorsichtig, vielleicht auch nachdenklich setzte Daisy sich neben uns. »Bernadette kennt auch so eine Geschichte«, meinte sie. »Hat sie mir einmal erzählt. Nur war es kein Unterrock, sondern irgendetwas anderes. Weiße Kommunionsschuhe, glaube ich.«

»Es muss eine von diesen Geschichten sein, die sie einem in der Nonnenschule beibringen«, sagte ich. Ich zog Flora die Schuhe und Strümpfe aus und stellte sie wieder hin. »Wenn ich das kleine Mädchen gewesen wäre«, sagte ich, »wäre ich in einem roten Halloween-Zigeunerrock im Himmel aufgetaucht. Nicht gerade engelhaft.«

Ich klopfte auf die Spitze von Daisys rosafarbenem Schuh. »Und ich vermute, du hättest die hier an.«

»Edelsteine«, sagte Flora und beugte sich herunter, um den Finger auf Daisys Schuhe zu legen. »Daisy hat Edelsteine auf ihren Schuhen.«

Ich nahm eines der Handtücher und drapierte es über Floras Kopf – das machten wir immer so –, dann schlüpfte ich auch darunter, um ihr das Kleid und die Windel auszuziehen und den Badeanzug mit dem Röckchen dran über die pummeligen Beinchen und den Babybauch zu streifen. Beide Hände in meinen Haaren, hielt sie sich an mir fest. Als wir aus unserer improvisierten Kabine wieder auftauchten, zog ich Daisys Anzug aus der Tasche und kündigte ihr an, sie sei die Nächste. Doch Daisy sah sich scheu um und schüttelte den Kopf. »Es könnte mich jemand sehen«, flüsterte sie. Mir fiel auf, dass sie die rosa Schuhe abgestreift, aber noch immer ihre weißen Söckchen anhatte. Leichte Röte stieg in ihre Wangen. »Nein, niemand sieht dich«, antwortete ich. Ich hob ein weiteres Handtuch auf und hielt beide zusammen. »Ich mache eine Hülle daraus, siehst du«, erklärte ich ihr. »Du schlüpfst darunter und stehst innen auf.«

Lachend folgte sie meinen Anweisungen. Als ihr Kopf zwischen meinen Armen auftauchte, gerade eben über den Handtüchern, schloss ich die Augen. »Jetzt können dich nur noch die Möwen sehen.« Ich spürte ihre Bewegungen auf der Decke, während sie sich das Kleid über den Kopf zog und sich bückte, um in den Badeanzug zu steigen. Heimlich guckte ich, ob sie zurechtkam. Ihr nackter Rücken war gebeugt, ich sah deutlich die scharfe dünne

Linie ihrer Wirbelsäule, als wenn gerade die Sonne darauf schiene, aber auf ihrem unteren Rücken war eine Stelle, direkt über der Hüfte, die wie ein blauer Fleck oder so etwas aussah. Vielleicht hätte ich sie gleich danach gefragt, aber kaum war sie hinter dem Handtuch hervorgekommen – sie machte es mit einem eleganten Schwung wie eine Diva, die vor den Vorhang tritt –, sahen wir Tony und Petey auf uns zulaufen. Ihre Räder hatten sie wie nutzlose, für den Müll bestimmte Gegenstände hinter sich in den Sand geworfen. »Wo wart ihr?«, fragte Tony, und Petey sagte im selben vorwurfsvollen Ton: »Wieso habt ihr so lange gebraucht?«

Während sie zu mir – skeptisch, wie es schien – heraufblinzelten, erklärte ich, dass Flora ein frühes Mittagsschläfchen gemacht hatte und wir auf sie hatten warten müssen. Ich setzte mich auf die Decke. »Habt ihr den Filmstar noch gesehen?«, fragte ich, doch sie schüttelten den Kopf und ließen sich neben uns in den Sand fallen.

»Wir haben aber gesehen, in welches Haus sie hineingegangen sind«, sagte Tony. »Wir wollten noch eine Weile dort warten, aber Baby June war nicht ruhig zu kriegen.«

Die beiden Brüder wechselten unter ihren blassen Augenbrauen einen Blick, und dann sagte Petey mit dem blauen Auge: »Rags ist wieder da. Wir haben ihn an deinen Zaun gebunden, damit Grandpa ihn nicht sieht.« Er wandte sich an Daisy. »Mein Grandpa erschießt nämlich streunende Hunde.«

»Nein, tut er nicht«, korrigierte ich ihn, obwohl mir das in Anbetracht von Mr Morans Persönlichkeit gar nicht so abwegig vorkam.

»Er hat wirklich gesagt, er würde Rags erschießen«, widersprach Tony. »Er hat gesagt, Rags hätte versucht ihn zu beißen.«

»Rags beißt nicht«, erwiderte ich und tat den sandigen Lolli weg, den Petey gerade Flora gereicht hatte. »Wo ist Baby June jetzt?«, fragte ich, denn irgendwie hatte der Blick, den die beiden Brüder miteinander gewechselt hatten, noch etwas anderes zu bedeuten.

»Zu Hause, vermute ich«, murmelte Tony.

»Mit Judy?«, fragte ich.

»Judy und Janey durften mit ihrem Dad zum Reiten«, antwortete Petey mit einiger Entrüstung. »Ist das dein Hut?« Er hob den Hut von Floras Mutter von der Decke auf, wo ich ihn hingelegt hatte, und setzte ihn sich auf den Hinterkopf. Dann zog er sich die Krempe über die Ohren und sagte mit hoher Stimme: »Bin ich nicht hübsch?«

»Ist deine Mutter zu Hause?«, erkundigte ich mich, doch Petey schüttelte den Kopf.

»Wer passt dann also auf June auf?« Die Hände auf den Knien, setzte sich Tony auf und guckte über die Schulter zurück zum Parkplatz. Petey sagte unter dem Hut hervor: »Sie wird schon kommen. Sie war direkt hinter uns.«

Ich hob Flora hoch, nahm die Strandtasche und das Handtuch und streifte Daisy mein Kleid über. Ich bat sie, die Decke und ihre Schuhe zu nehmen. Tony und Petey, die hinter uns hergingen, beteuerten, dass Baby June wahrscheinlich in einer Minute hier sein würde, sie sei halt nur wirklich sehr langsam. Als sie das letzte Mal nach ihr sahen, war sie jedenfalls direkt hinter ihnen gewesen.

Ich setzte eine erschrockene Flora in die Karre und

marschierte mit Daisy, die in ihren rosafarbenen Schuhen mehr schlecht als recht mitkam, und die protestierenden Petey und Tony im Schlepptau schnell die Straße hinunter. Von Baby June keine Spur. »Welchen Weg seid ihr gegangen?«, fragte ich, und sie blinzelten mich an und deuteten nach links in Richtung unserer Straße. »Wann habt ihr sie das letzte Mal gesehen?«

Wieder deutete Tony mit dem Finger. »Direkt hinter dem Haus des Filmstars«, sagte er. »Was soll das alles?«

Wenige Minuten später fanden wir sie. Sie saß wie ein Baby in einem Märchen am Rand eines braunen Kartoffelfelds, das Gesicht streifig von Tränen und Dreck, die Hände ebenso schmutzig wie ihr zu enges, abgetragenes Baumwollsommerkleid. Ich ging mit meinen nackten Füßen über die kühle, klumpige Erde und hob sie hoch. Sie roch wie die Erde, wie eine frisch ausgebuddelte Kartoffel, die gerade aus dem aufgewühlten Boden herausgekullert war. »Und nun zu euch beiden«, sagte ich zu den Jungen, die über die ganze Aktion völlig verdutzt zu sein schienen – schließlich war Baby June ziemlich genau da, wo sie sie zurückgelassen hatten. »Ihr dürft sie niemals wieder so allein lassen. Ist euch klar, was alles hätte passieren können?«

»Sie ist halt zu langsam«, sagte Petey.

Jetzt wurde ich lauter. »Sie hätte von einem Auto angefahren werden können, Petey. Man hätte sie entführen können oder klauen.«

»Die würde doch niemand klauen«, entgegnete Tony, und die beiden lachten über den Witz.

»Sie hätte überfahren werden können«, wiederholte ich noch lauter. »Ich kann kaum glauben, dass ihr Kerle das gemacht habt – ihr seid solche Schwachköpfe. Richtige Schwachköpfe.«

Plötzlich änderte sich Peteys Gesichtsausdruck. Mit geballten Fäusten trat er näher. »Na ja, wir haben euch gesucht«, sagte er blinzelnd und passte seine ärgerliche Stimme der meinen an.

»Ja, genau«, pflichtete ihm Tony entrüstet bei. »Wo zum Teufel wart ihr?«

Petey machte einen weiteren Schritt nach vorn. »Genau, wo wart ihr?« Er stand direkt unter meiner Nase, und seine schmutzige kleine Schwester starrte von meinen Armen auf ihn herab. Sein Veilchenauge war halb geschlossen, und seine Stimme war so laut, dass mir die Ohren schmerzten. »Wir fuhren immer wieder zum Strand, und ihr wart nicht da.« Er gestikulierte wild, wie ein Erwachsener. An seinen Mundwinkeln hingen Spuckeblasen. »Aber ihr wart nicht da.« Er tippte mich mit einem Finger an. »Du bist der Schwachkopf.«

Ich starrte ihn so lange böse an, bis er wegsah, und sagte dann leise: »Ihr beiden habt eure kleine Schwester allein auf der Straße gelassen. Das ist das Dümmste, was ihr je gemacht habt.«

Seine blassen Augen füllten sich mit Tränen, dann sah ich seine Faust auf mich zukommen. Um Baby Junes Knie zu schützen, drehte ich mich um, und er traf mich mitten am Unterarm. »Zur Hölle mit dir«, schrie er und klang haargenau wie sein Großvater. Er machte kehrt, schlitterte die erdige Senke entlang, die das Feld und die Straße voneinander trennte, und boxte sicherheitshalber auch Daisy gegen die Schulter, so hart, dass sie einen Satz zurück machte und sich ihr Gesicht mit Überraschung und Schmerz füllte. Dann lief er los, Tony hinter ihm her.

Mit June immer noch auf dem Arm, ging ich zu Daisy, die ihre Schulter hielt und »Au, au, au« flüsterte. Doch sie weinte nicht. Ein Mädchen mit Brüdern. Ich legte meinen freien Arm um sie. »Holt eure Fahrräder, ihr Schwachköpfe«, rief ich den Jungen hinterher. »Und bringt mir den Hut zurück.« Aber Tony drehte sich nur um, drehte eine lange Nase und streckte die Zunge heraus. Die beiden rannten weiter.

Ich hielt Daisy fester, und Klein-June griff nach unten, um ihren Kopf zu tätscheln. Flora in ihrer Karre fing an zu weinen, aber ich beruhigte sie. »Daisy geht es gut«, sagte ich. »Stimmt doch, oder, Daisy Mae?«

Tapfer nickte sie. »Es ist alles in Ordnung, Flora Dora«, meinte sie. »Mir geht es gut.«

Mit dem Strand würde es heute nichts mehr, sagte ich zu den Mädchen. Ich strich Daisy noch einmal über den Kopf und drehte dann mit der freien Hand Floras Karre herum. »Margaret Mary«, sagte ich, »glaubst du, du kannst die Karre schieben, während ich Baby June trage? Irgendwie glaube ich, sie ist heute genug gelaufen.«

»Klar«, sagte Daisy, hatte aber einige Mühe, die Karre gerade zu halten. Ich legte kurz meine Hand darauf, um sie zu führen, und ließ sie dann allein gehen. Es war ganz schön mühsam, weil die glatten Sohlen ihrer rosa Schuhe auf dem Asphalt rutschten, aber Daisy brachte die ganze Kraft ihrer Beine und ihrer schmerzenden Schultern zum Einsatz, ihren ganzen winzigen Körper, Muskeln und Knochen.

»Was würde ich nur ohne dich machen, Daisy Mae?«,

fragte ich. »Nur einen Tag hier und schon bist du unverzichtbar.«

Zu Hause war Rags mit einer Wäscheleine an unserem Seitenzaun angebunden. Er bellte böse, als wir uns näherten, knurrte sogar – als ob er sich nach den paar Stunden, die er auf dem Gelände verbracht hatte, für die Sicherheit des Hauses verantwortlich fühlte. Ich bedeutete den Mädchen zurückzubleiben – was sie instinktiv sowieso taten – und ging langsam auf Rags zu. »Weshalb knurrst du denn, du dummer Hund?«, fragte ich leise. Beim Klang meiner Stimme duckte er sich etwas, und, mit dem Schwanz auf den Boden klopfend, jaulte er um Vergebung. Rags war eine niedliche, aber seltsame Promenadenmischung, in der wohl vor allem ein Collie steckte, eine manchmal fast schizophrene Mixtur aus schelmisch, freundlich und schüchtern. Und dumm war er auch. Vermutlich hatten ihn irgendwelche Sommergäste ausgesetzt, die nicht die ganzjährige Verantwortung für ein Tier übernehmen wollten, und er war ein Streuner geblieben; gelegentlich – wenn wir ihn wochenlang nicht sahen – wurde er von einer anderen Sommerfamilie adoptiert, die ihn so lange bei sich behielt, wie sie auf Long Island war. Die Moran-Kinder durften ihn nicht behalten, aber wann immer er auftauchte, zerrten sie ihn zu mir. Gutmütig, wie er war, ließ Rags sich fast alles von ihnen gefallen, obwohl ich auch schon gesehen hatte, wie er nach ihren Fingern schnappte. Während ich ihn nun streichelte und ihm gut zuredete, rollte er sich in freudiger Unterwerfung auf den Rücken. Die Mädchen brachten ihm Wasser und Hundekuchen.

Ich ließ Rags, der jetzt ganz brav und zufrieden war,

am Zaun angebunden, zog June im Hof die dreckigen Kleider aus und spritzte sie mit dem Gartenschlauch meines Vaters ab. Dann wickelte ich sie in ein Strandtuch und trug sie nach oben ins Badezimmer, wo ich die Wanne mit warmem Wasser und Badeschaum voll laufen ließ und June und Flora hineinsetzte. Daisy lachte, als sie ihnen zuguckte, wie sie mit den Blasen spielten, wollte sich aber nicht dazusetzen, nicht einmal in ihrem Badeanzug. Wieder draußen auf dem Rasen, wo der Nachmittag seine langen Schatten warf, gab ich den Kindern Kekse und Fruchtsaft. Judy und Janey kamen vom Haus der Morans herüber und wollten Rags zu einem Spaziergang mitnehmen, aber von den Jungen war nichts zu sehen. Ich übergab Baby June ihren Schwestern und fragte Daisy, ob sie nicht möglicherweise doch endlich ihren Badeanzug ausziehen und vielleicht sogar für den Nachmittagsspaziergang die Schuhe wechseln wollte. Zu meiner Überraschung nickte sie, ging ins Haus und kam ein paar Minuten später wieder heraus – nicht mit ihren neuen Turnschuhen, sondern in den alten Tretern, die sie auf der Zugfahrt getragen hatte. »Die sehen bequem aus«, sagte ich, auch um sie zu trösten, denn irgendwie schien es sie zu enttäuschen, sie wieder an den Füßen zu haben.

Wir setzten Flora in ihre Karre und schoben sie zu ihr nach Hause. Fast den ganzen Weg sangen wir aus vollem Halse – »Barnacle Bill, der Seemann«, ein Lied, das mir in den Sinn kam, als wir an Mr Moran vorbeigingen, der schwankend und mit nacktem Oberkörper in seiner Einfahrt stand und vor sich hin murmelte. Wir versuchten, Flora vom Einschlafen abzuhalten, ehe sie nicht zu Abend gegessen hatte. Im Atelier ihres Vaters war noch immer Licht an, aber von ihm war ebenso wenig zu sehen wie von Ana, was nur gut war, weil ich den Strohhut nicht mehr hatte. Im Haus schlug uns der vertraute Geruch nach Parfüm und Zigarre entgegen, aber da war auch irgendetwas Neues und Kompliziertes. In der Küche nahm die Köchin gerade eine gebackene Kartoffel aus dem Ofen, und als ich ihr erzählte, dass Flora schon gebadet war, fuhr sie mir dankbar mit der Hand über die Haare. Sie war eine Dame, die in unsere Kirche ging, eine vage Freundin meiner Mutter, dick und großmütterlich, aber, wie ich jetzt erkannte, nicht ganz ahnungslos. »Danke, Liebes«, sagte sie. »Das hilft.« Als ob wir beide wüssten, dass sie heute Abend Anas Pflichten übernehmen musste.

Obwohl sie hundemüde war – vielleicht auch gerade deshalb –, weinte Flora, als Daisy und ich uns von ihr verabschiedeten. Sie klammerte sich nicht an uns, rannte auch nicht hinter uns her, dafür war sie zu erschöpft. Aber sie saß am Küchentisch mit ihrem Frotteelätzchen, das die Köchin ihr umgebunden hatte, und schluchzte vor sich hin. Auf dem Teller vor ihr lagen die dampfenden Kartoffeln, ein paar Erbsen und kleine Stückchen gedünstetes Huhn. Obwohl sie auf ein paar Telefonbüchern thronte, ragte ihr Kinn dennoch nur wenig über den Teller. Sie weinte mit offenem Mund, die Tränen flossen ihr die Backen herunter. Die Köchin saß neben ihr am Tisch und wischte ihr mit dem Daumen die Tränen ab. Unter ihrem fetten Ellbogen lagen die Kopftücher von Floras Mutter, außer dem türkis-weißen, genau da, wo sie sie liegen gelassen hatte.

Daisy und ich gingen winkend rückwärts hinaus. Das Haus, das wir hinter uns ließen, schien leer. Sobald wir draußen waren, nahm ich Daisys Hand. Die bekleckste Leinwand stand noch immer an der Garagenmauer, und mir fiel wieder ein, was Floras Vater über unvollendete Meisterwerke gesagt hatte. Als wir hinüber zu den Kaufmans gingen, um Red Rover zu seinem Abendspaziergang abzuholen, sagte ich zu Daisy, vielleicht würden wir heute in der Dachstube in den beiden alten Betten schlafen. Wir könnten einen Stuhl zum Fenster hinüberschieben, und vielleicht würden wir den Geist sehen, den Onkel Tommy immer sah, und könnten ihn nach seinem Namen und dem Namen des kleinen Jungen auf seinem Schoß fragen. »Was steckt wohl dahinter, hm, was meinst du, Daisy Mae?«, fragte ich sie. Sie dachte einen Augenblick nach und antwortete dann: »Der Geist ist der Vater des kleinen Jungen. Und er hat am Fenster auf dessen Rückkehr gewartet. Und dann kommt der kleine Junge zurück und setzt sich seinem Vater auf den Schoß.«

Ich nickte. »Klingt einleuchtend. Nun müssen wir nur noch herausfinden, wo der kleine Junge gewesen war.«

»Auf einem Schiff«, erwiderte sie, ohne zu zögern. »Das endlich zurückkehrte.«

Ich lachte. Die Sonne stand jetzt tiefer, und die Amseln tobten wie verrückt in den Bäumen und bereiteten sich auf die Nacht vor. Hinter den hohen Hecken hörte man Kinder rufen und lachen. Irgendwo prallte ein Tennisball auf. Die Luft war von dem lieblichen Duft eines Sommernachmittags erfüllt, der langsam zu Ende ging – vielleicht ein Hauch Sonnencreme auf der Haut von Kindern, die nicht zu sehen waren. Ich fing zu singen an: »*Und endlich kam das Schiff zurück, kam von großer Fahrt endlich heim. / Und ein liebend' Herz*« – ich blickte zu Daisy hinunter, und sie sah erwartungsvoll zu mir auf – »*war sprachlos vor Glück*« – sie schien erleichtert: der Abend war zu schön für weitere schlimme Wörter – »*hielt den Geliebten im Arm, ganz allein.*«

Wir hörten Red Rover schon winseln und jaulen, bevor wir das Haus erreichten. Er hatte offensichtlich einen elend einsamen Tag verbracht, und ich ließ ihn als Wiedergutmachung mein Gesicht lecken und auch das von Daisy. Als wir am Strand ankamen, lagen Peteys und Tonys Fahrräder immer noch im Sand. Daisy und ich hoben sie auf und lehnten sie gegen die Abfalltonnen, während Red Rover eine Weile die Küste erforschte, dann brachten wir ihn wieder zu seinem Zwinger. Am Eingang des Kaufman'schen Hauses brannte Licht, ebenso auf der Seite der Veranda, aber das Haus war leer. Dr. Kaufman war noch nicht aus der Stadt zurückgekehrt. Ich hoffte, er würde daran denken, Red zu besuchen, wenn er zurück war.

Als wir nochmals zum Strand zurückkehrten, um die Fahrräder der Jungen zu holen, stießen wir auf die Richardsons mit ihren Scotchterriern. Mrs Richardson musterte Daisy, während ich sie vorstellte, von oben bis unten, und ich fürchtete einen Augenblick lang, sie würde tatsächlich sagen – das Wort stand ihr deutlich ins Gesicht geschrieben –, Daisy sei »armselig«. Und tatsächlich sah meine kleine Cousine völlig verwahrlost aus. Ihr Zopf löste sich auf, ihre Schärpe hing schlaff herab, überall auf dem weiß-gelben, von mir geerbten Kleid, das plötzlich, unter dem scharfen Blick Mrs Richardsons, ganz altmodisch wirkte, waren die Abdrücke von Baby Junes Händen und Red Rovers Pfoten zu sehen. Dazu noch die ungeputzten Schnürschuhe, die statt schwarz-weiß nur noch gräulich waren. Mir schien, dass allein die Schuhe, diese billigen rosa Dinger, sie am Morgen in eine bezaubernde Elfe verwandelt hatten, die die Scotchterrier unter den hohen grünen Bäumen spazieren führte. Offenbar hatten sie wirklich etwas Magisches an sich. »Und wo in der Stadt wohnst du?«, fragte Mrs Richardson, und Daisy, die von dem prüfenden Blick völlig eingeschüchtert war, senkte den Kopf und murmelte etwas vor sich hin.

Mrs Richardson hielt ihr dickes Gesicht ganz nah an meines: »Was hat sie gesagt?« Das war natürlich eine versteckte Andeutung, dass das Kind wirklich lernen sollte, den Mund aufzumachen.

Ich lächelte und gab Daisy einen aufmunternden Schubs. »Sie wohnt am Sutton Place«, antwortete ich. »Soll ich morgen früh wegen der Hunde kommen?«

Mrs Richardson sah ihren Mann an, der seinen Pfeifenstiel im Mund hatte. »Ja, natürlich«, erwiderte sie. »Nett, dich kennen gelernt zu haben, Daisy«, und Daisy vollführte trotz ihrer abgetragenen Schuhe und dem verschmutzten Kleid einen vollendeten Knicks und entgegnete: »Nett, auch Sie kennen gelernt zu haben.«

»Kannst du dir vorstellen, bei dieser Frau zu leben?«, fragte ich sie, als wir weitergingen. Daisy schüttelte den Kopf. »Arme Hunde«, meinte sie.

Wir fuhren auf den wackligen Fahrrädern zurück und stellten sie in dem von Unrat übersäten Garten der Morans ab. Meine Eltern waren noch nicht zu Hause, und so ging ich in die Küche, schälte ein paar Kartoffeln und stellte sie zum Kochen auf den Herd. Daisy saß im Wohnzimmer auf dem Sofa, blätterte in ein paar Zeitschriften, aber als ich nach getaner Arbeit zu ihr ging, sah ich, dass sie still vor sich hin weinte, dicke Tränen kullerten aus ihren Augen. Ich schubste die Zeitschriften auf den Boden, setzte mich neben sie und legte fest den Arm um sie.

»Was ist los, Daisy Mae?«, fragte ich, und sie schniefte und antwortete leise: »Ich vermisse meine Mutter.«

Das überraschte mich, und ich bedauerte sofort, dass ich mich heute Morgen im Haus der Clarkes über Tante Peg lustig gemacht hatte. Aber natürlich, es war vollkommen verständlich – die verrückte Tante Peg war schließlich die einzige Mutter, die Daisy hatte. »Ich will nach Hause«, fügte sie hinzu.

Ich küsste sie auf den Kopf. »Du kannst heimfahren, wann immer du willst«, sagte ich leise in ihr Haar hinein. Ihre Kopfhaut duftete süß. Dabei war mir klar, dass ich mich – vielleicht zum ersten Mal in meinem Leben, hier in meinem eigenen Haus, wo ich immer allein gewesen war – einsam fühlen würde, wenn sie nach Hause fuhr. »Ich kann dich morgen mit dem Zug nach Hause bringen, oder wann immer du willst. Du brauchst es nur zu sagen.« Aber Daisy schüttelte schnell den Kopf und sah mich ernst von der Seite an. »Oh, ich will nicht weg«, sagte sie. »Mir gefällt es hier. Ich könnte für immer hier bleiben.« Wieder füllten sich ihre Augen mit Tränen. »Sie fehlt mir einfach nur.«

Ich versicherte ihr, dass ich sie verstünde. »Es ist schwer, wenn man an Menschen gewöhnt ist«, sagte ich, und sie nickte. »Sie können einem fehlen, aber man muss nicht unbedingt mit ihnen zusammen sein wollen.«

Wieder nickte sie.

»Du möchtest am liebsten an zwei Orten zugleich sein. Bei ihnen, weil du sie liebst und an sie gewöhnt bist, aber auch weit weg von ihnen, damit du du selbst sein kannst.«

»Genau so ist es«, antwortete Daisy und lehnte sich an mich. Ihr dünner Ellbogen bohrte sich in meinen Oberschenkel.

»Am liebsten wärst du ein kleiner Geist, der kommen und gehen kann, wie er will. Um bei ihnen zu sein, ohne ständig dort festzusitzen.« Wieder nickte sie. »Das ist das Geheimnis von Familien«, fügte ich hinzu.

Sie legte den Kopf auf meine Schulter. Ihr Gesicht war abgespannt und müde. Ich hörte die kochenden Kartoffeln im Topf bullern und wusste, dass ich eigentlich das Gas herunterdrehen musste, aber ich wollte nicht aufstehen und Daisy allein lassen. Ich riet ihr, die Füße hochzulegen und sich auszuruhen, und als sie es tat, sagte ich, während ich mehr an die Liebe meiner Mutter zu den rosafarbenen Schonbezügen dachte als an den ganzen Quatsch, den wir heute wegen der rosa Schuhe veranstaltet hatten: »Du ziehst besser deine Schuhe aus.« Gehorsam und matt beugte sie sich nach unten und knüpfte die abgetragenen Schnürschuhe auf. Es waren ihre normalen Schuhe für die Schule und natürlich keine Zauberschuhe. »Diese sandigen Söckchen auch«, bat ich. Mit nur einem ganz leichten, traurigen Nicken, nur noch einem winzigen Überbleibsel ihres früheren Zögerns, streifte sie ein dünnes weißes Söckchen nach dem anderen ab und stopfte sie in ihre Schuhe.

Sie zog die Füße wieder hoch aufs Sofa, versteckte die Knie unter dem weiten Rock meines alten Sonntagskleides und legte den Kopf in meinen Schoß. An der Wand neben dem Kamin hing die Zeichnung, die mir Floras Vater im April geschenkt hatte, nun sorgfältig in ein Passepartout gesetzt und gerahmt. Meine Eltern hatten gesagt, der Rahmen habe »Museumsqualität« und sei »ein kleines Vermögen wert«, doch immerhin hatte der Mann in dem Rahmengeschäft ihnen hundert Dollar für die Zeichnung geboten, was sie sehr überrascht hatte und ihnen unendlich gefiel. Sie hatten das Bild mit großer Feierlichkeit aufgehängt. Obwohl sie immer noch meinten, die Zeichnung sehe »nach nichts« aus, war es immerhin der erste wirkliche Beweis meines Erfolges, den ich allein durch den Umgang mit anderen bewirkt hatte, was schließlich auch der Grund war, weshalb wir hier herausgezogen waren. Ich sah, wie Daisy das Bild betrachtete, den Kopf in die Hand gestützt, und sagte: »Floras Vater hat das gezeichnet.«

Sie nickte. »Das dachte ich mir.«

»Ich habe keine Ahnung, was es darstellen soll«, fuhr ich fort. »Er hat davon ungefähr fünfzig Blatt gezeichnet und mir eines geschenkt.«

»Ich glaube, es ist etwas, das zerbrochen ist«, sagte sie bestimmt. Sie klang nicht mehr so schläfrig wie zuvor, als hätten ihre eigenen Gedanken sie zu neuem Leben erweckt. »Etwas, von dem man erwartet hat, dass es zerbricht, man sich aber immer noch wünscht, es wäre nicht zerbrochen. Von dem man gehofft hat, es werde heil bleiben.«

Ich schob den Kleidersaum über ihren dünnen Knöcheln hoch. Die Sonne, das schwere Rotgold der Abenddämmerung, schien durch das Wohnzimmerfenster, aber bis zum Sofa gelangte sie nicht. Ich war folglich weder geblendet noch durch irgendwelche Schatten irritiert und wusste sofort, dass ich mich nicht in dem täuschte, was ich sah. Ich beugte mich über Daisy, berührte ihre Schulter und bat sie, sich aufzusetzen. Einen Augenblick lang schien sie den Atem anzuhalten. Ich glitt vom Sofa und kniete mich mitten zwischen die Zeitschriften. Sanft nahm ich ihre beiden Füße in meine Hände. Über jedem Spann, scheinbar den Umriss ihrer alten Schnürschuhe nachzeichnend, leuchtete unverkennbar ein blauer Fleck – ich leckte meinen Finger und rubbelte etwas über die Haut, nur um sicherzugehen –, ein schwarzblauer Bogen, der fast bis zu ihren Zehen ging. Ich berührte ihn sanft und dann mit Druck, aber sie zuckte nicht zurück.

»Tut es weh?«, fragte ich, und sie schüttelte verlegen den Kopf. »Eigentlich nicht.«

»Was ist es dann?«, flüsterte ich.

Sie zuckte die Achseln. Artig hielt sie die Hände in ihrem Rockschoß gefaltet.

»Nur ein schwarzblauer Abdruck«, sagte sie vorsichtig, hob das Kinn und drehte ihren Kopf etwas weg von mir.

»Woher hast du das? Von deinen Brüdern?«

Jetzt standen wieder Tränen in ihren Augen, und ihre Stimme war sehr leise, kaum hörbar. »Nein«, flüsterte sie.

Unsere Blicke trafen sich, und sie nickte, als wolle sie zugeben, dass es das war, was zu verbergen sie sich so bemüht hatte. »Ich weiß nicht, wie ich das bekommen habe«, sagte sie. »Es war einfach eines Tages da, ist schon eine Weile her. Ich weiß nicht, wie.«

Ich betrachtete es mir näher. Es war ein gesprenkelter Fleck, an manchen Stellen gelblich, an manchen fast schwarz. »Hast du irgendjemandem davon erzählt?«, fragte ich sie. »Hast du das deiner Mutter gezeigt?«

Daisy schüttelte wieder den Kopf, und jetzt zitterte ihr Mund. »Ich hatte Angst, ich dürfte sonst nicht kommen«, antwortete sie leise. »Ich hatte Angst, sie würden mich zum Arzt schicken, und dann würde ich nicht kommen können.« Eine Träne quoll aus einem Auge, lief ihr Gesicht herunter und fiel auf den hübschen Kragen ihres verschmutzten Kleides. »Ich will wirklich nicht nach Hause«, sagte sie ernst. »Ich vermisse meine Mutter, aber ich will nicht nach Hause.« Ich setzte mich wieder aufs Sofa und nahm sie in die Arme. Wie ein Baby drückte sie ihren offenen Mund gegen meine Schulter.

»Ich dachte, das käme von den Schuhen«, erzählte sie. »Den Schulschuhen. Ich dachte, bei den rosafarbenen würde es weggehen. Aber ich habe sie den ganzen Tag getragen. Es geht nicht weg.« Sie hob eine Hand an mein Gesicht. »Ich will noch nicht nach Hause fahren.«

Ich hielt sie eine Weile fest, streichelte ihren Arm, klopfte ihr auf den Rücken, beruhigte sie. Ich dachte an die Verfärbung, die ich auf ihrer Hüfte gesehen hatte, als sie sich umzog. An die Blässe ihrer Haut am Morgen, an die Hitze auf ihrer Kopfhaut und ihrer Stirn, als ich mich über sie beugte, um sie zu küssen. An all die Dinge, die Tante Peg und Onkel Jack in ihrem geschäftigen, von Kindern wimmelnden Leben vielleicht wirklich eine Zeit lang entgangen waren. Arme Daisy. Arme Daisy, sagten wir alle. Arme Daisy, lautete der fröhliche Familienrefrain, die arme Daisy bekommt nicht viel Aufmerksamkeit, wie denn auch mit all ihren lauten Brüdern und der dicken, labilen Bernadette, dem Haus, das in Ordnung gehalten werden muss, und den Regeln, die befolgt werden müssen, und den langen gefährlichen Nächten, in denen ihr Vater Dienst hat (ganz zu schweigen von all den geschäftigen Nächten bei verschlossener Tür, wenn er zu Hause war). Die arme Daisy ist ein liebes kleines Ding, lautete der Familienrefrain: gehorsam, höflich, wunderbar selbstständig – lässt sich selbst ihr Bad ein, zieht sich allein den Schlafanzug an, kommt morgens fix und fertig für die Schule herunter. Sie ist ein stilles kleines Ding, die arme Daisy, sie hat wohl auch keine große Chance, irgendetwas anderes zu sein, oder? (Der das sagte, war Onkel Jack mit seiner Pistole und seinem Halfter, seinem Teller voller winziger Marshmallows auf Obstsalat, auf dem Resopaltisch vor sich, während Tante Peg umherhuscht und seine Schulter und seine narbige Wange berührt, und alle Kinder sind im Bett außer mir. Hinter ihm das mit falschem Schnee angesprühte Küchenfenster. »Arme Daisy«, sagt er und schluckt einen Löffel Obstsalat herunter. Onkel Jack um ein Uhr morgens in seiner Küche, endlich von der Arbeit zurück. »Sie ist ein stilles kleines Ding, aber wir werden sie wohl behalten.«)

Ich weiß nicht, ob ich in diesem Augenblick eine Entscheidung fällte. Ich weiß nicht, ob ich verstand, was die blauen Flecken bedeuten könnten oder erahnen ließen, obgleich ich glaube, wir beide, Daisy und ich, hatten das Gefühl, es sei etwas Bedrohliches an ihnen, etwas, das in ihr und mein Leben eindrang. Irgendetwas, das zerbrochen war. Etwas, von dem man erwartet hat, dass es zerbricht. Obwohl man immer gehofft hat, es werde heil bleiben.

»Ein Tag ist nicht sehr lang«, sagte ich schließlich zu ihr, als sie wieder bereit schien, mir zuzuhören. »Man weiß nie. Du hast den rosa Schuhen eigentlich nicht viel Zeit gegeben.«

Sie setzte sich auf, die Arme noch immer um meinen Hals. Unsere Gesichter waren nur wenige Zentimeter voneinander entfernt. »Du hast sie erst gestern angezogen«, fuhr ich fort. »Bis dahin waren es ganz normale Schuhe.« Ich hörte, wie das Auto meiner Eltern in die Einfahrt einbog. Die Reifen knirschten auf dem Kies. »Wir müssen ihnen eine Chance geben, nicht wahr? Wir müssen abwarten, was sich tut.« Ich wischte mit dem Daumen über ihre geröteten Wangen, die noch immer nass von Tränen waren. Man hörte das Quietschen der Bremse des alten Wagens.

Vorsichtig lehnte ich mich über Daisys Schoß und hob ihre Söckchen auf. »Du weißt, was man über Zauber und Geister und auch über Glück sagt. Man sagt, als Erstes muss man daran glauben, stimmt's?«

Ich rollte die Söckchen auseinander. Sie waren warm und feucht, noch immer voller Sand. Ich schlug sie gegen die Innenseite meines Handgelenks. Dann säuberte ich

Daisys verfärbte Füße, wobei ich mit meinen Fingern zwischen ihre Zehen fuhr und sie etwas kitzelte. Draußen wurden die Autotüren zugeschlagen, und ich hörte meine Eltern auf dem Weg zwischen der Garage und der Veranda miteinander reden, ihre normalen freundlichen Stimmen, als wäre es dasselbe Gespräch, mit dem sie beim Aufwachen schon begonnen hatten.

»Streck deine Zehen wie eine Ballerina, Daisy Mae«, flüsterte ich und streifte ihr die Socken über die Füße und barg sie in meinen Händen, als meine Eltern durch die Fliegentür hereinkamen.

Man hätte sie für Besucher von einem anderen, dunkleren Planeten halten können, meinen Vater in seinem zerknitterten blauen Anzug, meine Mutter in Rock und Seidenstrümpfen und hohen Absätzen mit Zeitung und Aktentasche unter dem Arm. In ihren Kleidern brachten sie den rauchigen Geruch des Büros und des Autos mit. »Ach, da sind sie ja!«, rief mein Vater aus, als sei er in der Tat überrascht, uns zu sehen. Und meine Mutter fragte: »Wie kamt ihr Mädchen heute zurecht? Hast du die arme Daisy müde gemacht? Stehen die Kartoffeln auf dem Herd?«

Ich schüttelte noch einmal kurz Daisys Füße, wie um unser Abkommen zu besiegeln, und zog sie dann vom Sofa herunter. »O Gott, die Kartoffeln!«, rief ich und tat so, um sie willkommen zu heißen, als wüsste ich manchmal nicht, was ich tat.

Nach dem Essen gingen Daisy und ich hinaus, um Glühwürmchen zu fangen. Sie hatte wieder die rosa Schuhe angezogen, um ihnen Zeit zu geben, und tatsächlich schienen sie sie strahlender zu machen. Wir saßen auf der Baumschaukel einander gegenüber, mit Daisys Beinen um meine Taille, unsere Hände zusammen an dem dicken Seil, und als ich es ein bisschen zu wild trieb und zu spüren begann, wie sie bei jedem Aufwärtsschwung zitterte, bremste ich mit meinen nackten Füßen im Gras. So blieben wir in der Dunkelheit sitzen, vor uns nur das Licht unserer hinteren Veranda und das aus der Küche, wo meine Eltern immer noch saßen, redeten und rauchten, als Petey und Tony erschienen, dieses Mal durch das Tor, obwohl sie sonst einfach über den Zaun hüpften.

»Hast du Rags gesehen?«, fragte Petey leise, als er näher kam, wobei er kaum den Kopf hob, um uns anzusehen.

»Judy und Janey haben ihn mitgenommen«, antwortete ich. »Kurz bevor ich Flora nach Hause brachte.«

»Na ja, er ist wieder fort«, sagte er. »Sie haben ihn nicht gesehen.«

»Ich habe ihn auch nicht gesehen.« Ich setzte die Schaukel wieder in Bewegung, vor und zurück. Das Quietschen des Seils an dem hohen Zweig war eine Weile das einzige Geräusch zwischen uns.

In der Dunkelheit konnte ich nur die glänzenden Augen der Jungen ausmachen und ihre weißen Haarstoppeln. Ihre Körper schienen verschwunden zu sein.

Schließlich sagte ich: »Du musst dich bei Daisy entschuldigen, Petey«, und als ob er nur auf dieses Stichwort gewartet hätte, schoss es aus ihm hervor: »Tut mir Leid, Daisy.«

Sie sah mich an und sagte dann zu ihm: »Ist schon gut.«

Ich bewegte die Schaukel langsam vor und zurück. »Vielleicht möchtest du mir das auch sagen«, schlug ich vor, und wieder kam von Petey ohne Zögern: »Tut mir Leid.«

Tony trat vor und zog den Strohhut hinter seinem Rücken hervor. »Hier«, sagte er und reichte ihn mir förmlich. Der Hut war leicht mitgenommen, und obwohl ich ihn in diesem Licht nicht genau untersuchen konnte, sah ich, dass er seine Form verloren hatte; vielleicht war sogar hier und da darauf herumgekaut worden.

»Ich möchte Daisy auch etwas schenken«, sagte Petey schüchtern. »Ich hab es nur noch nicht. Aber es wird ihr bestimmt gefallen, wenn ich es habe.«

Daisy und ich wechselten bei dieser Nachricht einen Blick, und Daisy sagte hoheitsvoll: »Das ist sehr nett von dir.«

In diesem Moment brach in unsere Stille der Dunkelheit das dumpfe und entfernte Gebrüll des alten Mr Moran ein. Offenbar richtete es sich gegen irgendjemanden im Haus, und dann brüllte seine Tochter zurück. Ich ließ Daisy von meinem Schoß gleiten, und eine Weile fingen wir alle Glühwürmchen, wobei Petey und Tony sich häufig die toten, aber noch immer leuchtenden Insekten von den Kanten ihrer Handflächen wischen mussten, weil sie sie ein klein wenig zu heftig und zu begeistert gefangen hatten. Schließlich kam Judy herüber. Sie trug Garbage, den herrenlosen Kater, auf dem Arm und fluchte leise, als er sich ihrer Umarmung entwand und im Gebüsch verschwand. Auch Janey kam herüber, während die Streiterei im Innern des Hauses leiser und wieder lauter wurde. Türen knallten. Ich machte für uns alle Popcorn und ließ die Kinder dann hereinkommen und es am Küchentisch essen, weil es mit den Mücken immer schlimmer wurde. Ungefähr um zehn, als meine Eltern vom Wohnzimmer aus riefen, Daisy müsse nun wirklich ins Bett, schickte ich sie alle nach Hause.

In jener Nacht schliefen wir auf dem Dachboden. Wir schoben den alten Lehnstuhl vor das kleine Fenster, genau wie Onkel Tommy es gemacht hatte. Ich merkte am Klang von Daisys Stimme, an ihren kurz angebundenen Worten, an der Art, wie sie hin und wieder zur Rücklehne des Sessels blickte, während sie die Tagesdecke herunterzog und ihre Kissen zurechtrückte, dass Daisy allmählich Angst bekam, der Geist könne wirklich erscheinen, und ich sagte, normalerweise erschienen Geister nur einzelnen Personen, die allein schliefen; so stünde es auch in meinem Roman. Das schien sie etwas zu beruhigen, aber sie bat mich dennoch, mich mit ihr zusammen hinzulegen, bis sie eingeschlafen sei. Das tat ich und flüsterte ein paar »Ave Marias«, wie das meine Mutter immer für mich getan hatte, monoton eines nach dem anderen. Über die blauen Flecken redeten wir nicht mehr, obwohl ich, als sie sich fertig machte, einen weiteren auf ihrer Schulter bemerkt hatte, klein und rund, von Peteys Faust. Ich hatte ihr die kleinere Version davon auf meinem Unterarm gezeigt. Innerhalb weniger Minuten schlief sie fest. Ich stand auf, zog die Bettdecke über ihre Schulter und legte mich ins andere Bett.

Eine Weile lag ich da und blickte zu der dunklen Silhouette des hohen Lehnstuhls vor dem Fenster. Natürlich hatte Onkel Tommy den Geist gesehen, und wie es in der Geschichte hieß, erschienen Ehepaaren keine Geister. Ich dachte an Onkel Tommy, wie er allein in genau diesem Bett lag, ein Mann über fünfzig, unverheiratet, kinderlos. Ich sah seinen kleinen jungenhaften Körper vor mir, sein breites, anziehendes Gesicht, das auf seine Weise auch jungenhaft war, sein sich lichtendes, immer noch helles Haar, die babyweichen Wangen, seine Haut, die nur um die Augen herum faltig war. Onkel Tommy, immer allein, immer lächelnd. Selbst über fünfzig hatte er ständig neue Jobs und neue Freundinnen. Er wohnte in einem Apartment auf der Upper West Side, das ich nie gesehen hatte, und meine ganze Erfahrung mit ihm bestand nur aus einer Reihe unerwarteter Besuche und unerwarteter Abschiede. Er war wie ein Wirbelwind. Ich mochte ihn, weil er meine Mutter Sis oder Sissy nannte, und wann immer sie ihn anflehte, endlich mal ernst zu sein, sagte er, mir zuzwinkernd: »Nichts ist ernst.« Ebenso fröhlich hatte er mir auch mitgeteilt, dass er es nicht so mit der Ehe hätte »und, wenn wir schon dabei sind«, auch nicht mit der Kirche. Ihm gefalle der Klang von »Bis dass der Tod uns scheidet« nicht und auch nicht die Vorstellung von aufgeschobenen Freuden im Himmel. »Ich freue mich lieber jetzt.« Er hatte Kinder gern und Hunde, obwohl er keine eigenen hatte. Für ihn waren sie die einzigen Geschöpfe, die es wahrhaft verstanden, in der Gegenwart zu leben. Wenn ich mein Talent von irgendjemandem geerbt hatte, dann von ihm.

»Glücklich zu sein«, wiederholte Onkel Tommy gerne, »bedeutet eine Menge Arbeit.« Für etwas anderes habe er keine Zeit, meinte er.

Der Geist, der ihm hier in unserer Dachstube erschienen war, hatte auf irgendetwas gewartet, voller Verzweiflung, und nach Aussage von Onkel Tommy sei er dermaßen erschüttert gewesen, dass er kaum sprechen konnte. Es sei ein trauriger Geist gewesen, bis ihm Onkel Tommy einen Lehnstuhl gab und einen kleinen Jungen in die Arme legte. Endlich war er zurückgekehrt.

So lange ich konnte, blieb ich in Onkel Tommys Bett wach und lauschte auf Daisys leisen Atem. Irgendwie hatte ich auch ein bisschen Angst, vielleicht Angst vor ihrer Bewusstlosigkeit, aber dann hörte ich sie im Schlaf kichern. Der Geist und sein Junge erschienen nicht, zumindest nicht in jener Nacht.

Am Morgen erfuhr ich jedoch, dass Petey da gewesen war. Er hatte auf der Erde unter dem Fenster meines leeren Zimmers geschlafen.


Am Morgen saß er mit meinen Eltern am Küchentisch. Meine Mutter hatte ihm eine Häkeldecke über die Schultern gelegt, und vor ihm standen eine Tasse Tee mit Milch und ein Teller mit Toast. Meine Eltern taten so, als wüssten sie nicht, dass er da draußen geschlafen hatte. Als ich hereinkam, erzählten sie mir, dass Petey heute besonders früh aufgestanden war, weil er gehofft hatte, in unserem Garten ein Kaninchen zu fangen. Mein Vater zeigte ihm, wie er vorgehen sollte, und demonstrierte ihm anhand einer Streichholzschachtel und eines Zahnstochers, welche Art von Falle er bauen konnte. Meine Mutter suchte ihm im Kühlschrank ein paar Karotten als Köder. Da Petey auf meinem Stuhl saß, lehnte ich mich gegen die Theke und beobachtete ihn. Auf seinem Gesicht, seinen Armen und seinen nackten braunen Beinen waren hunderte von Mückenstichen, ich sah sogar einige auf seiner rosa Kopfhaut. Die rechte Schulter, sein Arm und die rechte Seite seines Gesichts und Kopfs waren noch immer dreckverkrustet von der Schlaferei unter den Büschen. Den Tee rührte er nicht an, aber er aß den ganzen Teller mit Toast leer, nahm dann die Karotten meiner Mutter, bedankte sich und schoss, als wäre er selber ein Kaninchen, durch die Hintertür nach draußen.

Müde kehrte meine Mutter zu ihrem Stuhl zurück, als wäre Petey ihr eigenes missratenes Kind. Sie fragte mich, ob ich letzte Nacht das Polizeiauto gehört hätte, wieder bei den Morans, und als ich es verneinte, schüttelte sie den Kopf. »Dein Vater hat es auch nicht gehört«, sagte sie, »und das ganze Geschrei auch nicht.«

»Früher am Abend habe ich Geschrei gehört«, meinte mein Vater, aber meine Mutter schüttelte den Kopf. »Nein«, antwortete sie. »Es ging bis spät in die Nacht.« Er zuckte verlegen mit den Achseln; offenbar hatte er geschlafen und sie nicht.

Als sie zur Arbeit aufgebrochen waren, stieg ich die Treppe zur Dachstube hinauf, um Daisy zu wecken, und brachte ihr eines von den neuen Kleidungsstücken, die ihre Mutter mitgeschickt hatte. Es war meine Geste der Versöhnung und des Bedauerns gegenüber Tante Peg, die Daisy liebte. Und Tante Peg liebte Daisy. Es war das kleinste von all den Kleidungsstücken – rosa und blau karierte Shorts, die gut zu ihren rosa Schuhen passten. Ich hatte schon die Falten herausgebügelt und überlegte, ob man die dehnbare Taille mit einer Sicherheitsnadel enger stecken könnte, falls sie zu locker war. Daisy schmollte etwas, als sie das Stück sah. Sie hatte sich schon das rotblaue Sommerkleid aus der Zeit, als ich selber acht Jahre alt war, ausgesucht. Ihr gefielen die Schulterschleifen. Unten in meinem Zimmer hielt ich sie zwischen meinen Knien und bürstete ihr Haar, befestigte es oben auf dem Kopf mit einem Gummiband und einem weiteren dicken roten Band. Mit aufgesteckten Haaren wirkte ihr Gesicht plötzlich schmaler, und ihre Ohren standen ab wie die Griffe von Teetassen. Ihre Haut und die Knochen ihrer bloßen Schultern wirkten dünn wie das Porzellan von Teetassen, bläulich und zerbrechlich.

An dem Morgen hatte ich über meine eigenen Shorts und das T-Shirt ein altes weißes Hemd meines Vaters gezogen, und in einem plötzlichen Impuls hob ich einen Zipfel davon über meinen Kopf und fiel über Daisy her wie ein Gespenst, zog sie mit aufs Bett. Sie lachte und quietschte, und dann hob sie, als wäre ihr etwas eingefallen, die Hand an den Kopf und sagte: »Mach mir nicht meinen Knoten kaputt.« – »Oh, das ist dein Knoten, ja?«, fragte ich und kitzelte sie. »Ich dachte, es sei *mein* Knoten.« Ich liebte ihre kleinen unregelmäßigen und lückenhaften Zähne, die winzige Nase und die hellroten Bögen ihrer Augenbrauen. Atemlos lagen wir einen Augenblick lang auf meiner Chenille-Decke mit dem Zipfel des abgetragenen Hemdes über unseren beiden Gesichtern und sahen nichts mehr um uns herum bis auf das Morgenlicht. Plötzlich flüsterte Daisy: »Du wirst doch nichts erzählen, oder?« Ich schüttelte kaum merklich den Kopf, nur um sie zu beruhigen. »Denk nicht mehr daran«, sagte ich und zerrte das Hemdende von unseren Gesichtern. Auf uns wartete eine Menge Arbeit.

Am Abend zuvor hatte ich den Strohhut von Floras Mutter an den Haken neben der Hintertür gehängt, und heute Morgen stellte ich bei genauerem Hinschauen fest, dass er verdreht und kaputt und rund um den Rand eindeutig zernagt war. Trotzdem stülpte ich ihn mir hinten auf den Kopf. Ich hatte genug Geld, um einen neuen zu kaufen.

Petey, Tony und Janey waren in unserem Hof, vor sich eine Schachtel, Rags Wäscheleine und die schlaffen Karotten. Petey baute sich vor der Schachtel auf, sobald wir aus der Hintertür traten, die Karotten hielt er hinter dem Rücken, während Tony mir mit einer raschen Geste bedeutete, dass Daisy es nicht sehen sollte. Janeys Augen wanderten von dem roten Band in Daisys Haar zu dem karierten Kleid und dann zu den schmucksteinbesetzten Schuhen. Wie alle Moran-Kinder trug sie an dem Morgen dieselben Klamotten wie gestern und vielleicht noch vom Tag davor, dieselbe Bluse und Dreiviertelhose, in denen sie mit einem Vater reiten gegangen war, der nicht auch Peteys und Tonys Vater war. Sie war ein süßes kleines Mädchen trotz des schmutzigen Gesichts und der weißblonden Schnittlauchhaare, eines dieser kleinen Mädchen, denen man ansah, dass es mal eine schöne Frau werden würde, sichtbar an der Schärfe ihrer Züge, offensichtlich in ihrer Haltung und dem harten Blau ihrer Augen. »Wo geht ihr hin?«, fragte sie und fügte, bevor ich überhaupt geantwortet hatte, hinzu: »Kann ich mitkommen?«

Tony rief mit stolzgeschwellter Brust: »Kommt nicht in Frage, Janey«, und befahl ihr dann mit derselben rauen lauten Stimme, die ein Hundetrainer – oder vielleicht sein eigener Vater – angewendet hätte: »Du bleibst hier. Hat Mommy gesagt.«

»Dann musst du wohl bleiben«, sagte ich zu Janey, und Tony fügte hinzu: »Die Polizei wird sie aufgreifen, wenn sie die Straße verlässt. Hat meine Mutter gesagt.«

Janey guckte einen Augenblick enttäuscht und ging mit ihren blauen, schmal gewordenen Augen langsam auf ihn zu; der Ausdruck von Hoffnung in ihrem Gesicht war plötzlich dem der Verachtung gewichen. Ich sah einen Tritt ans Schienbein kommen, und deshalb nahm ich den zerbeulten Hut von Floras Mutter von meinem Hinterkopf und setzte ihn ihr auf. »Möchtest du den? Er steht dir gut.«

Im Schatten der Hutkrempe blickte sie zu mir auf, und ihr Gesicht veränderte sich erneut. Jetzt war sie wieder sechs Jahre alt. »Du siehst wie ein Filmstar aus«, sagte ich. »Wie Sandra Dee.« Ich warf Tony einen Blick zu, der bedeutete: Wage es bloß nicht, mir zu widersprechen. Janey lächelte langsam und befühlte rundherum die Krempe. »Kann ich ihn haben?«, fragte sie. »Klar«, antwortete ich, als wäre es mein Hut, den ich ihr einfach schenken könnte. Ich schlug vor, sie solle nach dem Abendessen vorbeikommen, und ich würde ihr ein paar farbige Bänder heraussuchen, um ihn damit zu schmücken.

Petey, der noch immer versuchte, die umgestülpte Schachtel und die Karotten hinter dem Rücken zu verbergen, machte mit seiner freien Hand eine gebieterische Geste und brummte: »Haut jetzt ab, Leute, geht doch endlich!«

Obgleich Dr. Kaufman heute angeblich zu Hause war, bat Daisy, bei Red Rovers Zwinger vorbeizuschauen und schnell »Hallo« zu sagen. Da das Haus mehr oder weniger auf dem Weg lag, war ich einverstanden. Das Auto stand vor der Tür, als wir ankamen, aber die Jalousien waren alle heruntergelassen, weshalb ich Daisy sagte, wir würden nur schnell nach hinten gehen, Red Rover streicheln, ihm einen Keks geben und dann weiterziehen. Aber als wir ums Haus gingen, stand Dr. Kaufman auf der Terrasse mit dem Rücken zu uns und blickte über sein leeres Schwimmbad und das Badehaus. Er war barfuß und trug nur Boxershorts und ein Polohemd, und ich hätte kehrtgemacht und wäre verschwunden, wenn er nicht Daisys harte Schritte auf dem Beton gehört und sich umgedreht hätte. Seine dünnen, borstigen Haare standen vom Schlafen in alle Richtungen, und er war unrasiert. Alles an ihm, Arme, Beine, sogar die Handrücken, alles, bis auf die Schädelplatte, war mit gekräuselten schwarzen Haaren bedeckt. Er hielt einen Becher Kaffee in der Hand. »He«, sagte er langsam. »Du willst mit Red spazieren gehen? Habe ich dich denn gebeten, heute zu kommen?«

Ich schüttelte den Kopf, stellte Daisy vor und erklärte, wir hätten nur dem Hund Guten Morgen sagen wollen.

»Ach so«, wiederholte er leise, als suchte er nach Worten. Vielleicht schlief er auch noch halb. »Das ist aber nett.« Er setzte sich plötzlich in Bewegung, um einen der Terrassenstühle hervorzuziehen. Seine behaarten Beine waren krumm, und er war nicht so gebräunt, wie man es im August erwartet hätte. »Willst du dich nicht setzen?«, fragte er und gestikulierte mit dem Kaffeebecher. »Wollt ihr etwas Saft?« Er sah mich nachdenklich an. »Du trinkst wohl keinen Kaffee, oder? Ich habe aus der Stadt ein paar Brötchen mitgebracht. Willst du ein Brötchen?« Ich antwortete: »Nein, danke«, und erzählte ihm, dass ich auf dem Weg zu meinen anderen Jobs sei.

»Ja, natürlich«, erwiderte er und nickte. Seine Stimme war wieder sanft und unbestimmt. Das Wasser hinter ihm im Schwimmbad war wunderschön blau und still, es spiegelte nur die kleinen Wolken wider, die am Himmel entlangzogen. Das Badehaus war abgeschlossen. Es sah aus, als sei es noch nie geöffnet worden. Ich hörte Red Rover ein- oder zweimal winseln, aber es klang nicht sehr hoffnungsvoll.

Daisy nahm meine Hand, als wollte sie sagen: »Lass uns gehen«, aber Dr. Kaufman schien zu wollen, dass wir blieben. »Habt ihr einen schönen Sommer?«, fragte er und lehnte sich gegen den Terrassentisch, als würde es ein längeres Geplauder werden. »Ja, danke«, antwortete ich. »Viel zu tun.« Obwohl wir mehrere Male wegen unserer Vereinbarung telefoniert hatten, sah ich ihn in diesem Jahr das erste Mal. Er war breitschultrig, aber nur etwa so groß wie ich, ein wenig gebeugt und vielleicht etwas schwerer, als ich ihn in Erinnerung hatte. Er hatte immer ein freundliches unglückliches Gesicht. »Du siehst gut aus«, meinte er. »Du bist gewachsen«, und nachdem er mich, wie es schien, ein, zwei Sekunden zu lange angesehen hatte – seine dunklen braunen Augen blickten traurig und zugleich abschätzend –, wandte er sich Daisy zu und fragte: »Wo wohnst du in der Stadt, mein Schatz?«

Wie aus der Pistole geschossen, sagte Daisy: »Sutton Place.«

Ich lachte unwillkürlich laut auf, und Dr. Kaufman wandte sich mir lächelnd und verwirrt zu – es war sein erstes Lächeln, seit wir gekommen waren – und fragte: »Was? Was ist so komisch daran?« Sein Blick wanderte zu meinen Beinen. Daisy lächelte auch.

Ich packte den Knoten auf Daisys Kopf und schüttelte ihn: »Na ja, eigentlich Queens Village«, korrigierte ich. Sie kicherte und zuckte die Achseln. Dr. Kaufman wollte ihr helfen und meinte: »Sie hat also eine ausgeprägte Fantasie.« Jetzt musterte er auch sie von oben bis unten. »Und hübsche Schuhe.«

Red Rovers Winseln wurde lauter. Er unterstrich jeden Laut mit einem kummervollen Bellen, und deshalb schlug ich vor, schnell zum Zwinger hinunterzugehen und uns dann auf den Weg zu machen. Noch immer an den Tisch gelehnt, winkte Dr. Kaufman mit seinem Kaffeebecher. »Geht nur. Er wird begeistert sein.«

Wir fütterten den Hund mit einigen der Kekse, die ich in meiner Strandtasche hatte, und kraulten ihn hinter den Ohren. Gerade waren wir dabei, das Tor wieder zu verschließen, als Dr. Kaufman zu uns trat. Er hatte über seine Boxershorts ein Paar kurze Hosen gezogen und trug Segelschuhe. Er sah aus, als hätte er sich hastig rasiert. In einer Hand hielt er Red Rovers Leine und verkündete, er und Red wollten uns zu unserem nächsten »Auftrag« begleiten. Ich sah Daisy an. Ich wusste, sie würde sich über die Begleitung des Hundes freuen, wäre aber vielleicht etwas enttäuscht, den Morgen mit einem Erwachsenen teilen zu müssen. Doch ihr Gesicht war ausdruckslos. Enttäuschungen waren nichts Neues für sie. Er ging neben mir, wobei sein Arm den meinen streifte, als Red Rover an der Leine zerrte. Ich fragte nach den Zwillingen und wann sie kommen würden. Als Mr Kaufman antwortete, fiel mir auf, dass er Mrs Kaufman mittlerweile »ihre Mutter« nannte, während er sie noch vor zwei Jahren, als ich für die Familie arbeitete, immer als »meine Frau« bezeichnet hatte. Er fragte mich, ob ich mir schon wegen eines College Gedanken gemacht hätte. Ich verneinte es. Ihre Mutter, sagte er, sei auf das Smith gegangen. »Geh bloß nicht aufs Smith!«

»Vielleicht hast du ja Lust, Mannequin zu werden«, schlug er vor, und als ich meinte, das wollte ich eher nicht, sagte er: »O nein, du könntest es wirklich.« Er fragte Daisy: »Siehst du deine Cousine nicht auch schon als Model in Zeitschriften?« Daisy sah mich an, um herauszufinden, was sie meiner Meinung nach sagen sollte – vielleicht spürte sie meinen Widerwillen gegenüber solchem Gerede. »Wenn sie es möchte«, antwortete Daisy leise.

»Doch, du könntest es«, beharrte er, ganz begeistert von seiner eigenen Idee. Seine Stimme, seine ganze Art schien sich zu ändern; es war eine Verwandlung, die ich nicht ganz verstand, von der ich aber wusste, dass sie irgendwie mit der Verwandlung zu tun hatte, die »meine Frau« zu »ihrer Mutter« gemacht hatte. »Ich kenne ein paar Leute in dem Geschäft«, sagte er. »Einige von meinen Patienten. Ich könnte dich bekannt machen. Die Türen öffnen. Ich sag's dir, man würde dich in allen Zeitschriften sehen. In *Seventeen* zum Beispiel. Du liest doch die *Se-*

*venteen*, nicht wahr? Sogar meine Tochter liest die *Seventeen*, und sie ist erst sechs.« Er lachte. Mir fiel ein, dass ich ihn eigentlich daran erinnern müsste, dass ich seine Tochter kannte; schließlich war ich ihr Babysitter. »Ich kenne einige von diesen Mannequins«, fuhr er fort. Er lachte erneut. »Ich bin jetzt Junggeselle, weißt du«, fügte er erklärend hinzu. »Sie haben alle sehr jung angefangen, und wie alt bist du jetzt, siebzehn, achtzehn?«

»Fünfzehn«, antwortete ich, obwohl ich versucht war zu sagen: »Zwölf.«

Da Red an der Leine zerrte, sah mich Dr. Kaufman über die Schulter an. An seinem Polohemd haftete immer noch der Geruch nach Schlaf und ein Hauch von Schweiß. »Ist das alles?«, erstaunte er sich. »Ich hielt dich für älter.« Dann meinte er: »Du warst also noch ein richtiges Baby, als du für uns gearbeitet hast. So was, war mir gar nicht klar.« Langsam schien er sich an etwas zu erinnern. »Wow, du warst dreizehn. Wusste ihre Mutter, dass du erst dreizehn Jahre alt warst?«

Ich zuckte die Achseln. »Ich vermute, ja«, erwiderte ich. Er schüttelte weiter den Kopf. »Wow«, sagte er noch einmal. Nachdem wir eine Zeit lang schweigend unseren Weg fortgesetzt hatten – nur das Zwitschern der Vögel, Red Rovers hastiges Gehechel und Daisys harte Schuhe auf der Straße waren zu hören –, fuhr er fort: »Ich werde dir nicht sagen, was der Frau durch den Kopf gegangen ist.«

Ich hätte ihm dafür danken können, aber stattdessen sagte ich: »Hier wohnen die Scotchterrier.«

Wir hatten endlich die Einfahrt der Richardsons erreicht, und als wir stehen blieben, sah Dr. Kaufman so erbärmlich aus, dass ich einen Augenblick glaubte, er werde gleich in Tränen ausbrechen. Wer auch immer er noch ein paar Minuten zuvor hatte sein wollen mit seinem ganzen energiegeladenen Gerede vom Mannequinwerden und wie hinreißend und wie alt ich sei – dieser Mann war verschwunden, und Dr. Kaufman sah wieder genauso schüchtern und desorientiert aus wie heute Morgen, als wir ihn überraschten. Red immer noch an der Leine haltend, wölbte er plötzlich seine freie Hand über meinen Nacken, meine Haare und den weißen Hemdkragen, beugte sich hinunter und küsste mich auf die Wange. Dann ließ er kurz seine Hand über das Hemd gleiten, um sanft meine Schulter zu packen, ließ mich los und trat zur Seite. »Kann ich dir auch ein Küsschen geben?«, fragte er Daisy. »Ich habe eine Tochter in etwa deinem Alter, die heute Morgen oben in Maine ist.« Daisy antwortete einfach »Ja«, und ich sah ein Spiegelbild meiner selbst, als sie sich vorbeugte, ihre Wange hinhielt und sittsam das Zeichen seiner traurigen Zuneigung entgegennahm. Auch ihre Schulter berührte er, und als er den blauen Fleck entdeckte, den Petey dort hinterlassen hatte, legte er einen Augenblick den Finger darauf und fragte: »Woher hast du das?«

»Von einem kleinen Jungen«, erwiderte Daisy ohne weitere Erklärung, als ob es sich nur um einen Wespen- oder Mückenstich handelte.

»Ein wütender kleiner Junge«, fügte ich hinzu.

Dr. Kaufman spitzte die Lippen und nickte. »Bei denen muss man aufpassen«, mahnte er und fügte dann hinzu: »Bei uns.« Er strich ihr über die Schulter den Arm hinunter, hob ihre Hand hoch und hielt ihre Handfläche mit den Fingerspitzen. Ich sah, wie er nur eine oder zwei Sekunden lang ihre Fingernägel begutachtete. Dabei fiel mir ein, dass ich gar nicht genau wusste, was für ein Arzt Dr. Kaufman war. Dass er seine Praxis auf der Park Avenue hatte, war alles, woran ich mich erinnerte. Jedenfalls war er jemand, der nur drei Tage in der Woche in der Stadt sein musste. Jemand, für den meine Mutter mich mit Freuden arbeiten ließ.

»Kommt doch mal zum Schwimmen, ihr Mädchen«, sagte er, als er uns verließ, rückwärts gehend, weil Red ihn mitzog, und dann rief er uns noch zu: »Das Schwimmbad wird überhaupt nicht genutzt, bis die Kinder im August herunterkommen. Es tut mir in der Seele weh. Wirklich, Mädchen, kommt und benutzt es. Ihr tut mir einen Gefallen.«

Nachdem wir die Scotchterrier spazieren geführt und Moe, Larry und Curly gefüttert hatten – wir fanden eine Notiz auf dem Küchentisch mit der Nachricht, dass morgen die Swansons kommen würden –, marschierten wir im Schnellschritt zu Floras Haus, bis Daisy vor lauter Schnellgehen und Armeschwingen und Lachen die Luft ausging. Ich hob sie auf meine Schultern und trug sie den Rest des Weges. Wir schmetterten »Ein Hut, ein Stock, ein Regenschirm« aus vollem Halse.

Flora saß schon angeschnallt in ihrer Karre, die mit dem Korb und der zusammengefalteten Stranddecke darin auf der vorderen Veranda stand; eine Imbisstüte hing am Griff. Man hatte ihr eine Babyflasche mit einem Saft aus

Tropenfrüchten gegeben, obwohl ihre Mutter erst im letzten Monat alle Flaschen verboten hatte. Sie nuckelte zufrieden daran, als wir die Stufen hinaufstiegen, aber ich sah sofort, dass sie auch an diesem Morgen einige Tränen vergossen hatte. Im Haus lief der Staubsauger. Am besten wäre es wohl gewesen, das Kind einfach zu nehmen und für den Rest des Tages zu verschwinden, und das hatte ich sonst auch immer getan, aber ich spürte plötzlich, wie eine große Wut in mir aufstieg. Ich ging in die Hocke, um Daisy beim Heruntergleiten von meinen Schultern zu helfen, wobei ich versuchte, ihre Knöchel und Handgelenke nicht zu stark zu drücken. Eigentlich hätte ich am liebsten die Fliegentür aufgerissen, den Staubsauger abgestellt und Ana mit unmissverständlichen Worten (wieder so ein Ausdruck meiner Mutter) klar gemacht, dass Flora keine Flaschen mehr kriegen sollte und dass es unmöglich war, sie wie einen Sack Kartoffeln auf der Veranda stehen zu lassen, aber ich wusste auch, dass Ana einfach so tun würde, als verstehe sie nicht, und höchstens einen Schwall in Französisch auf mich loslassen würde, bis ich ging, was genau das war, was sie jedes Mal mit der Köchin machte, wenn die beiden aneinander gerieten.

»Ich frage mich, wie lange dies arme Kind schon hier draußen sitzt«, sagte ich zu Daisy. Sie zuckte die Achseln. Ihr rotes Band hatte sich gelöst, und ich zog es langsam wieder fest und strich ein paar Haarsträhnen aus ihrem Gesicht. Sie fühlte sich warm an, schwitzte ein wenig, obgleich es heute Morgen bewölkt war und kühler als sonst. Daisy war auch blasser, als sie sein sollte. Ich blickte über die Schulter zu Flora. »Wie lange bist du schon hier draußen, Flora Dora?« Flora zog den Sauger aus dem Mund, sagte: »Ich habe eine Flasche«, und deutete auf den hellen roten Saftrest, der noch darin war.

»Richtig«, erwiderte ich. »Und deine Mutter will das nicht, stimmt's?«

»Ana hat sie mir gegeben.« Schnell steckte sie das Ding wieder in den Mund, falls irgendjemand auf den Gedanken käme, ihr die Flasche entreißen zu wollen.

Daisy lachte und lehnte sich an mich. »Schmeckt das gut, Flora?«, fragte sie, und Flora nickte und zog die Flasche mit einem Plopp wieder heraus. »Schmeckt gut«, antwortete sie und stopfte sie wieder hinein. Wie sie da saß und die dicken, knubbeligen Beine in ihren Schühchen schwang, schien sie mit der Welt völlig zufrieden zu sein.

»Ruh dich einen Augenblick aus«, sagte ich zu Daisy und schob einen der Segeltuchstühle neben Floras Karre. Ich ging ins Haus. Das Brummen des Staubsaugers kam jetzt aus dem Schlafzimmer des Herrn. Ich ging den Flur hinunter zu Floras Zimmer, prüfte die Schuhschachtel in ihrem Schrank, und als ich sah, dass die Aspirinflasche nicht wieder hineingelegt worden war, begab ich mich in die Küche. Die gerade erst geöffnete Saftbüchse stand auf der Küchentheke. Ich goss ein Glas voll, für Daisy zur Abkühlung. Auf der Theke stand auch eine bauchige Whiskyflasche, ebenfalls offen. Ich tat Eis in ein anderes Saftglas, goss etwas Whisky darauf und trug dann beides nach draußen. Ich gab Daisy den Saft. Flora beobachtete alles mit ihren unauffälligen braunen Augen und fühlte sich erneut veranlasst, die Flasche aus dem Mund zu ziehen. »Roter Saft«, sagte sie zu Daisy. Von ihrem eigenen

Getränk war schon etwas auf ihr weißes Babykleid getropft. »Schmeckt gut«, fügte sie hinzu, als wollte sie Daisy zum Trinken animieren. Sie hätte genauso gut »Prost« sagen können. Ich sagte den Mädchen, ich sei gleich wieder zurück. Die Wolken waren etwas dunkler und dicker geworden, und mir kam der Gedanke, wenn ich unseren Aufbruch noch ein paar Minuten hinauszögerte, würden wir den Tag vielleicht im Haus verbringen müssen. Arme Ana. Das Gemälde lehnte nicht mehr an der Außenwand seines Studios; wo es gestanden hatte, war im Gras noch eine Linie zu sehen. Einen Augenblick lang sah ich Floras Mutter in ihrem kleinen weißen Pullover durch diese Tür marschieren und dann Ana mit ihrem Essenstablett und den breiten blauen Hüften. Fast hätte ich gesagt, lass es, und wäre umgedreht, aber ich tat es nicht und trat über die Schwelle auf den Betonfußboden. Der Raum war viel kahler, als ich mir vorgestellt hatte, wirklich nur eine umfunktionierte Garage oder ein Abstellraum mit einem ins Dach eingelassenen Oberlicht, das ich von außen nie gesehen hatte. Das Licht, das einfiel, war milchig grau. An den Wänden lehnten etliche Stapel aufgespannte Leinwand, zwei Sägeböcke und alte Türpaneele, daneben ein einziges Regal mit einem Wirrwarr von Farben und Tüchern und Papier und Pinseln. An langen Drähten hingen die beiden nackten Glühbirnen, von denen keine brannte. Auf dem Fußboden waren Farbspritzer, und hinten in der Ecke stand ein Bett, das ich nie hier erwartet hatte und das mit etwas, das nach schwerer Seide aussah, bedeckt war. Floras Vater lag darauf wie in einer Pose – und wenn er eine andere Art von Maler gewesen wäre, hätte ich gesagt, es sei ein Bett, genau für diesen Zweck gedacht –, ein Arm hing über den Rand herunter (ich sah, dass er seine Brille auf den Fußboden hatte fallen lassen), der andere über dem Gesicht. Ein Knie war aufgestellt, das andere Bein ausgestreckt. Neben dem Bett stand ein kleiner Hocker mit einem Glas obendrauf und eine größere Flasche mit St.-Joseph-Aspirin. Ich fragte mich, ob er wohl die Nacht hier draußen verbracht hatte oder nur ein frühmorgendliches Schläfchen hielt. Ich musste mich zweimal räuspern, bis er seinen Kopf etwas drehte und fragte: »Wer ist da?« Ein alter Mann, aus dem Schlaf geholt.

»Theresa«, antwortete ich.

Ein alter Mann, der zögernd und leicht verwirrt zu sich kommt. Einen Augenblick lang lag er regungslos da, drehte dann den Kopf weiter herum und hob den Arm vom Gesicht. »Theresa«, sagte er, als bewegte er das Wort in seinem Mund. »Theresa«, wie zu sich selbst.

»Die Babysitterin«, erklärte ich.

Er setzte sich langsam und mit einiger Anstrengung auf, aber er lächelte. »Ich weiß, wer du bist«, erwiderte er und schwang seine Füße über die Seite. »So senil bin ich nicht.«

Er griff zwischen seine Knie, hob die Brille vom Betonfußboden auf und setzte sie langsam auf. Er fuhr sich mit der Hand über den Kopf, aber die weißen Haare richteten sich einfach wieder auf. »Habe ich geschnarcht?«, fragte er. Ich antwortete, ich wüsste es nicht, weil ich gerade erst gekommen sei.

Ich durchquerte den Raum und reichte ihm das Glas Whisky. »Ana hat mich gebeten, Ihnen das zu bringen.«

Jetzt sah er zu mir auf, die Augenbrauen hochgezogen und die Stirn in Falten gelegt, und lachte: »Das bezweifle ich.«

Dennoch streckte er die Hand aus und ergriff das Glas. Er hielt es hoch, bevor er einen Schluck nahm. Wenn das Licht besser gewesen wäre, hätte er mich erröten sehen. Das war nicht meine Art zu lügen.

»Ihre Frau«, fuhr ich fort, »will nicht, dass Flora weiter die Flasche bekommt. Sie versucht, es ihr abzugewöhnen. Ana hat ihr heute Morgen eine gegeben, als sie sie nach draußen auf die Veranda setzte. Ich weiß, sie hat es gemacht, um Flora ruhig zu halten, damit sie staubsaugen konnte, aber sie sollte es wirklich nicht tun.«

Er hatte seinen Kopf zum Fenster gedreht, die Ellbogen auf den Knien und das Glas zwischen den Beinen. Meiner Ansicht nach war es eine weitere Pose, dieses Mal eine echte, eine, die mir beibringen sollte, dass ihn alles, was ich erzählte, nicht interessierte. Also hörte ich auf. Es war keine Seide, die auf dem harten Bett lag, sondern irgendein schwerer Damast. Für eine andere Art Künstler hätte er vielleicht als Hintergrund für ein blasses nacktes Modell gedient. Aber solche Sachen malte Floras Vater nicht.

»Meine Cousine ist heute wieder mitgekommen«, sagte ich leise. »Daisy.«

Nun wandte er sich wieder mir zu: »Der kleine Rotschopf?«

Ich nickte. »Sie fand es toll gestern, als Sie ihr ein Aspirin gegeben haben.«

Er sah mich von dem Bett oder der Pritsche, was immer es war, an. Seine Augen hinter der Brille wirkten verwirrt, als ob ich ihm etwas erzählte, das ihn überraschte.

»Sie hat großen Respekt vor Ihnen«, sagte ich. »Sie findet Sie faszinierend.«

Er sah mich immer noch an, ebenso überrascht wie skeptisch, als er seine Hand ausstreckte und mit der Rückseite des Daumens an der Seite meines Beines hinunterfuhr, nur von oberhalb des Knies bis direkt darunter. Dann drehte er die Hand und umschloss einfach meine Kniekehle. Seine Fingerspitzen waren kalt und nass vom Glas. Er hatte die Ärmel aufgerollt, und die Haare auf seinem Arm waren weiß. Seine rosa Haut sah etwas wund aus, als ob sie gerade erst geschrubbt worden wäre. Aber in nicht allzu vielen Jahren, schoss es mir durch den Kopf, würde sie sowieso Staub sein. Es war ein Gedanke, der es mir möglich machte, ihm direkt ins Gesicht zu sehen, als er mich berührte. Mit hochgezogenen Augenbrauen, wie fragend, blickte er zurück. Das Licht im Raum war nur eine Schattierung grauer als zuvor, was auch besser war, denn jetzt wusste ich, dass ich rot geworden war, und einen Augenblick lang fragte ich mich, ob er das Zittern in meinem Knie fühlen konnte. Wie auch immer, ich sagte: »Ich fand es gut, dass Sie so nett zu ihr waren, sie macht eine schlimme Zeit durch.«

Er verstärkte leicht den Druck auf mein Knie, als wollte er mich näher heranziehen, aber als ich einen Schritt zurück tat, ließ er einfach los. Er schürzte etwas die Lippen, nur ein Mundwinkel lächelte. »Ich werde mit Ana sprechen«, sagte er leise. »Über Babyflaschen.« Er hob das Glas. »Und über das Schicken von Getränken durch den Babysitter.«

»In Ordnung«, antwortete ich. »Danke.« Als ich hinausging, strich ich mein Haar zurück und drehte es zu einem Knoten. Das weiße Hemd meines Vaters flatterte.

Es schien Regen zu geben, aber ich schob dennoch die Karre mit Daisys Hilfe die drei Stufen hinunter und weiter über den Kies. Flora war zu sehr mit ihrer leeren Flasche beschäftigt, um zu summen. Wir hatten gerade die Straße erreicht, als große Regentropfen auf uns herunterplatschten, und wir eilten am Studio vorbei, wo jetzt die Glühbirnen brannten, zur Veranda zurück. Ich legte die Stranddecke auf den Fußboden der Veranda und ging nach drinnen, um Floras Schachtel mit Malstiften und Klebstoff und Bastelpapier zu holen. »Wir werden eine Stadt bauen«, sagte ich. »So eine wie die, in die Floras Mutter gefahren ist.« Das Empire State Building sollte rot werden und St. Patrick's blau und Saks Fifth Avenue leuchtend grün. Wir wollten den Central Park und das Metropolitan Museum of Art errichten und dieses mit den Bildern von Floras Vater füllen. Und dann würde Floras Mutter mit dem Aufzug hoch oben auf das Empire State Building fahren, sich auf die Aussichtsplattform stellen und mit ihrem türkisfarbenen Tuch winken, und Flora würde am Strand auf meinen Schultern stehen und ihre Mutter am westlichen Horizont winken sehen. (Flora stand auf, ging zum Rand der Veranda – Daisy folgte ihr, besorgt, sie könne fallen – und rief in den Regen hinaus: »Hallo, Mommy!«) Und dann, sagte ich, würde Floras Mutter zu Saks gehen (mit unseren Fingern folgten wir den Nähten der Steppdecke) und noch ein weißes Kleid für Flora aussuchen. (»Nein, rot«, sagte Flora und schielte zu Daisy.) Ein rotes Kleid für Flora, mit roten Bändern auf den Schultern und roten

Bändern für ihre Haare. Sie würde in der Marienkirche von St. Patrick's Halt machen und ein Gebet sprechen, Flora Dora solle sie nicht zu sehr vermissen, und dann würde sie die Fifth Avenue hinaufgehen, um den alten Eisbären im Zoo zu besuchen. (»Hallo, Eisbär«, sprach Flora in die blassblaue Decke hinein, »hallo, du da«, mit ihren Händen auf den runden Knien, ihr kleines Hinterteil in die Luft gestreckt, und Daisy, die sich an mich lehnte, den Kopf auf meiner Schulter, sagte auch, nur ein klein wenig befangen: »Hallo, Eisbär.«)

Und dann würde Floras Mutter die Stufen zum Metropolitan Museum of Art hinauf und durch die stillen Marmorräume gehen, bis sie zu dem Saal kam, wo das Bild von Floras Vater hing. Und ein Wächter würde die dicke Samtkordel vom Haken lösen, und sie würde in den wunderschönen Saal gehen, alles in Marmor und Gold und so still wie eine Kirche, und da würde Flora auf einem Gemälde abgebildet sein, das so lang und so breit war wie die Arme ihres Vaters. Flora in einem weißen Kleid, golden gerahmt. Und Floras Mutter würde dastehen und es so lange betrachten, bis der Himmel schwarz wäre und die Sterne funkelten und alle Gebäude erleuchtet wären, wenn sie schließlich die Stufen des Metropolitan Museums hinunterstieg, und sie würde ihre Hand hochheben – so – (Flora und Daisy machten es nach) und rufen: »Taxi!« (Flora rief: »Taxi!«) Und sobald sie im Taxi säße, würde sie ausrufen: »Ja, um alles in der Welt, was mache ich denn hier? Fahren Sie mich nach Hause zu meinem kleinen Mädchen.«

Es regnete nur kurz an dem Morgen, und dann kam die Sonne wieder hervor, während es noch von den Kirschbäumen auf das Gras tropfte. Wir saßen auf der Decke inmitten der zerknüllten und verkritzelten Überbleibsel unserer Bastelpapierstadt, als Floras Vater den Weg heraufkam. »Ladys«, sagte er, als er die Veranda überquerte, und kurz bevor er nach drinnen ging, beugte er sich zu Daisy hinunter und öffnete wortlos seine Hand. Verstohlen nahm sie die beiden Aspirin und schob sie in den Mund. Er sah mich nur an, zwinkerte jedoch dabei, und über Floras hellen Kopf hinweg lächelte ich ihm zu. Bis wir für den Strand fertig waren, war das bisschen Fieber, das Flora gehabt haben mochte, vergangen.


Am Strand zog ich Flora unter dem duftenden Handtuch ihren Badeanzug an, und dann formten Flora und ich unsere Hülle, damit Daisy darunter schlüpfen konnte. Heute kam mir der Fleck auf ihrem Rücken heller vor, ein gelbliches Grün, als würde da etwas langsam heilen. Ohne Aufforderung oder Zögern zog sie Schuhe und Strümpfe aus. Die Verfärbung oben auf ihren Füßen schien in dem Strandlicht viel ausgeprägter, und selbst Flora beugte sich herunter und betrachtete sie, wobei sie kurz und mitfühlend die Luft einzog. Daisy begrub sofort ihre Füße im warmen Sand, aber ich lenkte beide ab, indem ich sagte, nun sei ich dran mit Umziehen. Gewöhnlich, wenn ich nur Flora bei mir hatte, schlüpfte ich unter ein Handtuch und zog in Sekundenschnelle meine Sachen aus und den Badeanzug an, aber da ich nun die beiden zur Hilfe hatte, gab ich jeder ein Handtuch mit der Bitte, für mich eine Hülle zu bilden. Ich setzte mich auf die Decke, und die

Mädchen standen auf beiden Seiten von mir, spannten mit ihren kleinen ausgestreckten Armen die Tücher, und die Sonne schien warm auf meinen Kopf und meine Schultern. Ich schlüpfte aus dem Hemd meines Vaters, zog das T-Shirt über den Kopf, wobei sich meine Arme weit über die Strandtuchvorhänge erhoben, und entledigte mich dann der Shorts und der Unterwäsche. Ich beugte mich nach unten, um den Badeanzug über die Füße und die Beine hochzuziehen, und rief: »Bleibt bloß da, Mädchen!«, während ich mein Gewicht verlagerte und mich hinkniete, um ihn über die Taille hoch zu schieben. Ich sah, wie Floras Seite einzuknicken begann, und ich flehte: »Nur noch eine Sekunde, Flora Dora«, während ich den rechten Arm in den Anzug steckte. Doch während ich noch mit dem verdrehten Träger auf der linken Seite herumfummelte, plumpste Flora rückwärts auf den Boden mitsamt dem Handtuch, und wer auch immer uns unter den paar am Strand verstreuten Leuten vielleicht beobachtete, konnte einen Blick auf das winzige weiße Etwas werfen, das ich zu bieten hatte. Daisy klappte der Mund auf, und sie hob ihr Handtuch vors Gesicht, als ob sie ihre Augen schützen wollte. Flora fing einfach an zu weinen. Ich bedeckte mich mit der Ecke des Anzugs, aber mein Arm war noch draußen, und ich sah nicht die geringste Möglichkeit, ihn in den Träger hineinzubekommen, außer ich wickelte mich wieder in ein Handtuch ein, was mir plötzlich übertrieben erschien. Ich kniete mich deshalb einfach hin, stand auf und drückte die Wirbelsäule durch. »Niemand guckt«, sagte ich zu Daisy, als sie das Handtuch von den Augen nahm. Und zu Flora, die auf der Decke saß, sagte ich: »Weine nicht, Flora Dora.« Dann richtete ich mich so hoch auf, wie ich konnte, brachte Ordnung in meinen verwurstelten Badeanzug und zog ihn in aller Seelenruhe wieder hoch, einen Träger über den linken Arm und den anderen über den rechten.

Daisy sah mir sprachlos und mit weit offenem Mund zu, das Handtuch zerknüllt in den Händen. Flora saß immer noch auf der Decke und weinte. Ich hob sie auf, setzte sie mir auf die Hüfte und drehte mich zu Daisy. Ich sah, dass ich in ihren Augen etwas anderes geworden war, als ob ich wirklich jedermann am Strand hätte verschwinden lassen. »Komm schon, Daisy Mae«, sagte ich und streckte die Hand zu ihr aus. »Jetzt wollen wir uns um dich kümmern.«

An dem Nachmittag begannen wir mit einer besonderen Therapie. Wir standen am Wasser, dort, wo die Wellen Daisys Füße schon umspielten, sie aber noch nicht umwerfen konnten. Ich riet ihr, an einer Stelle fest stehen zu bleiben, während das Wasser um ihre Knöchel rauschte und ihre Füße in den Sand sanken, und dann, wenn die Welle zurückwich, ihre Füße herauszuziehen, sie etwas nach links oder rechts zu bewegen und sie dann wieder einsinken zu lassen. Es war nur das übliche Spiel, das ich mein ganzes Leben lang gespielt hatte und das jedes Kind, das am Wasser steht, unbedingt spielen muss, aber meine genauen Anweisungen verliehen ihm eine neue Bedeutung oder einen neuen Sinn, und obwohl ich nichts über das Wasser oder den Sand oder die Bewegung der Wellen sagte, auch nicht, dass es ein Heilmittel für das sei, was auch immer ihre Haut verfärbt hatte, gehorchte Daisy mit großem Ernst. Sie stand da und beobachtete ihre Füße, wie sie im nassen Sand versanken, machte einen Schritt nach links, dann einen nach rechts, während ich Flora auf meinen Armen hinaus in den Ozean trug.

Flora hatte keine Angst, solange sie ihre Arme um meinen Hals geschlungen hatte. Ich hatte ihr schon beigebracht, den Atem anzuhalten und die Augen zu schließen, wenn wir zusammen untertauchten, und wie sie ihr Kinn heben und die Augen gegen die Gischt schließen sollte, wenn wir über eine Welle hüpften. Einmal, in einem Wellental, wies ich mit dem Finger zur Stadt hin und sagte: »Da ist deine Mommy, Flora«, und sie hob die Hand und winkte der Sonne zu (goldene Sonne an einem weißen und türkisfarbenen Himmel, erzählte ich ihr, wie Mommys Kopftuch). Als ich einmal mit ihr durch das sprudelnde und brodelnde grüne Wasser und in die plötzliche Unterwasserstille tauchte, blickte ich sie an und sah, dass sie mich anblickte, die Augen weit offen, das Gesicht heiter, die blassen Haare schwebend. Sie sah aus wie etwas, das noch nicht geboren, aber bereits fertig geformt war, etwas Pummeliges aus einer anderen Welt, engelsgleich und menschlich, schillernd und milchig weiß, erstaunliches, wunderbares Fleisch, hervorgezaubert aus einem gebeugten alten Mann und seiner harten, engstirnigen jungen Frau. Zurück in der Sonne, zurück im Lärm (vom Ozean und den Möwen und rufenden Kindern), mit ihren nassen Armen um meinen Hals und ihrem Herzen, das rasch an meine Brust schlug, drückte ich einen Kuss auf ihre salzige Wange und sagte: »Komm, lass uns Daisy helfen.«

Wir standen mit meiner Cousine an der Wasserlinie

und beobachteten, wie unsere Füße in das wirbelnde Wasser und den Sand sanken. Und siehe da, plötzlich spürte ich, dass da noch jemand war, und ich drehte mich um und sah Petey, der keuchend neben mir stand. Er war pitschnass und sah aus, als hätte man ihn in Sand paniert. Seine zu große Badehose hing ihm unten um seine knochigen Hüften, und aus drei oder vier Mückenstichen lief Blut vermischt mit Meerwasser. Selbst an einem solch ursprünglichen Ort wie dem Strand schaffte es Petey, kummervoll und vernachlässigt auszusehen. Er sagte ein scheues »Hi« zu Daisy und zerrte mich dann am Ellbogen, um mir etwas zuzuflüstern. Aber ich verstand nicht, was er sagte, und schließlich packte er eine Hand voll von meinen nassen verhedderten Haaren und zog mich zu sich herab. »Ich habe das Geschenk für Daisy«, flüsterte er. »Wann kommt ihr nach Hause?«

Ich sagte ihm, wir seien zur Abendessenszeit zurück, und blickte über seinen Kopf hinweg an den Strand. Er war inzwischen voller geworden, der Beginn eines ausgedehnten Sommerwochenendes. »Bist du allein hier?«, fragte ich ihn. »Wo ist Baby June?« Er ließ meine Haare nicht los, sondern hielt sie verheddert in seinen Fingern und an seinen Lippen fest.

»Ich bin mit meiner Mom da«, antwortete er und deutete den Strand hinunter. Da saß Sondra in einem schwarzen Badeanzug und mit einem großen schwarzen Hut zusammen mit Baby June und Janey, die zu ihren Füßen im Sand buddelten. Janey trug noch immer den Strohhut von Floras Mutter, und Sondra saß wie ein Filmstar auf ihrer Decke, den Rücken kerzengerade, ein Knie aufgestellt, die

Hände darum gelegt. Plötzlich winkte sie, und wir beide winkten zurück. Petey zerrte mich zu sich herunter und flüsterte: »Die Polizei ist bei ihr.«

Obgleich ich mich daran erinnerte, was meine Mutter heute Morgen über die Polizei gesagt hatte, die wieder bei den Morans war, hatte ich keine Ahnung, wovon er redete. Mir fiel ein, dass Tony Janey erzählt hatte, dass die Polizei sie aufgreifen würde, wenn sie die Straße verließe, und fragte mich einen Augenblick lang, ob dieser ungewöhnliche Familienausflug an die Küste nicht Teil einer Strafe war, welche das lokale Gericht verfügt hatte. Diese Vorstellung fand ich direkt ermutigend, bis ich einen stämmigen jungen Kerl aus dem Wasser kommen und auf Mrs Morans Decke zusteuern sah, in seinem Gefolge Tony, der ausgelassen wie ein Welpe durch den Sand stakste, und Judy, auch sie nass und munter, die hinter den beiden herrannte und sie einzuholen versuchte. Der junge Mann warf sich neben Sondra auf die Decke, während die beiden Kinder, als seien sie unsicher, wie weit sie folgen sollten, in einem bestimmten Abstand stehen blieben, wie zwei junge Hunde, die darauf warten, dass ihnen noch einmal das Stöckchen geworfen wird. Der Mann redete mit ihnen, während er sich mit einem kleinen Handtuch die breite Brust abtrocknete, und sank dann wieder hinter ihrer Mutter auf den Boden. Jetzt lehnte sich auch Sondra auf ihren Ellbogen in den Schatten des Sonnenschirms zurück. Ohne sich die Zurückweisung anmerken zu lassen, fielen Judy und Tony neben ihren beiden Schwestern auf die Knie und begannen in das Loch, das sie gerade gegraben hatten, Sand zu werfen.

Ich sah noch einmal Petey an, der diese Hand voll meiner Haare ganz in Besitz genommen hatte und sie träge über seine Lippen führte. »Deine Mutter ist mit einem Polizisten hier?«

Er nickte. Sein blaues Auge war zu einem grauen Schatten verblasst und fast verschwunden. »Er hat Großvater gestern Nacht ins Gefängnis eingeliefert«, sagte Petey. »Heute Morgen hat er ihn zurückgebracht. Und dann haben wir ihn hier getroffen.« Er zuckte die Achseln, als wenn ihn das alles nichts anginge. »Erzähl Daisy nichts von ihrem Geschenk.«

Ich fasste sein Handgelenk und löste vorsichtig meine verhedderten Haare aus seinen Fingern. »Ich habe nichts zu erzählen«, flüsterte ich.

Am späteren Nachmittag, als ich unsere leeren Lunchtüten zu den Abfalltonnen oben am Parkplatz brachte, sah ich, wie Dr. Kaufman mit einem Klappstuhl und einer Zeitung unter dem Arm auf sein Auto zuging. Er winkte mir zu, und ich winkte zurück, und dann machte er auf dem Absatz kehrt, als sei ihm gerade etwas eingefallen, und bedeutete mir zu warten. Er trug jetzt eine Badehose unter demselben dunklen Tennishemd und schwarze Ledersandalen.

»Herzchen«, sagte er und blinzelte in die Sonne, obwohl er seine Sonnenbrille oben auf dem Kopf sitzen hatte. »Was ich dir jetzt sage, würde ich auch meiner eigenen Tochter sagen. Du bist hübsch anzuschauen, aber du kannst dafür gerichtlich belangt werden, wenn du so am Strand deine Brüste entblößt. Ein paar Matronen von der Wohlfahrt neben mir sind schier ausgeflippt. Wenn in der

Nähe ein Polizist gewesen wäre, hätten sie dich verhaften lassen.«

Ich senkte den Blick und antwortete: »Da war sogar einer«, aber er schien mich nicht zu hören. Er trat näher. »Komm doch in mein Schwimmbad, wenn du eine Ganz-Körper-Bräunung haben willst«, meinte er. »Es ist völlig privat.«

Ich blickte scheinbar gehorsam zu ihm auf, aber ich sagte kein Wort, und ich sagte so lange kein Wort, dass es nach Absicht aussah. Ich wusste, meine Wangen waren knallrot, aber mir war, als blickte ich ihn von irgendwo dahinter an, als wäre mein Gesicht nur etwas, das ich zwischen uns geschoben hatte, wie einen Fächer. Sein Lächeln wurde etwas zögernd, und schließlich meinte er: »Ich wollte dich nicht in Verlegenheit bringen. Dachte nur, du solltest es wissen.« Er machte Anstalten zu gehen, drehte sich aber noch einmal um. »Natürlich«, fügte er hinzu – mir schoss durch den Kopf, dass er zurück zu Red Rover ging, in ein leeres Sommerhaus und in einen einsamen Sommerabend hinein –, »kannst du auch das kleine Mädchen, deine Cousine, mitbringen.«

»Daisy«, sagte ich.

Er nickte. »Daisy. Geht es ihr gut?«

Ich sah über die Schulter. Sie und Flora lagen beide auf der Decke unter ihren Strandtüchern. »Ja«, antwortete ich. »Es geht ihr gut.«

»War sie vor kurzem krank?«, fragte er. »Irgendein Eingriff oder ein Unfall?« Plötzlich war etwas Verlässliches und Vertrauenerweckendes an seiner Art, etwas, das ich schon früher an ihm beobachtet hatte, wenn er mit seinen eigenen Kindern umging, das ich heute jedoch vermisst hatte. Trotz meiner Sonnenbräune wäre ich beinahe noch einmal rot geworden.

Ich schüttelte den Kopf. »Sie ist immer so blass«, antwortete ich, um ihm zu zeigen, dass ich seine Sorge verstand.

»Sie sieht anämisch aus«, fuhr er fort. »Vielleicht ist sie ja wirklich blutarm. Du könntest es ja einmal ihren Eltern gegenüber erwähnen. Eine Blutuntersuchung wäre eine gute Idee. Und eher früher denn später.«

»Es geht ihr gut«, wiederholte ich.

»Sicher«, meinte er. »Aber du solltest es ihren Eltern gegenüber ansprechen. Sag ihnen, es sei mein Vorschlag, als Freund der Familie.« Er lächelte, ein netteres Lächeln als zuvor. »So, jetzt sind von mir genug Ratschläge gekommen. Nächste Woche bin ich von Montag bis Mittwochabend weg. Aber vielleicht komme ich früher zurück, wenn es in der Stadt so richtig heiß ist. Red wird Ausschau nach dir halten.«

Ich nickte. »Wir werden da sein. Daisy und ich.«

Er wandte sich noch einmal um. »Benutzt das Schwimmbad«, rief er über die Schulter.

Als wir Flora am Nachmittag nach Hause brachten, war von der Köchin nichts zu sehen, und Ana, in langen Hosen und einer blauen Seidenbluse, die ihren Brustansatz zeigte, war in der Küche dabei, etwas zu kochen. Etwas Dickflüssiges in einem großen Topf, das nach Zwiebeln roch. Ohne ein Wort zu Ana badeten Daisy und ich Flora, steckten sie in ihren Schlafanzug und hockten uns neben sie, während sie aß. Dann setzten wir sie wieder in ihre Karre und schoben sie die Straße hinauf und hinunter, bis ihr Kopf langsam nach unten sank. Ich hob sie an der Einfahrt heraus, und Daisy rollte ihre leere Karre über den Kies, während ich Flora nach drinnen trug und sie in ihr Bettchen legte. Ich zog ihr eine leichte Decke über die Schultern. Die Bilder an der Wand schienen wenig mit dem wirklichen Kind zu tun zu haben, das hier schlief, oder mit seiner abwesenden Mutter. Immerhin war Flora kein Baby mehr. Ich ging in die Küche, um Ana mitzuteilen, dass Flora schlief. Sie rief: »Merci, merci«, mit einer süßen Stimme, die direkt aus einem Film zu kommen schien. »Gute Nacht, ihr Mädchen«, fügte sie auf Englisch hinzu und winkte uns über die Schulter hinweg. »Noch einen schönen Abend.«

Floras Vater saß auf der Veranda in einem der Segeltuchsessel mit seiner Pfeife und einem Glas Rotwein, aber er ließ uns ohne ein Wort vorübergehen. Den ganzen Weg zur Auffahrt hinunter überlegte ich mir alle möglichen Ausreden, um zurückzulaufen, vielleicht um Ana zu fragen, ob ich morgen früher kommen sollte, vielleicht um ihm dafür zu danken, dass er ihr gesagt hatte, Flora keine Flaschen mehr zu geben – obwohl ich ihn in Verdacht hatte, dass er nichts dergleichen gesagt hatte. Während wir still nach Hause gingen, hielt ich Daisy an der Hand – wir waren beide müde –, und in mir war ein ungemeines Zögern, das ich nicht ganz verstand. Zum Teil zögerte ich wohl, weil ich Flora nicht allein lassen wollte. Wer von den beiden würde wohl zu ihr gehen, wenn sie mitten in der Nacht aufwachte? Zum Teil war ich auch enttäuscht, dass er uns ohne ein Wort hatte gehen lassen. Nach diesem

Morgen verband uns eine Art Komplizenschaft, die wenig damit zu tun hatte, dass ich ihn schlafend vorgefunden oder er mein Knie berührt hatte. Es hatte mehr damit zu tun, wie er sich zu Daisy herabgebeugt und seine Hand geöffnet hatte, genau so, wie ich es erhofft hatte. Zum Teil war es vielleicht auch der Gedanke an das stille Haus, in dem sie jetzt allein waren, und das dunkle Juwel des nahenden Abends.

Ich hob Daisys Hand und schwenkte sie hin und her. »Ich bin so froh, dass du hier bist, Daisy Mae«, sagte ich. Und sie lächelte. »Ich auch.« Ich küsste sie auf die Hand und hängte mich bei ihr ein. Sie war ein klein wenig von der Sonne verbrannt. Ich hatte sie gründlich mit Sonnenöl eingeschmiert, aber erst nach der ersten halben Stunde, damit sie Farbe in die Wangen bekam. »Wir tun heute Abend etwas kühlende Creme drauf.« Ich fuhr mit den Fingern die Hinterseite ihres Arms hinab, um sie zu kitzeln. Sie hob die Schultern und gluckste. »Letzte Nacht hast du im Schlaf gekichert«, erzählte ich ihr, und sie antwortete, das wisse sie. »Ich tue das immer. Bernadette erzählt es mir dann. Es macht sie ganz verrückt, wenn ich mich nicht daran erinnere, was ich geträumt habe. Sie meint, wenn ein Traum gut genug war, um mich im Schlaf zum Lachen zu bringen, dann war er auch gut genug, mich daran zu erinnern.« Sie hielt inne. Wieder schien sie das rechte Bein zu schonen. »Manchmal erinnere ich mich wirklich«, sagte sie, »aber ich sage es ihr nicht immer.«

»Ein Punkt für dich«, erwiderte ich.

»Letzte Nacht habe ich vom Lollibaum geträumt«,

fuhr sie fort. »Von dem, den wir für Flora herrichten werden.«

Ich nickte. Sie wirkte etwas atemlos, während sie sprach, und ihre Schuhe scharrten über die Straße. Ich ging langsamer und sagte: »Ich wette, Bernadette vermisst dich wie verrückt.«

Daisy schüttelte den Kopf. »Glaube ich nicht.« Ich fasste nach unten und zog den Saum vom Hemd meines Vaters über ihre Schultern. »Ich bin sicher, sie wacht mitten in der Nacht auf und lauscht und versteht nicht, warum sie dich nicht hören kann. Sicherlich denkt sie sogar, du seist da, wenn sie abends im Bett liegt. Ich wette, sie sagt sogar etwas zu dir, während sie einschläft. Und dann fällt ihr ein, dass dein Bett leer und sie ganz allein im Zimmer ist.«

Streifen weißer Wolken zogen über den Himmel, und die Sonne, die wieder tief golden und zuweilen grell und blendend am Firmament stand, lugte direkt hinter den schwarzen Blättern der Bäume hervor. Ich stellte mir Bernadette vor, wie sie allein in dem winzigen Zimmer lag, mit ihren ganzen Ehrenurkunden an den Wänden, vier für jedes Schuljahr, und noch viel freiem Raum für alles, was noch kommen sollte. »Ich wette, zwei dicke fette Tränen quillen aus ihren Augen, während sie da liegt. Ich wette, sie kullern direkt in ihre Ohren.«

Daisy lachte und schlang den Arm um meine Taille. Ich drückte sie an mich und hielt das Hemd über ihre Schultern, während ihre rosa Schuhe über die Straße scharrten. Einen Augenblick lang spürten wir wohl beide die Einsamkeit jener heraufbeschworenen Szene. Und plötzlich war da in mir wieder diese meine schreckliche

Vorahnung, aber nur so lange, bis ich sie aus meinem Kopf verbannt hatte.

»Möchtest du, dass ich dich trage?«, fragte ich Daisy, und sie schüttelte den Kopf. »Fühlst du dich gut?«, fragte ich weiter, und mir wurde bang ums Herz, als sie erneut den Kopf schüttelte. »Nicht besonders«, antwortete sie.

Peteys Kaninchenfalle stand noch immer auf unserem Rasen, als wir nach Hause kamen, aber nun an einer anderen Ecke. Wir waren gerade ein paar Minuten im Haus, als er an unserer Hintertür rüttelte. Ich hatte Daisy unter die Dusche gestellt und hätte ihn durch die Fliegentür gebeten, später wiederzukommen, wenn ich nicht sein Gesicht gesehen hätte, das eine Maske des Kummers war. Sein Mund stand offen, und die Tränen liefen ihm die Backen hinunter. Als ich die Tür öffnete, versuchte er zu flüstern, aber seine Stimme war heiser vom Weinen: »Es ist weggerannt.«

Er schlang die Arme um meine Taille und presste den Kopf an mein Hemd, bohrte seine Finger in mein Fleisch. »Das Geschenk für Daisy«, schluchzte er. »Es ist weg.«

Ich strich ihm über den Kopf. Sand klebte noch auf seiner Kopfhaut. Seine Ohrspitzen waren von der Sonne verbrannt, obgleich seine übrige Haut bereits einen schönen Braunton angenommen hatte. »Was war es denn?«, fragte ich. Er schüttelte den Kopf. »Das will ich dir nicht erzählen.« Und als wenn es gegen seinen Willen wäre, fuhr er fort: »Ich habe eines gefangen. Es war in der Schachtel, als wir zum Strand gingen. Ich dachte, da wäre es sicher. Ich dachte nicht, dass es da herauskönnte. Aber als wir zurückkamen, war die Schachtel umgestoßen, und es war weg. Es hat die ganzen Karotten gefressen.«

»Du hast etwas gefangen?«, fragte ich. »In dieser Schachtel?«

Er nickte in mein Hemd hinein. »Aber es ist weggerannt.«

»Bist du sicher, dass du eines gefangen hast?«, fragte ich erneut. Ich begriff, dass wir zu einer Art Übereinstimmung gelangt waren, das Ding nicht beim Namen zu nennen.

Er nickte wieder, aber dieses Mal mit weniger Sicherheit.

»Hast du es in der Falle gesehen?«

Er sah mit völlig verweintem Gesicht zu mir auf. »Es war in der Schachtel«, bestätigte er. »Ich habe die Schachtel geprüft, bevor wir zum Strand gingen. Sie war umgedreht. Der Stock war heruntergefallen. Es war drinnen, gefangen.«

Mit den Händen auf seinen Schultern schob ich ihn von mir weg. »Hast du es darin gesehen?«, fragte ich. Er schüttelte den Kopf. »Hast du es sich bewegen hören?« Wieder schüttelte er den Kopf, und sein Schluchzen wurde zu einem leichten Stöhnen hinten in seiner Kehle.

»Vielleicht ist die Schachtel nur umgefallen«, mutmaßte ich. »Vielleicht ist der Stock entzweigebrochen. Vielleicht war es der Wind.«

Schniefend dachte er einen Augenblick darüber nach. »Aber alle Karotten sind weg«, wandte er ein. Wir sahen beide zu der Schachtel hinüber, die auf ihrem dünnen Stock steckte, eine Nachbildung der Streichholzschachtel meines Vaters von heute Morgen.

»War Rags heute hier?«, fragte ich.

Er stand einen Augenblick da, und dann sackten seine Schultern herunter, als ob seine sämtlichen Knochen zerschmettert worden wären. Als verdrängte das Ausmaß seiner Enttäuschung sogar sein Bedürfnis, seinen Kopf an meiner Brust zu vergraben, machte er sich von mir los, blickte wieder zu der Schachtel und sagte: »Scheiße.« Ohne wegen des Schimpfworts mit einer Rüge zu rechnen, fügte er hinzu: »Ich werde nie eins fangen.«

Daisy rief etwas aus der Dusche, und ich rief zurück, ich sei gleich bei ihr. Dann ging ich zum Kühlschrank, holte einige Blätter Salat aus dem Gemüsefach und brachte sie ihm. Ich verriet ihm nicht, dass mir mein Vater vor einigen Jahren dieselben Instruktionen gegeben und ich den größten Teil des Sommers mit dem Versuch verbracht hatte, mit genau einer solchen Falle ein wildes Kaninchen zu fangen. Stattdessen sagte ich: »Bugs Bunny ist wahrscheinlich sowieso das einzige Kaninchen, das wirklich Karotten frisst (und Rags vielleicht der einzige Hund). Mit Salat geht's vielleicht besser.«

Darüber dachte Petey eine Weile nach, beruhigte sich etwas und wischte sich die Nase am Arm ab.

»Die Dämmerung ist sowieso die beste Zeit für Kaninchen«, flüsterte ich. »Es ist sehr unwahrscheinlich, dass du eines am helllichten Tag fängst.«

Er sog die Luft ein. »Wirklich?«

»Und du fängst bestimmt keines, wenn du zuguckst«, fügte ich hinzu. »Sie können dich riechen, wenn du in der Nähe bist. Sie können dich sogar riechen, wenn du schläfst, Petey, selbst wenn du im Gebüsch liegst.«

Er nickte, als hätte das alles nicht das Geringste mit

ihm zu tun. Ich strich ihm erneut über den Kopf. »Viel Glück«, sagte ich.

Daisy saß auf meinem Bett, als ich zurückkam. Sie war in ein Handtuch gewickelt. Neben ihr lagen ein geöffnetes Päckchen mit neuer Unterwäsche und eines mit Söckchen. Ihre Haare waren nass und dunkel, und Peteys blauer Fleck prangte wie eine dunkle Brosche auf ihrer Schulter. Gegen meine weiße Bettdecke sahen ihre kleinen Füße fast schwarz aus. Ich nahm die Dose Noxzema von meiner Kommode, und bevor ich die Creme über ihre Arme, Schultern und ihre rote Nase verteilte, bedeckte ich sanft ihre Füße mit dem kühlenden Zeug. Daisy lehnte sich in die Kissen zurück und beobachtete mich unter halb geschlossenen Lidern. In ihrem Gesicht lag etwas liebevoll Mitfühlendes. Dann zog ich ihr die neuen Söckchen an. Sie wollte das rot karierte Sommerkleid wieder anziehen, aber ich sagte, ich wolle auf den Dachboden laufen und ihr etwas Sauberes heraussuchen. Oben wählte ich ein paar rosa-weiß gestreifte dreiviertellange Hosen und eine weiße Bluse mit rosa Taschen und kurzen Ärmeln, die ihre Schultern bedecken würden. Der Lehnstuhl stand noch immer vor dem Dachstubenfenster und fing das Licht der untergehenden Sonne ein. Es war ein Licht, das von Staubpartikelchen wimmelte, und ich wusste, wenn ich da nur eine Minute stand und mich konzentrierte, könnte ich den Geist von Onkel Tommys Seekapitän herbeizaubern oder seinen kleinen Jungen oder sogar Onkel Tommy selbst mit seinem Zwinkern und seinem Lachen.

Als ich in mein Zimmer zurückkam, hatte Daisy offenbar ihr eigenes Zauberwerk vollbracht. Sie saß noch immer in ihrem Handtuch und den Söckchen auf dem Bett, aber Judy und Janey saßen rechts und links von ihr auf der Matratze, und Baby June hockte am Boden. Erstaunlicherweise waren alle drei Moran-Kinder unter der Dusche gewesen und hatten sich umgezogen, Baby June trug sogar eine dünne Schleife in ihrem nassen Haar, und das ganze mit Rosen tapezierte Zimmer duftete nach ihrem Shampoo und ihrer Seife und den Stunden, die sie draußen verbracht hatten. Ein Sonnenstrahl hatte den geschliffenen Glassockel meiner Nachttischlampe erfasst und ergoss sich in tausend kleinen Lichtsplittern über den Fußboden. Baby June spielte mit diesen Lichtsplittern, während die drei anderen Mädchen über der Matratze lehnten und zusammen den Hut von Floras Mutter begutachteten. Er sah noch etwas mitgenommener aus als heute Morgen. Ich gab ihnen meine Bänderschachtel und ging dann selbst duschen. Einen Augenblick lang – es war wie ein kurzer, über die Schulter geworfener Blick – dachte ich, wie Anas molliger Körper wohl im Vergleich zu meinem aussah. Ich kehrte zu den Mädchen zurück, zog mich an und kletterte mit allen vieren aufs Bett, um nacheinander jeder Einzelnen die nassen Haare auszukämmen und mit einer Schleife ihrer Wahl zu schmücken. Ich war gerade mit meinen eigenen Haaren beschäftigt, während Baby June und Janey immer noch zwischen meinen Beinen saßen und Judy und Daisy jeweils auf einer Seite von mir ausgestreckt lagen, meine Bänder über den ganzen Fußboden und die weiße Decke verstreut, als ich meine Eltern hereinkommen und nach uns rufen hörte. Ich rief zurück, dass wir hier oben im Zimmer seien. Der übliche Gesichtsausdruck meines

Vaters, eine Mischung aus Überraschung und Entzücken, kam mir, als sie in ihrer dunklen Kleidung durch die Tür traten, zum ersten Mal nicht gespielt vor.

In dieser Nacht schliefen wir nicht in der Dachstube. Wir lagen lange wach, Daisy und ich, und horchten auf die Geräusche von Petey unter den Büschen. Aber im Moran-Haus war es ruhig, und ich fragte mich, ob die Polizei nicht endlich einen wirkungsvollen Weg gefunden hatte, sie alle in Schach zu halten, indem sie einen Polizisten zur Überwachung geschickt hatten, der Mrs Morans Liebhaber wurde. Unter der dünnen Sommerdecke hielt ich Daisys Hand, und statt »Ave Marias« zu beten, begann ich heute eine lange Liste von »Gott segne«, angefangen bei meinen Eltern, die auf der anderen Wandseite in ihren Einzelbetten ruhig miteinander sprachen, dann den Morans (einschließlich des Polizisten), dann Rags, wo auch immer er sich in der Nacht herumtrieb, und Red Rover und Dr. Kaufman, Angus und Rupert und den Richardsons, Moe, Larry und Curly und den Clarkes und den Swansons und Flora natürlich, und ihrem Vater und ihrer Mutter und Ana (warum nicht?) und der fetten Köchin und dann allen Zugführern der Long-Island-Bahn – wir konnten das Pfeifen des letzten Zugs nach Montauk hören (Daisy schlief noch nicht, aber an ihrer Art zu lachen merkte ich, dass sie auf dem besten Wege war) – und allen Arbeitern auf jedem Bahnhof, der mir zwischen hier und Jamaica einfiel. Dann kam Daisys Vater, der vielleicht noch unterwegs war, wenn er nicht schon in seinem eigenen Zimmer unter den traurigen braunen Augen von Herz Jesu lag und einen gesunden Schlaf schlief. Dann

Daisys Mutter neben ihm und jeder ihrer Brüder und natürlich Bernadette, die im Dunkeln lag und mit ihren Tränen in den Ohren vielleicht davon träumte, mit Daisy im Ozean zu schwimmen, mit weit offenen Augen und fließenden Haaren direkt neben ihr – dieses Mal kam keine Reaktion von Daisy, nur ihr leises Atmen –, und Onkel Tommy in seinem Apartment an der Upper West Side, ganz allein nach mehr als fünfzig Lebensjahren, ganz allein, wie er mit Geistern redete und entschlossen war, glücklich zu sein. »Und Gott segne dich, Daisy Mae«, flüsterte ich, um zum Ende zu kommen. Ich beugte mich hinüber, um ihr einen Kuss auf die Wange zu drücken, und rollte mich zum Schlafen auf die Seite. Mich selber hätte ich noch hinzufügen können – Gott segne mich –, aber ich tat es nicht. Zweifelsohne weil mir langsam dämmerte, dass Gott und ich, wie Onkel Tommy es formuliert hätte, miteinander im Streit lagen.

Auch am nächsten Morgen wartete Flora draußen auf der Veranda mit einer Flasche roten Safts zwischen den Zähnen, und von Ana war nichts zu sehen, obgleich die Tür zum elterlichen Schlafzimmer geschlossen war. Im Studio von Floras Vater waren beide Lichter an, aber ich ging nicht wieder hinein. Ich war mir nicht ganz sicher, ob ich ihn dort finden würde. Ich sagte den Mädchen, dass ich vom Strand genug hätte und wir vielleicht einen Waldspaziergang machen und Salamander und Wiesenblumen suchen könnten, und nach dem Mittagessen würden wir dann vielleicht zum Meer wandern.

Daisy gefiel der Vorschlag, und Flora zog die Flasche aus dem Mund und erzählte mir, dass ihre Mommy morgen nach Hause komme. »Morgen«, wiederholte sie. Sie sagte es mit großer Bestimmtheit und ernster Miene, und ich erkannte in diesem »morgen« etwas, das ihr nachdrücklich, vielleicht streng, mitgeteilt worden war. Mommy kommt morgen nach Hause. Sogar von einem Kleinkind nachgeplappert, klang es nach einer Lüge.

»Morgen«, wiederholte ich. »Morgen ist morgen.« Ich stupste sie an der Nase, damit sie nicht mehr so finster dreinblickte, und fragte mich, wer von den beiden ihr wohl diese Lüge erzählt hatte, wer von ihnen mit meiner Flora so harsch gesprochen hatte. Ana, vermutete ich. »Morgen und morgen und morgen, und dann wieder morgen«, sagte ich und küsste sie auf den Kopf. »Morgen und morgen, und dann wieder morgen, kriecht so mit kleinem Schritt von Tag zu Tag ...« Ich löste den Gurt um Floras Taille und half ihr mit einer Hand aus der Karre heraus. Die andere streckte ich nach Daisy aus, und wir gingen zusammen die Stufen hinunter. »Und alle unsere Gestern«, fuhr ich fort, während Flora neben mir herging und an der Flasche sog, den Kopf im Nacken und den Ellbogen erhoben wie ein Trompetenspieler bei einer Begräbnisparade in New Orleans. Und Daisy kickte mit ihren rosa Schuhen die Kieselsteine hoch. »Und alle unsere Gestern führten Narren den Pfad zum staub'gen Tod.« Wir kamen an der Studiotür vorbei. An dem starken Farbgeruch erkannte ich, dass Floras Vater wirklich drinnen war und »arbeitete«. »Aus, kleines Licht!«, rief ich, als wir vorbeigingen (und gratulierte mir selbst zu diesem

perfekten Einsatz – er hätte Ana wenigstens sagen können, dass ich Flora nicht mehr mit einer Flasche sehen
sollte). »Leben ist nur ein wandelnd Schattenbild; ein armer Komödiant, der spreizt und knirscht sein Stündchen
auf der Bühn', und dann nicht mehr vernommen wird.«

»Was bedeutet ›spreizt‹?«, fragte Daisy, und ich zeigte
es ihr. Und so gingen wir alle drei gespreizt quer über das
Gras bis zum Wald. Wir wanderten ein wenig umher, hoben Stöcke und Steine auf und versuchten vergeblich, die
huschenden Schatten der Salamander einzufangen. Als wir
die Gärtnerpforte erreichten, wollte ich sie beide darauf
reiten lassen, aber die Scharniere waren zu alt und das Gras
darunter zu hoch, als dass es wirklich Spaß gemacht hätte.
Wir ließen uns eine Weile im Gras neben der Straße nieder
und flochten Kleeketten, während ich versuchte, ihnen die
Geschichte von *Macbeth* zu erzählen. Flora hatte kein
Sitzfleisch, aber Daisy hörte mir aufmerksam zu. Beim
Auftritt der Hexen und der Ermordung des Königs und
dem Erscheinen von Banquos Geist wurden ihre Augen
immer größer, aber an der Stelle, wo Lady Macbeth an dem
Flecken auf ihrer armen kleinen Hand reibt, lehnte sie sich
erschrocken zu mir herüber und legte ihre Finger an meine
Lippen. Ich hielt ihr Handgelenk fest. »Ist schon gut, Daisy Mae«, flüsterte ich. Bis zur Highschool würde sie von
alldem nichts mehr hören, versprach ich ihr.

Als wir durch den Wald zurückgingen, fragte sie mich:
»Warum ging der Fleck nicht von der Hand weg, wenn sie
sie doch so oft gewaschen hat?«

Ich lächelte sie an. An diesem Morgen hatte ich ihr
Glocken- und Butterblumen in die Zöpfe geflochten, und

eine Kleeklette hing ihr über die Stirn. »Er hat nur in ihrer Vorstellung existiert«, erklärte ich ihr. »Er war nicht wirklich da. Es war alles in ihrem Kopf.«

Neben sich Flora, die immer noch die leere Flasche umklammert hielt, dachte sie eine Weile darüber nach. »Alles ist im Kopf«, meinte sie. Nein, das stimme nicht, sagte ich und berührte zum Beweis die Rinde eines Baums, hob einen heruntergefallenen Zweig auf. »Das ist wirklich«, sagte ich, »und das.« Ich fasste sie am Arm. »Du bist auch wirklich.«

»Aber es ist auch alles in meinem Kopf«, erwiderte sie. Sie trug heute eines meiner Tenniskleider, das sie viel besser kleidete als das billige Zeug, das ihre Mutter gekauft hatte. Ihre rosa Schuhe waren staubig vom Kies und dem Trampelpfad. »Wenn es nicht in meinem Kopf wäre, wie würde ich es dann wissen?«

Ich zog sie an den Haaren. »Du bist auch nicht von gestern, Daisy Mae«, sagte ich.

Darüber dachte sie einen Augenblick nach. »Ist das was Gutes?«, fragte sie.

»Das sollen die Leute immer über mich gesagt haben, behauptet meine Mutter.«

Sie lächelte, offensichtlich geschmeichelt. Und dann meinte sie: »Ja schon, aber du erinnerst dich an mehr als ich. Du hast dich an den Himmel erinnert, bevor du überhaupt geboren warst.«

Ich lachte. Offenbar übte sie die Geschichten ein, die sie ihren Brüdern und vielleicht sogar Bernadette erzählen wollte, wenn sie wieder zu Hause war, falls überhaupt irgendjemand zuhörte. Geschichten über mich.

»Du bist diejenige, die sich scheinbar an alles erinnert, mein liebes Kind«, sagte ich und fügte hinzu: »Sutton Place.«

Sie lachte von ganzem Herzen. »Ich weiß nicht einmal, wo das ist«, antwortete sie, als machte dies ihre kleine Lüge noch charmanter. »Ich habe nicht einmal begriffen, warum du dem Frauchen von den Scotchterriern erzählt hast, dass wir dort wohnen.«

Ich lüftete meine Haare im Nacken, wo sie von der Feuchtigkeit weich und dick waren, und fuhr dann mit den Fingern durch, damit sie etwas wilder aussahen. Flora musste lachen. Eine meiner Kleeketten war gerissen und schwebte zu Boden. »Ich habe mir mit ihr ein Spielchen erlaubt«, erklärte ich Daisy und warf meine wilde Mähne mit einem Schwung nach hinten. »So wie es die Hexen mit Macbeth machen.«

Ich hob die zerrissene Kette auf und drapierte sie um Floras Kopf. Sie war schon überall mit Blumen und Grünzeug bedeckt – Armbändern und Halsketten und drei Kränzen im Haar. In ihrer freien Hand hielt sie mehrere Stöckchen, ein paar orangefarbene und weiße Steinchen, einen langen Stängel Wolfsmilch und ein Büschel wilder Karotte.

»Ich erinnere mich aber nicht an den Himmel«, sagte Daisy nach einer Weile. »So wie du das tust.«

Wäre sie ein Kind von einem anderen Vater gewesen, hätte ich Flora durch seine Studiotür geschickt, damit er sah, wie schön sie mit Klee und Löwenzahn und Wolfsmilch und Butterblumen geschmückt war. Aber weil ihr Vater war, wo er war, wusste ich, ich würde sie nur als

Vorwand hineinschicken, damit er herauskam und ich seinen Gesichtsausdruck sehen konnte, wenn er mich erblickte.

Wieder aßen wir unseren Mittagsimbiss unter den Hängekirschen. Anschließend brachte ich dann Flora nach drinnen, um ihr in ihrem kühlen Zimmer eine Weile vorzulesen. Sie war nur noch halb wach, als ich sie in ihr Bettchen legte, aber sobald Daisy und ich versuchten zu gehen, stand sie auf und fing zu weinen an. Wir legten uns beide auf den hellen Teppich neben dem Bett, und es dauerte nicht lange, bis Flora und Daisy gleichmäßig atmeten. Wahrscheinlich war ich selbst eingeschlafen, denn plötzlich hörte ich Anas Stimme und sah sie in der Tür stehen. Ich unterhielt mich sogar mit ihr, das alles, ohne die Augen zu öffnen. Als ich sie dann aufmachte, war niemand mehr da und das Haus still. Ich setzte mich auf. Daisy lag neben mir, die Hände unter der Wange; ihr Kopf ruhte auf einem von Floras Stoffhunden, und ihre leicht geöffneten Lippen bewegten sich mit jedem Atemzug. Die Kleeketten hingen immer noch auf ihrem Kopf, die welkenden Blumen steckten in ihren Haaren. Ich widerstand dem Drang, sie wachzurütteln, nur um ihre grünen Augen zu sehen. Stattdessen befühlte ich mit dem Handrücken ihre Wange und ihre Stirn. Sie war warm, aber nicht heiß. Offenbar kannte ich allmählich den Unterschied zwischen gesunder Körperwärme und der merkwürdigen Hitze eines Fiebers. Als Kind hatte ich die Fähigkeit meiner Mutter, dies nur durch das Auflegen ihrer Hand festzustellen, für Zauberei gehalten, aber jetzt konnte ich das auch. Ich stand auf, warf einen Blick auf Flora, die wie Daisy immer noch in ihrem vollen Waldschmuck dalag, und ging dann den Flur entlang ins Wohnzimmer.

Ein Auge, eine Kinnlade, die Rundung einer Brust, all das seltsam unausgewogen und hässlich und mit dicken Pinselstrichen aufgetragen. Als ob er keinerlei Zweifel daran aufkommen lassen wollte, dass er wusste, was er tat. Als ob er keinerlei Zweifel daran zuließ, dass er das, was sonst vielleicht beliebig und ungeübt wirkte, in etwas Beabsichtigtes, etwas Wertvolles, verwandeln konnte. Etwas, das nur seins war. Sein Werk.

Ich drehte mich um, um das andere Gemälde zu betrachten. Es enthielt gar nichts Gegenständliches, nur verschwommene Farbkleckse. Streich die Welt einfach aus, wenn sie dir nicht gefällt, und schaff dir eine neue, eine bessere.

In der Küche holte ich mir ein Glas Wasser. Ich fragte mich, ob Ana weggegangen war, da immer noch Tassen und Teller in der Spüle standen und der Boden gefegt werden musste. Ich trat durch die Fliegentür und setzte mich auf die Verandastufen. Das Auto stand noch da. Im Studio von Floras Vater brannte immer noch Licht. Ich stand auf, ging zu dem Weg und beugte mich etwas hinüber, um zu sehen, ob die Leinwand noch immer an der Mauer lehnte. Sie war nicht mehr da. Ich ging weiter. Man roch deutlich die Farbe, aber es waren keine Stimmen zu hören. Auf Zehenspitzen näherte ich mich der Seitentür und sah ihn über der Leinwand von draußen stehen, die nun auf dem Betonboden lag. Die Beine gespreizt, die Hände auf den Hüften, starrte er in seinem weißen Hemd und seinen Khakihosen wie ein altertümlicher Koloss auf sein Werk hinunter. Das Bett in der entfernten Ecke war nicht zu sehen, aber ich hatte den Eindruck, dass noch jemand anders in der Garage war, und ich ging weiter zum Dienstbotenweg, als ob das schon die ganze Zeit mein Ziel gewesen wäre. Plötzlich rief jemand meinen Namen, und ich blieb stehen. Eine Minute lang lauschte ich in der Gewissheit, mich zu täuschen, dann hörte ich ihn sagen: »Du kannst hereinkommen.«

Unsicher, aber neugierig, kehrte ich zur Tür zurück. Er stand noch immer an derselben Stelle in derselben Haltung, in der einen Hand, die er auf die Hüfte stützte, ein großes Tuch, in der anderen etwas, das aussah wie ein Spachtel. Heute drang ein klareres, wie gebleichtes Licht durch die Luke, so grell, dass alles, seine Haare, seine Haut, die Kleidung und das Tuch in der Hand – es war in Wirklichkeit eine Windel voller Farbflecken – dieselbe Schattierung zu haben schien. »Wir dachten, ihr drei hieltet ein Mittagsschläfchen«, sagte er, und als ich am Türeingang stand , sah ich, dass Ana wirklich bei ihm war und auf dem harten Bett saß. Sie trug einen ärmellosen Pullover und einen schwarzen Rock und hatte ihre rundlichen nackten Beine übereinander geschlagen. Ihr Kinn war gesenkt und lag in dicken Falten auf dem Hals. Sie sah unglücklich aus, und ihr Ausdruck änderte sich nicht, während sie mich musterte.

»Komm herein«, sagte Floras Vater noch einmal, und ich überschritt die Schwelle und trat in das gebleichte Licht hinein. Von hier aus konnte ich das Gemälde nur von hinten sehen, aber es schien Fortschritte zu machen. Jedenfalls war mehr Farbe darauf. Er blickte über die

Schulter zu Ana, sagte etwas auf Französisch zu ihr und wandte sich dann wieder zu mir. »Die Waldnymphe«, sagte er, offenbar eine Übersetzung dessen, was er ihr erzählt hatte. Ich merkte, dass auch bei mir immer noch Kleeketten im Haar hingen. Ich berührte eine von ihnen. »Eine Thomas Hardy lesende, Shakespeare zitierende und Drinks anbietende Waldnymphe.« Er ging um das Bild herum auf mich zu, bog dann aber zu dem Regal voller Farben und sonstigem Durcheinander ab und warf den Spachtel und die Windel darauf. Ich lächelte höflich.

»Flora«, hob ich an, »Flora hat mir erzählt, ihre Mutter komme morgen nach Hause, deshalb habe ich überlegt, ob Sie mich dann schon so früh brauchen – oder überhaupt.«

Er drehte sich lachend um, als hätte er mich bei einer weiteren Lüge ertappt. Einen Ellbogen auf das Regalbrett über ihm gelegt, stützte er die andere Hand auf seine Hüfte. Durch meine Erfahrung mit Onkel Tommy wusste ich, dass er getrunken hatte oder noch immer dabei war. Er sah durchaus standfest aus, da war kein Schwanken, kein Nuscheln, aber eine merkwürdige Bedachtsamkeit bei jeder Geste, eine Entschlossenheit in seinem Blick. »Nein«, antwortete er. »Nein. Floras Mutter wird morgen nicht hier sein. Auch nicht übermorgen, denke ich.« Er nahm die Brille ab und rieb sich den Nasenrücken. »Floras Mutter ist in der Stadt«, fuhr er fort. »Und Floras Mutter praktiziert leidenschaftlich das ›aus den Augen, aus dem Sinn‹. Niemand kann sagen, wann sie zurückkommt.« Er setzte die Brille wieder auf und entfernte sich von dem Regal. »Deshalb wird deine Hilfe weiterhin benötigt.«

Er trat auf mich zu, streckte die Hand aus und berührte meine Haare. Mit einer Hand hob er sie von der Schulter hoch, mit der anderen zupfte er eine Kleeblüte heraus. Er drehte die Blüte zwischen den Fingern. »Und die des kleinen Rotschopfs auch«, fügte er hinzu und sah mich über die Brillengläser hinweg an. »Wie hieß sie noch gleich?«

»Daisy«, antwortete ich. Da war auch der Geruch von Onkel Tommy, angereichert, schien mir, mit dem Duft der orangefarbenen Aspirintabletten. Er hob das Kinn, um mich besser sehen zu können. »Daisy«, wiederholte er. »Die eine schwere Zeit durchmacht.«

Ich nickte, fügte dann aber hinzu: »Zu Hause, nicht hier.«

Auch er nickte. »Verstehe. Du hast sie gerettet.« Sanft legte er meine Haare hinter die Schulter, als sollten sie wieder da liegen, wo sie hingehörten, und zupfte mir eine weitere Kleeblüte heraus. Sein Hals war sehnig und voller Mulden in dieser blassen papiernen Haut.

»Und zu Hause ist...«, fragte er, während seine Augen meine Haare absuchten, »Brooklyn?«

»Queens Village«, antwortete ich.

Er nickte, als hätte er es wissen müssen. »Und der Vater ist Feuerwehrmann?« Er strich mir ein paar Haare hinters Ohr, wobei seine Fingerspitzen leicht über die Seite meines Gesichts und meine Kopfhaut fuhren. Ich konnte die Farbe an seiner Hand riechen.

»Polizist«, antwortete ich.

Wieder nickte er. »Zehn Gören?«

»Acht.«

Er lächelte. An der Art, wie seine kleinen Zähne sich

auf einer Seite in das Zahnfleisch einfügten, war etwas Merkwürdiges. Eine Prothese, vermutete ich. Teilprothese, wie meine Eltern sagen würden. Nichts Besseres, um einen an die eigene Sterblichkeit zu erinnern, hatte er gesagt. Die eigene Sterblichkeit in seinem Mund.

Die eine Hand immer noch in meinen Haaren, nahm er mit der anderen die Brille ab, eine Geste, so geschwind und beiläufig, als wollte er etwas Kleingedrucktes besser lesen können. Dann beugte er sich zu mir herab und küsste mich auf die Lippen, sanft, aber lange genug, dass ich einmal durch die Nase einatmen musste, bevor er fertig war. Und als er fertig war – ich spürte den Geschmack von Alkohol auf meinen Lippen –, glitt er einfach mit der Hand von meinen Haaren zu meiner Taille, wobei er mit der Außenseite der Finger leicht meine Schulter und meine Brust streifte, setzte die Brille wieder auf und führte mich zur Tür. Wir traten zusammen über die Schwelle auf den sonnenbeschienenen Kiesweg und gingen zum Haus hinüber. »Daisy ist also das achte Kind einer erschöpften Mutter«, sagte er beiläufig, worauf ich, so beiläufig ich konnte, weil mir das Herz bis zum Hals klopfte, antwortete: »Nein, das fünfte Kind. Haargenau in der Mitte. Sie hat drei ältere und drei jüngere Brüder und eine ältere Schwester, Bernadette.«

Es war wie das Rezitieren auf einer Bühne, während man trotz des Pochens des Blutes in den Ohren so tat, als sei man ruhig.

Er fragte, wie Bernadette so war.

Sehr schlau und mollig, antwortete ich. Und so unattraktiv, dass ihre Eltern ständig meinten, sich dafür entschuldigen zu müssen. Als Floras Vater nach der Fliegentür griff, warf er den Kopf zurück und lachte. Er legte mir die Hand aufs Kreuz. »Erst hier hinein«, sagte er und deutete zur Küche. Wir traten nach rechts in die unaufgeräumte Küche, wo die Whiskyflasche schon auf dem Tisch stand. Die Kopftücher von Floras Mutter lagen mittlerweile auf einem hohen Regalbrett neben dem Fenster. Er nahm die Hand von meinem Rücken und goss sich ein Glas Whisky ein. Ich trat ein paar Schritte von ihm weg und lehnte mich gegen den Türrahmen. Er sah mich über den Rand seines Glases an, und kurz blitzte in seinen Augen ein Anflug von Sorge oder Zweifel auf.

»Und du hast also die arme Daisy vor Queens Village und ihren überlasteten Eltern gerettet«, sagte er. »Um ihr ein paar Sommertage hier draußen auf dem Land zu verschaffen.«

Ich nickte.

»Und ihr Shakespeare beizubringen.«

Ich zuckte die Achseln.

»Und sie sich am St.-Joseph-Aspirin laben zu lassen.«

Hinter mir hörte ich Flora leise aus ihrem Bettchen rufen.

»Sie haben ihr das Aspirin gegeben«, sagte ich.

Er nahm erneut einen Schluck. Jetzt hörte er sie auch, seine Tochter, ich sah es an seinen Augen. Daisy antwortete schläfrig. Ich dachte an den überraschten Blick, den sie immer hatte, wenn sie gerade aufwachte und noch nicht ganz bei sich war.

Er legte den Kopf zurück und musterte mich erneut von Kopf bis Fuß. Auf und nieder wanderte sein Blick, von meinen Knöcheln zu meiner Taille, meiner Brust und dem Hals und den Haaren. In seinem Gesicht stand ein Hauch von Furcht. »Du bist mir schon eine«, bemerkte er schließlich und zeigte mit dem Kinn zum Flur und dem Schlafzimmer seiner Tochter. »Deine Schäfchen rufen dich.«

Zu meiner Überraschung folgte er mir durch den engen Flur zum Schlafzimmer und direkt zu Floras Bettchen, wo Daisy stand und Floras pummeliges Handgelenk streichelte. »Da ist sie«, sagte sie. »Und da ist auch dein Daddy.«

Flora streckte mir die Arme entgegen, und ich hob sie auf die Wickelkommode. Hinter mir sagte ihr Vater zu Daisy: »Komm mal mit, ja?« Und als ich mich umsah, ging er mit ihr Hand in Hand den Flur entlang. Ich hörte, wie sich die Fliegentür schloss, und sobald ich Floras Windel gewechselt hatte, lief ich mit ihr hinterher. Sie standen beide unten an den Stufen und zermahlten Aspirin zwischen den Backenzähnen. Floras Vater deutete auf etwas in einem der hohen Zweige der Bäume – das Nest eines Eichelhähers, erklärte er –, und Daisys Blick folgte seinem Arm, während sie noch immer seine Hand hielt.

Ich setzte Flora in ihre Karre. Sie fing an zu weinen, weil sie eine Flasche mit rotem Saft wollte. »Keine Flaschen mehr, Flora«, sagte ich. »Du willst gar keine Flasche.« Aber Flora war immer noch nicht ganz wach und miesepetrig, und ihre Stimme begann schrill zu werden. Ich beugte mich über sie. »Mommy will nicht, dass du eine Flasche bekommst«, sagte ich leise. »Du bist jetzt ein großes Mädchen, du brauchst keine Flasche.« Sie trat mit den Füßen an die Stangen der Karre und weinte nun ernstlich.

Ich legte meine Hand auf ihren Arm. »Oh, Flora«, flüsterte ich.

In dem Augenblick drehte sich ihr Vater zu uns um, immer noch mit Daisys Hand in der seinen, und sagte: »Komm schon, gib ihr eine.«

Ich richtete mich auf und warf meine Haare in den Nacken. Als ich aus dem Schatten der Veranda auf sie hinabblickte, wirkten sie beide wie von der Sonne gebleicht und verschossen, Daisy immer noch zerknautscht von ihrem Mittagsschläfchen, er zerknautscht, weil er vielleicht eines brauchte. Gerade wollte ich einwenden »Ihre Frau« (oder »ihre Mutter«) habe etwas gegen diese Fläschchen, als er die Hand hob. »Wir sind verschwunden«, sagte er.

Weil Flora weinte, verstand ich ihn kaum, aber es war das Wort selbst, das mich aufhorchen ließ.

»Wir sind weg«, sagte er. Er blickte einen Augenblick freundlich auf Daisy hinunter und schloss sie in das Gespräch mit ein. »Mein ganzes Leben lang habe ich Frauen gekannt, die das konnten. Den Rücken kehren und Dinge verschwinden lassen. Es ist ein wunderbares Talent.«

Er lächelte zu mir hinauf. Seine weißen Haare standen zu Berge, aber während Onkel Tommys Blick sich immer verschleierte, wenn er trank, und unruhig zu wandern begann, war der seine direkt und gründlich. »Wenn auch ein bisschen viel für einen Mann in meinem Alter. Ein bisschen zu viel Ironie.« Daisy sah auf ihre höfliche aufmerksame Art zu ihm auf. Traurig bat Flora: »Roten Saft, bitte, bitte.« Er sah mich an. »Mach dir keine Gedanken wegen meiner Frau. Lass das arme Kind seine Flasche haben.«

Ich zuckte die Achseln. »Gut«, sagte ich zu ihm und

seiner Tochter. »Einen Augenblick, Flora Dora.« Als ich die Fliegentür aufzog, um in die Küche zurückzugehen, fügte er hinzu: »Und gieß was für ihren alten Vater ein, wenn du schon dabei bist.«

Ich füllte Floras Flasche mit Saft und goss auch ihm noch ein Glas ein. Als ich herauskam, hatte er die Karre an die Ecke der Treppe gestellt und sich daneben gesetzt, Daisy zu seinen Füßen. Flora umfasste eifrig die Flasche mit beiden Händen und lächelte sogar während des Trinkens, als ihr Vater sagte: »Ach, die Freuden des Fleisches.« Er zwinkerte mir zu. »Was das wohl für ein Teenager wird!«

Er hob das Glas auf uns alle drei. »Auf drei Schönheiten!«, prostete er uns zu und zuckte zusammen, als die kalte Flüssigkeit auf seinen schlechten Zahn traf. Er rieb sich den Kiefer. »Wie viele Jahre würde ich kriegen, wenn ich jede von euch ganz auffressen würde?« Die rosa Schuhe unter die Knie und den Saum meines alten Tenniskleides hochgezogen, antwortete Daisy schlicht: »Ich weiß es nicht.«

Er lachte los, so ein röhrendes echtes Lachen, das aus tiefer Kehle kommt, beugte sich vor und tätschelte ihr den Kopf. »Ich auch nicht. Aber es würde sich lohnen, das herauszufinden.«

Er stand vorsichtig auf, das Glas in der Hand, während er mit der anderen Hand nach dem Holzgeländer fasste und sich vollends daran hochzog. Dann kehrte er uns den Rücken zu und ging mit steifen Schritten, vielleicht noch etwas gebeugter als sonst, den Kiesweg hinunter in sein Studio zurück, wo Ana wohl immer noch auf ihn wartete.

Ich überzeugte die Mädchen davon, den Rest des Nachmittags zu Hause zu verbringen, Blindekuh und mit Papierpuppen zu spielen und auf dem Rasen unser Rad- und Purzelbäumeschlagen zu vervollkommnen. Im Laufe des Nachmittags kam Ana aus dem Studio heraus und ging ins Haus. Sie verhielt sich so wie immer, das heißt, sie nahm uns auf ihre gallisch überhebliche Weise einfach nicht zur Kenntnis. Ich hörte, wie innen der Staubsauger anging, und ein paar Minuten später kam sie zur Tür und schüttelte einen kleinen Teppich aus.

Sie trug wieder ihre blaue Uniform, hatte aber eins der Kopftücher von Floras Mutter ums Haar geschlungen. Besonders unglücklich wirkte sie nicht mehr, und obwohl sie die Einzige war, die mitbekommen hatte, was heute Morgen im Studio geschehen war, brachte mich ihr Blick nicht weiter in Verlegenheit. Irgendwie hatte ich mir seinen bestürzenden Satz vom Verschwinden zu Herzen genommen, als wären wir, die Mädchen und ich, verschwunden, und dieses Haus und der Rasen, das Studio, der Kiesweg und der Wald auf dem Weg zur Gärtnerpforte wäre für uns der letzte Ort zum Verweilen, wie für ein paar kleine Geister.

Erst kurz vor dem Abendessen gingen wir schließlich zum Strand hinunter, damit Daisy keinen Tag von ihrer Meerwassertherapie versäumte. Ihre Haut schien sich nicht zu bessern, verschlechterte sich aber auch nicht, obgleich der Ernst, mit dem sie ihre Füße beobachtete, wie sie, vom schäumenden Wasser umspült, in den Sand sanken, mich auf den Gedanken brachte, dass auch sie mit einem Willensakt die blauen Flecken auslöschen konnte, woher auch immer sie rührten; vielleicht Anämie (ich hatte den Begriff nachgeschaut und meine Mutter gebeten, uns Leber und Zwiebeln zuzubereiten).

Auf dem Rückweg trafen wir wieder auf die Richardsons, die mit Rupert und Angus sowie einem anderen Paar unterwegs waren. Es handelte sich um eine dünnere und tatsächlich britische Version der beiden, Mr.-und-Mrs-Doppelnamen, die für das Wochenende zu Besuch waren. Mrs Richardson stellte Flora als die Tochter »eines bekannten Künstlers« vor – was bei dem dünnen Paar entsprechend Wirkung zeigte –, Daisy als eine »kleine Besucherin«, die am Sutton Place wohne, und mich als das Mädchen, das die Herzen ihrer Hündchen erobert habe (Rupert und Angus, die Armen, klopften schnaufend mit ihren Stummelschwänzen, als wollten sie sagen: »Es stimmt, es stimmt!«) und das in dem bezaubernden Häuschen mit den Dahlien wohne. »Die Dorfschönheit«, fügte sie hinzu, als befänden wir uns mitten im guten alten England und ich wäre Eustacia Vye aus Thomas Hardys *Heimkehr*.

Das dünne Paar – es wirkte geradezu ausgezehrt in seinen Herbstklamotten – gab uns allen die Hand und sagte mit breitem Lächeln: »Entzückend, entzückend!«, während es uns in der Abenddämmerung betrachtete. Die hohen Bäume waren von Vogelgesang erfüllt und leuchteten im Schein der untergehenden Sonne. Wir plauderten eine Weile, aber bald wurde es zu einem allgemeinen Dahinplätschern, und wir mussten doch noch Flora nach Hause bringen. Wir redeten über das Wetter und das Wochenende und das Feuerwerk am Strand und Mrs Richardsons Vorliebe für den Juni gegenüber dem Juli, für September gegenüber dem August. (»Natürlich fürchtet ihr Schulkinder ihn«, meinte sie und umfing uns alle mit einem warmen Beatrix-Potter-Blick, »aber der September ist wirklich der beste Monat im Sommer. Die großen Massen sind abgereist. Und wir haben diese warmen Tage und diese herrlichen kühlen Nächte.« – »Schlafwetter«, warf ihr Mann ein und nahm die Pfeife aus dem Mund, und die britische Frau rief: »Oh, in der Tat, Schlafwetter«, als zitierte sie aus der Artussage.) Und so standen wir noch eine Weile herum, obwohl es immer später wurde und Flora in ihrer Karre einnickte und Daisy mit leisen Seufzern von einem Fuß auf den anderen trat. Wir redeten über die duftende Luft, die Sterne und das besänftigende Rauschen des Ozeans. Mrs Richardson strahlte uns und ihre dürren Freunde an, als hätte sie uns alle erfunden, und ich verweilte länger, als ich sollte, damit sie sich an dem Märchen, das sie aus uns gemacht hatte, erfreuen konnte, ihrem Traum vom alten England, das sie hierher versetzt hatte, unter die dicken Bäume auf der stillen Straße, zwischen einem weiten grünen, von Glühwürmchen beleuchteten Rasen und dem braunen Kartoffelfeld, wo noch gestern Nachmittag Baby June in der Erde gebuddelt hatte.

Am Abend war immer noch keine Köchin da. Als wir Flora endlich im Bett hatten, war es später als sonst, fast dunkel, und das Licht vom Atelier ihres Vaters warf seinen Schatten auf die Kieseinfahrt. Als wir an der offenen Tür vorbeigingen, sah ich ihn ausgestreckt auf dem Bett liegen, in derselben Pose eines gefallenen Kriegers, ein Bein hochgestellt und den Arm über den Augen. Das Bild lag noch immer auf dem Fußboden. Als wir nach Hause kamen, wandte sich meine Mutter vom Herd nach uns um und sagte: »Ich fing schon an, mir Sorgen zu machen.«

Wie gewöhnlich kamen die Clarkes am Sonntag zum Abendessen. Sie fuhren gern im Laufe des Tages von ihrer Sommerwohnung im Norden der Insel herunter, um abends mit uns zu essen. Wenn sie sicher sein konnten, dass die Swansons nach Westchester gefahren waren, hielten sie meistens noch bei ihrem Haus an, um nach dem Rechten zu sehen, vor allem nach den Katzen, bevor sie sich wieder zu ihrer vorübergehenden Bleibe an der nördlichen Küste aufmachten.

Meine Eltern genossen ihre Gesellschaft. Obgleich sie einander in der Kindheit nicht gekannt hatten und sich erst begegnet waren, nachdem sie alle hier herausgezogen waren, waren sie im selben Viertel aufgewachsen und kannten deshalb viele derselben Leute und Örtlichkeiten; diese Erinnerungen machten den Hauptteil ihrer Unterhaltung aus. Es war schon seltsam: Alle miteinander waren sie an diesem schönen Ort gelandet – meine Eltern in dem bewussten Versuch, mir alle Wege ins Glück zu ebnen, die Clarkes durch das Glück, das ihnen durch den »Feenonkel« zuteil geworden war –, doch ihr ganzes Interesse und ihre Begeisterung waren den Orten vorbehalten, die sie zurückgelassen hatten. Wie Menschen im Exil fanden sie ihr Vergnügen nicht dort, wo sie sich jetzt aufhielten, sondern in der Erinnerung an die Plätze und die Zeit, die der Vergangenheit angehörten. Noch nach zwölf Jahren Freundschaft entdeckten sie – wöchentlich, wie es schien – Orte, wo ihre Wege sich gekreuzt oder ihre Geschichten sich miteinander vermengt hatten – einen vertrauten Süßwarenladen in Brooklyn, einen Freund der Schwester eines Freundes, mit dem eine von ihnen ausgegangen war, noch einen GI, der auch auf der *Queen Mary* gewesen war, einen Arbeitskollegen in einer Stellung, die auch ein Freund von der Highschool einmal bekleidet hatte. Es waren Beziehungen, auf Umwegen geknüpft und durch Umstände bedingt, die ihre ganzen Jugendjahre und die fünf Stadtbezirke zu umfassen schienen, immer gebunden – was ich schon damals etwas antiquiert fand – an die Namen katholischer Pfarrgemeinden, als ob man keine Identität eines Freundes oder eines Vetters oder eines Kollegen genau bestimmen könnte, ohne zuerst herauszufinden, wo er oder sie getauft oder eingeschult oder getraut oder begraben worden war. Kein Markstein all dieser Geschichten wurde wirklich bestätigt ohne den Namen der nächstgelegenen Kirche als Beleg.

Daisys Anwesenheit erwies sich natürlich als idealer Anlass für diese Art der Unterhaltung, die meine Eltern und die Clarkes so sehr liebten, und so begann gleich während des ersten Abendessens in unserem Esszimmer, unter der schrägen Decke, hinter der die Treppe zum Dachboden hinaufführte, ihr kleines Ratespiel, als Mr Clarke mit seiner Gabel auf Daisy deutete und zu meinem Vater sagte: »Ich frage mich, ob vielleicht mein Bruder Bill Daisys Mutter gekannt hat. Sie ist deine jüngere Schwester, nicht wahr? Und ihren Schulabschluss hat sie auf St. Xavier gemacht, oder?« Es folgte das übliche Abklopfen von

Namen und Verabredungen und Pfarrgemeindebällen und Schulmannschaften, bei dem all die Namen der Heiligen und die vertrauten heiligen Ausdrücke (Menschwerdung, Erlösung, Immerwährende Hilfe) so lange über das weiße Tischtuch und die Leber und die Zwiebeln und den Kartoffelbrei und die frischen Erbsen und über unsere Köpfe hinweg schwirrten, bis endlich eine Verbindung gefunden war: zwischen dem älteren Bruder von Daisys Vater (Pfarrgemeinde von St. Peter), der sich kurz als Bandleader in einer Reihe der von den Kolumbus-Rittern organisierten Bälle hervorgetan hatte, und Mrs Clarkes Schwester, deren beste Freundin etwa ein Jahr lang mit ihm liiert gewesen war.

»Ist das nicht unglaublich?«, staunten alle und waren erfüllt von stiller Befriedigung. Wie klein war doch die Welt – während sie offenbar die ungeheure Anstrengung vergaßen, die sie gerade hinter sich gebracht hatten, um diese Verbindung überhaupt herzustellen. Eine Weile aßen sie ruhig vor sich hin und schüttelten den Kopf vor lauter Vergnügen über all die Verbindungen zwischen den Menschen und darüber, dass die Welt zur Größe einer Pfarrgemeinde geschrumpft und damit überschaubar geworden war. Mrs Clarke sagte zu Daisy: »Ja so was, fast sind wir miteinander verwandt, ich hätte die kleine Schwester der besten Freundin deiner Tante sein können, wenn sich ihre Wege nicht getrennt hätten. Ich hätte bestimmt auch deinen Vater und deine Mutter gekannt.«

Daisy unternahm einen höflichen Versuch, beeindruckt und überrascht auszusehen (ich bemerkte indessen, dass sie mehr daran interessiert war, ihre Leber unter dem Kar-

toffelbrei zu verstecken), bis die Unterhaltung erneut los-
legte auf der Jagd nach weiteren Verbindungen.

»Also Peg«, fuhr mein Vater fort, »hat die Schule in St.
Xavier abgeschlossen, und Jack war, soweit ich weiß, der
einzige Junge, mit dem sie je ausgegangen ist. Er spielte an
der St.-Peter-Highschool Basketball, und weil er seine
Eltern sehr früh verloren hatte, wohnte er mit seinem Bruder, dem Bandleader, und einer jüngeren Schwester zusammen, die jetzt als Dominikanerin auf Long Island lebt.
Jacks Vater ist Streifenpolizist in Harlem gewesen, wisst
ihr, bis irgendwelche üblen Kerle einen Schornstein auf
ihn geworfen haben, der ihn auf der Stelle tötete, mitten
auf der Straße, und das, wie jeder meinte, aus reinem Spaß.
Die Mutter, Jacks Mutter, hatte eine Art Nervenzusam-
menbruch – sie erwartete ihr viertes Kind, und keiner von
beiden sollte die Geburt überleben. Die drei Kinder wurden für eine Weile getrennt, und dann beendete Jacks Bruder, Frank, die Highschool, zog seine Band auf und verdiente zusammen mit seinem Tagesjob gerade genug, um
die drei wieder zusammenzubringen. Das war in der Zeit,
als Jack selbst mit der Highschool anfing. Jack war wohl«,
meinte mein Vater, »ein trauriger Fall damals – was der für
Geschichten erzählt!« (Er sagte es mit einem Seitenblick
zu Daisy und mir, der besagte, dass die Geschichten nicht
für unsere Ohren bestimmt waren.) »Ein ziemlicher
Rowdy war er – aber dann nahmen ihn die Pater in die
Zange und brachten ihn dazu, jede freie Minute am Tag
Basketball zu spielen, und bei einem der Spiele tauchte
dann Peggy auf. Und der Rest ist Geschichte. Acht Kinder
haben sie heute – die kleine Daisy hier ist unser besonde-

rer Liebling – und ein hübsches Haus in Queens Village. Jack schaffte es nicht in die Polizeischule, aber die Verkehrsgesellschaft nahm ihn. Er musste unbedingt Polizist werden, sagt er. Sicherlich wegen seines Vaters. Manchmal, erzählt er, habe er als Kind absichtlich etwas angestellt, nur um einige Zeit auf Polizeiwachen verbringen zu können. Unter Männern, die die Uniform seines Vaters trugen, versteht ihr. Er brauchte das.«

Ich dachte an Petey und Tony und den Polizisten am Strand.

Um bloß nicht den Faden zu verlieren, sagte Mrs Clarke: »Das war 'ne feine Band, die sein Bruder hatte.« Sie wandte sich an Daisy. »Das wäre dein Onkel geworden.«

Die Hand im Schoß, lächelte Daisy höflich.

»Wirklich, 'ne feine Band«, meinte meine Mutter.

»Frank war wohl tatsächlich ein toller Musiker«, fuhr mein Vater fort. »Jack behauptet, sein Bruder konnte alles spielen – Klavier, Schlagzeug, Klarinette. Er sagte, er könne einen Raum betreten, irgendein Instrument nehmen, das er nie vorher gesehen hat – Posaune, Flöte, was auch immer –, und es wie ein Virtuose spielen. Dabei hat er nie Unterricht gehabt.«

»Im Ernst!«, rief Mrs Clarke erstaunt.

»Nie!«, rief mein Vater genauso erstaunt. »Jack sagt, es flog ihm einfach zu.«

»Das ist eine Gabe«, stellte Mrs Clarke fest.

»Es hat ihm durch alle Scherereien hindurchgeholfen, meint Jack.« Mein Vater verstummte, als wollte er sich das alles genau vorstellen. »Jack sagte, Frank brauche nichts anderes zu tun, als die Augen zu schließen und etwas zu spielen, und so war es bei allem, was ihm passierte – als seine Mutter starb, dann sein Vater, selbst der Magenkrebs, der ihn schließlich umbrachte mit – wie alt war er noch mal ...«

Und meine Mutter sagte traurig: »Dreiundvierzig.«

»... mit dreiundvierzig«, fuhr mein Vater fort. »Alles, was ihm passierte, prallte an ihm ab, und er hatte keine andere Sorge als seine Musik.«

»Das ist eine Gabe«, meldete sich Mrs Clarke wieder, aber mein Vater hatte angefangen, vor sich hin zu lachen.

»Bei Franks Totenwache«, sagte er und blickte meine Mutter an, die den Kopf gesenkt hatte und auch kicherte, weil sie natürlich wusste, woran er sich erinnerte, so, wie sie immer wusste, was er sagen würde. »Sie fand bei Fagin statt. Wir kommen herein, und da ist der ganze Raum voll mit Farbigen. Bis auf den letzten Platz voll. Und beide denken wir, wir sind am falschen Ort und wollen gerade hinausgehen – Entschuldigen Sie die Störung, murmeln wir zu all diesen in den Saal gepferchten farbigen Leuten –, als Jack von der Halle hereinkommt, vor Wut platzend, und er flüstert mir zwischen den Zähnen zu: ›Sieht das hier nicht aus wie ...‹« – Pause, Blick auf uns Minderjährige – »›wie ein Ball von aufgeblasenen Schwarzen?‹« Meine Eltern lachten wie auf Kommando. »Stellt sich heraus, dass Frank seit Jahren in Klubs in Harlem gespielt und Jack nie was davon erzählt hatte. Harlem, wo sein Vater ermordet worden war. Und da saßen sie jetzt alle, bestimmt achtzig an der Zahl, Musiker und Fans und

Klubbesitzer, wisst ihr, alle in der neuesten Mode, in Anzügen mit langen taillierten Jacken, und alle waren sie aus Brooklyn gekommen, um ihm die letzte Ehre zu erweisen. Und da sitzt nun Jack, knallrot und wütend und von seinen Polizistenfreunden umgeben in dieser irisch-katholischen Begräbnishalle und muss Hände schütteln und sich von jedem Einzelnen umarmen lassen!«

Jetzt lachten alle vier Erwachsenen und schüttelten staunend den Kopf, und meine Eltern sagten leicht wehmütig: »So was gibt's eben nur in New York, nicht wahr?«, als sei New York für sie alle längst verloren.

»Aber ihr versteht«, fuhr mein Vater fort, »genauso hatte es Jack immer erzählt. Wenn Frank Musik machte, war alles andere für ihn nicht mehr vorhanden. Wahrscheinlich wusste er gar nicht, welche Hautfarbe die Leute hatten.«

Mr Clarke griff lachend mit seinem kurzen Arm über den Tisch nach seinem Wasserglas. Er schien irgendetwas in petto zu haben, als er fragte: »Leute, kennt ihr Jimmy Fagin? Nicht den alten, sondern den jüngeren. Der, der in St. Cyril war?«

»Ja, klar«, antwortete meine Mutter. »Er und mein Bruder Tommy haben gleich nach dem Krieg zusammen gearbeitet. Bei der Brooklyn Union. Eine Zeit lang waren sie dort dicke Freunde.«

Mr Clarke kicherte und rollte seine Zunge in der Backe. »Ja, er war Trauzeuge bei meiner Cousine Marty.«

»Im Ernst!«, riefen meine Eltern unisono und läuteten eine neue Runde ihres kleinen Spielchens ein.

Da unser Fernseher in einer Ecke des Wohnzimmers

stand und die Erwachsenen noch am Esstisch beim Kaffee saßen, gingen Daisy und ich nach dem Essen hinauf in die Dachstube. Ich hatte ein Kartenspiel, mein Buch und die Dose Noxzema für Daisys Füße dabei. Es gab wenig Licht dort oben, eine der Glühbirnen an der Decke war durchgebrannt; nur die Nachttischlampe war an. Leichter Regen fiel aufs Dach. Wir setzten uns auf eines der Betten und spielten eine Weile Rommé, und als wir keine Lust mehr hatten, gingen wir zu meinen alten Klamotten und wählten etwas zum Anziehen für den nächsten Tag aus – ein gelb-weiß gestreiftes Short-Ensemble aus Kreppleinen. Ich sagte zu Daisy, wenn ich den Stoff nur anfasste, falle mir sofort wieder der Sommer ein, in dem ich den Anzug getragen hatte. Der Sommer, als ich so groß gewesen war wie Daisy, wenn auch nicht genauso alt. Es war gar nicht so lange her, und doch war es eine Zeit, die unumgänglich vorbei war, wie die Basketballspiele meiner Eltern und der Militärdienst und die ersten Jobs, als die Welt noch in Pfarrgemeinden eingeteilt war, die man zu Ehren von Heiligen benannt hatte, die für ihren Glauben gestorben waren, oder in Erinnerung an die verwickelten Geschichten, die unseren Glauben ausmachten.

Ich breitete den Short-Anzug auf dem Bett aus und nahm die Dose vom Nachttisch, um Daisys dünne Arme damit einzucremen. Ich fragte sie, ob sie die Geschichte über den Vater ihres Vaters, den Polizisten, gekannt habe. Ja, sagte sie, sie habe gewusst, dass er vom Dach gefallen und gestorben sei, und obwohl das nicht ganz dem entsprach, was ich gehört hatte, widersprach ich ihr nicht. Ich fragte, ob sie deshalb immer Angst habe zu fallen, aber sie schüttelte den Kopf und zuckte die Achseln. Sie glaube nicht, dass es daran liege, sagte sie, aber sie erinnere sich auch nicht daran, den Vater ihres Vaters im Himmel getroffen zu haben, bevor sie geboren war. Plötzlich hellte sich ihr Gesicht auf. Vielleicht hatte sie ihn ja doch getroffen, schien sie zu denken, und vielleicht hatte er ihr geraten aufzupassen.

Ich lachte, und sie grinste mich an. »Gib mir dein Bein«, sagte ich und strich etwas Creme auf ihre Wade. Ich zog ihr den Socken aus und untersuchte in dem trüben Licht ihren Fuß. »Schau, es wird besser.« Es stimmte, oder es kam mir so vor. »Diese Schuhe wirken Wunder.« Ich besah mir den anderen Fuß. Auch der schien blasser zu sein. »Ich frage mich, woher das kam«, sagte ich, als ob es schon vorbei wäre, was auch immer es war. »Du hättest mehr von der Leber essen sollen!« Sie zog ein Gesicht. »Ernsthaft«, sagte ich. »Und wir müssen dich auch dazu kriegen, Spinat zu essen. Alles, was Eisen enthält.«

Sie verschränkte die Arme über der Brust. »Ich esse nur Rahmspinat«, antwortete sie hochnäsig. Und ich: »In Ordnung, Miss Sutton Place. Rahmspinat. Spinatsoufflé. Spinat mit Kaviar, alles, was du willst.«

Ich rieb sorgfältig die Creme in den Spann ihrer Füße ein. Das Licht, das die merkwürdigen Flecken dunkler erscheinen ließ, brachte auch die Ringe unter ihren Augen deutlicher zum Vorschein. »Ich möchte nicht, dass du schon so bald nach Hause fährst, Daisy Mae«, sagte ich. »Ich möchte dich bei mir behalten.«

Als meine Mutter die Treppe hinaufrief, sah ich, wie sich Daisy erschreckte, und griff schnell nach ihren Söckchen. Aber meine Mutter kam nur halb die Treppe herauf, um zu fragen, ob wir mit meinem Vater und Mr Clarke hinüber zum Haus laufen wollten, um nach den Katzen zu sehen. Daisy dachte einen Augenblick nach. Ich wusste, sie liebte die Katzen, aber dann schüttelte sie den Kopf. »Zu müde«, flüsterte sie.

Ich rief, wir würden wahrscheinlich einfach hier bleiben, und wir stiegen hinunter, um uns zum Schlafen fertig zu machen. Meine Mutter und Mrs Clarke wuschen ab, wobei sie sich unterhielten und rauchten. Daisy und ich putzten uns zusammen die Zähne und zogen unsere Nachthemden an. In unserem Zimmer legte sie sich neben mich in mein Bett und schlief sofort ein, während ich noch las. Zuerst las ich noch einmal den Teil, in dem es hieß, dass Geister nur allein schlafende Leute besuchen, dann blätterte ich weiter, denn ich wollte unbedingt herausfinden, was aus der schönen Eustacia wurde. Ich schlief schon halb, als ich draußen ein Auto vorfahren und eine Tür zuschlagen hörte. Vage schoss mir durch den Kopf, dass es etwas mit den Morans zu tun hatte. Dann hörte ich die Stimme meines Vaters in der Küche, und schließlich standen mein Vater und meine Mutter beide in der Tür.

Meine Mutter flüsterte: »Zieh dich an«, und beide wandten sich ab. Ich schlüpfte in Shorts und T-Shirt und ging hinaus ins Wohnzimmer, wo meine Mutter stand und mir meinen Regenmantel hinhielt. »Du musst zum Haus rübergehen«, sagte sie mit ruhigem, strengem, fast ein wenig verärgertem Gesicht, ein Ausdruck, den sie aufsetzte, wenn etwas Schlimmes passiert war. »Eine der Katzen ist überfahren worden, und das kleine Mädchen will sie nicht loslassen. Die Swansons möchten, dass du mit ihr redest. Wo sind deine Schuhe?«

Mein Vater stand in der Küche mit einem schwarzen Schirm in der Hand und meinen Turnschuhen voller Grasflecken. Mrs Clarke sagte mit Tränen in der Stimme: »Armer Curly.« »Gehen wir«, sagte mein Vater. Ich schlüpfte in meine Turnschuhe. Der Gestank von Autoabgasen erfüllte die Küche.

Es war das Auto von Mr Swanson, ein großer Cadillac, und er saß am Steuer. Merkwürdigerweise öffnete mir mein Vater die Vordertür und setzte sich selbst nach hinten, als wären Mr Swanson und ich gleichrangig, als gehörte ich mehr in die Welt von Mr Swanson als er selbst. Das Auto roch nach neuem Leder und Mr Swansons Zigarren. »Tut mir Leid, dich aus dem Bett zu holen«, sagte er. Er trug eine Windjacke, Kordhosen und einen Bürstenschnitt, der an den Schläfen grau wurde. Es war diese Art Aussehen, die einen glauben macht, jemand ist mächtig. »Aber du warst die Einzige, die uns einfiel. Sie hört auf keinen von uns.«

Offenbar war Curly, gerade als die Swansons am Abend ihr Auto voll packten und sich für die Heimfahrt rüsteten, aus der Tür herausgelaufen, und sie hatten die letzten zwei Stunden im Wesentlichen damit verbracht, ihn zu suchen. Sogar in Mr und Mrs Clarkes Wohnung am Nordstrand hatten sie angerufen, um ihre Hilfe zu erbitten, aber natürlich waren sie nicht zu Hause. Gerade hatten sie noch beratschlagt, ob sie die Nacht über bleiben oder nach Hause fahren sollten in der Hoffnung, dass Curly einfach von alleine zurückkam (sie wollten auf dem

Weg bei unserem Haus anhalten, nur um mich wissen zu lassen, dass ich am Morgen nach dem Kater Ausschau halten sollte), als sie das Quietschen von Reifen auf der Straße hörten. Und tatsächlich wurden ihre schlimmsten Befürchtungen bestätigt: Da lag Curly am Straßenrand, ein armseliges Häufchen aus Knochen und Fell.

Ihre Tochter Debbie war als Erste bei dem Kater angelangt, hob ihn hoch und rief, er atme noch. Mr Swanson legte die Hand auf das blutige Häufchen und fühlte einen Hauch von Puls, aber er sagte ihr, sie solle das Tier ins Verandalicht legen, damit sie sehen konnten, wie schlimm der Kater verletzt war. »Es war schlimm«, meinte Mr Swanson, aber nichts von dem, was er sagen oder tun konnte, konnte seine Tochter dazu bringen, das Häufchen loszulassen. Sie wiegte es nur in den Armen und bestand darauf, dass es noch immer atme und wahrscheinlich bald wieder in Ordnung sei. Als Mr Clarke und mein Vater eintrafen, war der Kater unzweifelhaft tot, aber Debbie konnte immer noch nicht davon überzeugt werden, ihn loszulassen. Es war Mrs Swansons Vorschlag gewesen, mich zu holen.

Mr Swanson fuhr den großen Wagen mit einem Schwung in die Einfahrt. Innen war das ganze Haus erleuchtet und sah mehr denn je aus wie ein Feenhaus, obgleich die Gruppe von Menschen, die sich auf den Verandastufen versammelt hatte, vor Kummer gebeugt war. Ich hörte Debbie jammern; für ein Kind hatte sie eine tiefe Stimme, selbst wenn sie lachte. Ich hörte, wie ihre Mutter und ihr Bruder und selbst Mr Clarke versuchten, sie zu beruhigen, aber es war vergeblich. Ihre Mutter sah auf, als wir näher kamen, sagte: »Gott sei Dank«, legte die Hände auf die Schultern ihres Sohnes und führte ihn zurück ins Haus. Mr Clarke zog sich in eine entfernte Ecke der Veranda zurück, Mr Swanson und mein Vater blieben unten bei den Stufen stehen, ein Stück weit hinter mir.

Debbie saß, die Füße nach innen gestellt, auf den Stufen. Ihre Turnschuhe und ihre Socken und ein Stückchen ihres nackten Knies waren mit dunklen Flecken bedeckt, die Blut sein konnten. Sie drückte den armen Curly gegen ihre Brust und wiegte ihn weinend und klagend vor und zurück. »Es geht ihm gut, es geht ihm gut.«

Ich ging zwei Stufen hoch und setzte mich neben sie. Die Bohlen waren vom Regen nass und glitschig. In dem Verandalicht konnte ich Debbies blutverschmierte Schulter sehen und das, was von Curlys Gesicht übrig war – ein Ohr, ein Auge, ein paar scharfe Katzenzähne. Es war nicht nur ein lebloses Ding, sondern so sehr von Regen und Blut durchweicht, dass man darin kaum etwas erkennen konnte, das einmal Leben in sich gehabt hatte. Und doch begrub Debbie, als ich mich neben sie setzte, ihr Gesicht in dem Fell.

Ich berührte ihren Arm. Ihre Haut war schmierig von Blut. »He, kleiner Schwan.«

Sie hob den Kopf und sah mich an. Ihr Kinn und ihre Wange waren blutverschmiert, vielleicht hatte sie sogar welches im Mund gehabt, und ich fragte mich einen Augenblick, ob sie sich beim Weinen in die Zunge gebissen hatte. »Es ist Curly«, sagte sie mit ihrer heiseren Stimme, während ihr Körper von Weinkrämpfen geschüttelt wurde. »Ein Auto hat ihn überfahren.«

Ich nickte. »Armer kleiner Kerl.« Ich konnte das Blut und so etwas wie den metallischen Geruch von Regen riechen, der aus der Dunkelheit in ihren Armen aufstieg.

Sie steckte ihr Gesicht wieder in sein Fell. Und blickte dann auf. »Ich glaube, er atmet noch. Ich habe sein Herz gespürt. Vorhin.«

Ich streckte die Hand aus und streichelte ihn; ich fühlte, wie auf dem Fell das Blut gerann. Debbie beobachtete mich dabei und schien sich etwas zu beruhigen. Immerhin hörte sie einen Augenblick mit dem Wehklagen auf. »Ich glaube, er wird sich erholen«, sagte sie, als wollte sie darum bitten, dass ich ihr zustimmte.

Ich streichelte ihn weiter, nicht ganz sicher, durch was meine Hand da strich. »Es war nett von dir, ihn zu halten«, sagte ich. Noch ein Auto bog in die Einfahrt ein, ein Polizeiwagen, und ich hörte, wie Mr Swanson und mein Vater darauf zugingen. Ein Polizeibeamter stieg aus, aber ich konnte nicht lange genug hingucken, um zu sehen, ob es der neue Mr Moran war. Ich hörte Mr Swanson sagen: »Hat nicht einmal angehalten …, fuhr wohl zu schnell …, dachten, wir sollten die Polizei informieren.«

Ich legte die Hand auf Debbies Knie. »Kleiner Schwan«, sagte ich, beugte mich zu ihr und schaute bewusst an dem schrecklichen Schädel vorbei. »Curly hätte es vielleicht gern, wenn du Mr Clarke ihn auch mal eine Weile halten ließest.«

Ich blickte über die Schulter zurück zum Haus. Mr Clarke stand am Erker in dem mosaikartigen Licht, das durch die Doppelscheibe im Wohnzimmer auf die Veranda fiel. Er sah ganz klein und nass und verlassen aus, wie er da auf dem Bug seines magischen Erbes stand. »Mr Clarke«, wandte ich mich an ihn, »meinen Sie, Sie könnten Curly eine Weile halten?«

Ich spürte, wie Debbie sich neben mir anspannte, jeder kleine Mädchenmuskel in ihrem Körper zur Auflehnung bereit, aber als ich meine Arme unter den schlaffen, schweren Körper der Katze gleiten ließ, spürte ich auch, wie sie nachgab. Sie ließ los, und ich hob das Häufchen hoch und reichte es Mr Clarke, der es in seinen Armen barg wie das eigene verlorene Kind und sich abwandte.

Jetzt fing Debbie ernsthaft an zu weinen, aber es war das hilflose, nachgiebige Weinen eines wenig entschlossenen Kindes, dem das Herz gebrochen wurde. Ich berührte sie am Ellbogen, und sie stand langsam auf, die blutigen Arme ausgestreckt, die Handgelenke schlaff. Ich führte das weinende Mädchen die Stufen hinauf zur Eingangstür hinein in das Licht der Halle und die reich verzierte viktorianische Treppe hinauf. Aus dem Wohnzimmer drang die Stimme ihres Bruders »O je!«, und auf halbem Weg der Treppe hörten wir ihre Mutter leise hinter uns herrufen: »Versucht, nichts anzufassen.«

Ich brachte sie ins Badezimmer, ein kleines rosaschwarzes Badezimmer mit Linoleumboden, einem abgewetzten Wuschelteppich und dem abstoßenden Geruch der rosenförmigen Dekorationsseifen, der sich mit dem von Mrs Swansons welkenden Wiesenblumen vermischte. Zuerst knöpfte ich Debbie, die immer noch vor sich hin weinte, die Bluse auf; der Stoff war so mit Blut durchtränkt, dass ich die glitschigen Knöpfe kaum durch die schmierigen Löcher bekam. Auch die Shorts und die Turnschuhe zog sie gehorsam aus. Die Shorts waren von dem Blut zweifellos ruiniert, ich legte sie dennoch in das rosafarbene Waschbecken und ließ kaltes Wasser darüber laufen. »Bei Blutflecken immer kaltes Wasser benutzen«, sagte ich und wusch meine eigenen Hände in dem kalten Strom. Ich lächelte sie an, strich ihr dünnes Haar zurück, in dem auch Blut war. »Ein guter Rat für die Zukunft.«

Ich nahm Debbies Hand und half ihr in die Badewanne hinein. Sie wollte in die Knie gehen, aber ich ließ zuerst das Wasser laufen, bis es warm genug war. Ich fand einen Waschlappen, machte ihn nass und fuhr ihr damit zuerst übers Gesicht, den Mund und die Wangen, über die noch immer Tränen rannen, dann über die Arme und die Schultern und zwischen ihre Finger, bis das meiste Blut und der traurige nasse Geruch davon im Abfluss verschwunden waren. Jetzt durfte sich Debbie hinsetzen. Ich ließ die Wanne voll laufen und ließ sie ganz eintauchen; ihr Körper war sonnengebräunt und wunderbar gesund, der vollkommene Umriss ihres Badeanzugs zeichnete sich auf ihrer Haut ab. »Armer kleiner Schwan«, sagte ich. Ihre Mutter spähte zweimal herein, beim zweiten Mal legte sie einen Stapel dicker rosafarbener Handtücher hin und verschwand wieder. Ich wusch Debbie die Haare, spülte sie mit dem rosa Plastikbecher, der auf dem Waschbecken stand, und half ihr dann aus der Wanne. Ich wickelte ihren Körper in ein Handtuch ein, die Haare in ein anderes, dann gingen wir zusammen die Diele hinunter zu ihrem Zimmer.

Ihr kleiner Koffer lag geöffnet auf der leuchtend rosafarbenen Tagesdecke, darin nur ein paar Kleidungsstücke zusammengefaltet, der feuchte Badeanzug noch immer auf dem Boden. Als sie das alles sah, begann sie erneut zu weinen, und mir wurde klar, dass sie wohl gerade mit Packen beschäftigt gewesen war, als ein ansonsten schöner Tag sein hässliches Gesicht gezeigt hatte und jemand von unten heraufrief, dass Curly entwischt sei. Ich nahm Debbie in die Arme und versuchte, das Zimmer mit ihren Augen zu sehen – die farbigen Zeichnungen und die knopfäugigen Stofftiere, die neuen Muscheln, auf der Kommode in einer kleinen Sandlache verstreut, und die alten auf dem Regal, gelb und blau und knallgrün angemalt. Sicher kam es ihr so vor, als sei es ewig her, dass sie hier müde von der Sonne und zufrieden damit beschäftigt gewesen war, sich auf die Heimfahrt vorzubereiten. Wie ein Sonntagnachmittag in einem Sommer, der lange, lange zurücklag.

In ihrer Kommode fand ich ein Nachthemd, zog es ihr über den Kopf und setzte sie dann aufs Bett, um ihr die Haare zu kämmen. »Moe und Larry werden traurig sein«, sagte Debbie leise, und ich erwiderte: »O ja, ich weiß. Wir müssen ganz besonders nett zu ihnen sein.«

»Wäre er doch nur nicht aus der Tür hinausgelaufen«, jammerte sie.

»Das sah ihm eigentlich gar nicht ähnlich, oder?«, entgegnete ich. »Dem schläfrigen alten Curly.«

Sie zog an ihren Fingern, an einem nach dem anderen. »Ich hätte ihn hier einschließen sollen.«

Ich lachte. »Das hätte ihm aber nicht gefallen.«

»Trotzdem hätte ich es tun sollen.« Sie sah mich an,

und ihre Augen füllten sich wieder mit Tränen. »Er saß da auf meinem Bett, als wir vom Strand zurückkamen. Ich hätte ihn einschließen sollen.«

»Du konntest es nicht wissen«, meinte ich. »Niemand konnte es wissen.«

Ich stellte den Koffer auf den Fußboden und zog die Tagesdecke zurück. Erschöpft kletterte sie unter die Bettdecke. Ich gruppierte die Stofftiere um sie herum, jedes, das ich finden konnte, obwohl sie gewöhnlich nur mit einem Bären und einer Katze aus abgewetztem Kattun-Stoff schlief. Sie schien nichts dagegen zu haben. Aus dieser Menagerie heraus blickte sie sich im ganzen Zimmer um. Ich beugte mich über sie und küsste sie. »Du konntest es nicht wissen«, wiederholte ich. »Du konntest nicht wissen, was du jetzt weißt.«

Die Swanson-Kinder sprachen kein Nachtgebet. Soweit ich es beurteilen konnte, war die Familie überhaupt nicht gläubig. Deshalb erzählte ich nichts von Curly, der jetzt bei den Engeln sei, oder von Curly, als er noch ein Kätzchen war und sich an das Fell seiner Mutter kuschelte. Ich sagte nur, dass Curly ihr wahrscheinlich sehr dankbar dafür sei, wie sie ihn den ganzen Abend gehalten hatte. Curly hatte es immer gern gehabt, wenn man ihn auf den Arm nahm. Mir schien das ein wenig stichhaltiger Trost zu sein, und als ich ihn aussprach, kam mir komischerweise Peteys Kaninchenfalle im Garten in den Sinn – der dünne Ast, den er benutzt hatte, um die Pappschachtel abzustützen, etwas Zartes, Zerbrechliches, in dem sich eine dichte, schwere Dunkelheit verbarg. Doch Debbie nickte und schlang dann ihre Arme um meinen Hals. »Kannst du nächstes Wochenende zu uns kommen?«, flüsterte sie mir ins Haar. »Kannst du rüberkommen und auf uns aufpassen?«

»Klar«, antwortete ich und küsste sie erneut.

Als ich zur Tür ging, sagte sie: »Ob wohl meine Mutter noch mal heraufkommt?«, und ich versicherte ihr, dass sie das bestimmt tun würde.

Es klang so, als würden sich Mr und Mrs Swanson drunten im Wohnzimmer streiten, aber als ich erst einmal unten an der Treppe angekommen war, erkannte ich, dass sie in Wirklichkeit einer Meinung waren, trotz des ärgerlichen Tons.

»Deshalb habe ich sie nie gewollt«, sagte Mrs Swanson. Und er: »Ich hätte nie gedacht, dass sie so an ihnen hängen würde.«

Sie drehten sich beide zu mir um, als ich in der Tür stand, und Mrs Swanson rief in demselben ärgerlichen Ton aus: »Mein Gott, guck dir deinen schönen Mantel an. Lass ihn hier, und wir geben ihn in die Reinigung.« Ich sah an mir herunter und entdeckte, dass mein Regenmantel mit Curlys Blut verschmiert war.

Als Mrs Swanson auf mich zuging, um sich meines Mantels zu bemächtigen, sagte Mr Swanson: »George und dein Vater sind nach Hause gefahren. Ich habe ihnen gesagt, ich würde dich bringen. Dich hat wirklich der Himmel gesandt.«

»O Gott, ja«, rief Mrs Swanson aus. Sie betrachtete meinen Regenmantel mit einigem Ekel. »Die arme Debbie war einfach außer sich. So habe ich sie noch nie gesehen. Sie hat sogar Donny erschreckt, und Gott weiß, wie verrückt auch er nach dieser verdammten Katze war. Ehrlich, es war einfach zu viel.«

Mrs Swanson war eine dünne, attraktive Frau, eine kühle Blonde mit einer dieser hohen Stirnen und dem gleichmäßigen Haaransatz, den ich immer mit smarten reichen Frauen in Zusammenhang brachte. Sie war frisch gebräunt wie ihre Tochter und neigte dazu, knallige Farben zu tragen wie Orange und Rosa und Knallgrün. Die Clarkes hatten uns erzählt, dass sie aus lauter Angst, in diesem Haus allein, ohne ihren Mann zu schlafen, während der Woche nicht hier bleibe. Wenn ich sie mir jetzt so anguckte, hatte ich Schwierigkeiten zu glauben, dass sie überhaupt vor etwas Angst hatte. Sie drehte die Innenseite meines Mantels nach außen, als ob sie es vermeiden wollte, die Flecken zu sehen. Ich sagte ihr, ich hätte Debbies Anziehsachen oben im Waschbecken eingeweicht, doch sie zog eine Grimasse und winkte ab. »Die werden wir einfach wegwerfen. Mein Mann hat schon die Verandastufen abgespritzt.« Sie schauderte und blickte ihn an. »Genau deswegen wollte ich nie Haustiere.« Er nickte und hob zerknirscht die Hände. Offenbar dachte er mittlerweile nicht anders als sie. Mrs Swanson ließ den Blick über mein T-Shirt und meine abgeschnittenen Jeans wandern. »Lass mich dir eben einen Pullover holen«, sagte sie.

Mr Swanson und ich gingen in die Eingangshalle. Ich sah Donny in seinem Schlafanzug von oben auf der Treppe herunterspähen und warf ihm eine Kusshand hinauf. Er grinste, und als sein Vater meinem Blick folgte, machte er einen Schritt zurück und verschwand. Mrs Swanson brachte mir einen gelben Kaschmirpullover. »Du kannst ihn nächstes Wochenende zurückbringen«, sagte sie. »Wir brauchen dich am Samstag.«

Ich nickte. Ich erzählte ihr, dass Debbie gefragt hatte, ob sie zu ihr kommen würde, und sie sagte, natürlich. Plötzlich verschränkte sie die Arme über der Brust und lehnte sich ans Geländer. Sie trug ein goldenes Amulettarmband an ihrem gebräunten Handgelenk. Wieder sah sie ihren Mann an. »Himmel, irgendwo war doch alles völlig überzogen, nicht wahr? Ihre Reaktion. Reiner Wahnsinn.«

Er nickte. »Ich fürchte, da steckt noch mehr dahinter.«

Sie zog die Arme über ihrer Brust noch enger zusammen. »Ich habe dir gesagt, ich werde Dr. Temple anrufen, sobald wir zu Hause sind.« Sie sagte es irgendwie trotzig, mit erhobenem Kinn. »Er hat bei Sue Baileys Kind Wunder bewirkt, bei dem, das noch immer ins Bett gemacht hat. Wir müssen wissen, was mit Debbie los ist.«

Ihr Mann streckte noch einmal seine Arme aus, um zu zeigen, dass er nichts dagegen habe.

Ich legte mir den Pullover über die Schultern, und plötzlich stand mir das Bild von Floras Mutter vor Augen. Ich warf die Haare zurück und sagte: »Curly war ihr Liebling«, und so entsetzt, wie sie mich ansahen, hätte man meinen können, ich hätte von ihrem Bruder gesprochen. »Es hat ihr das Herz gebrochen«, beharrte ich.

Einen Augenblick lang betrachteten sie mich, als müssten sie entscheiden, auf welcher Seite ich stand oder von welch anderem Planeten ich kam, und dann meinte Mrs Swanson: »Na ja, jedenfalls können wir diese Art Kummer nicht gebrauchen.«

Und Mr Swanson fügte hinzu: »Und es war so ein schönes Wochenende gewesen, bis heute Abend.«

Als er mich zu Hause absetzte, war meine Mutter noch auf; mein Vater war schon zu Bett gegangen und die Clarkes zurück zur Nordküste gefahren. Sie saß auf der Couch mit Larry auf dem Schoß und Moe auf dem Kissen neben ihr. Offenbar wollten die Swansons die Katzen am Morgen nicht dahaben, damit die Kinder sich nicht erinnerten. Als ob die Kinder einfach so vergessen würden, sagte ich zu meiner Mutter. Meine Mutter zuckte die Achseln. Offenbar waren die Swansons gerade dabei, die Idee durchzudiskutieren, ob ihre Kinder überhaupt noch Haustiere haben dürften, und sei es nur für den Sommer. Leider waren in dem Apartment-Komplex, wo die Clarkes zur Miete wohnten, auch keine Haustiere erlaubt.

»Na ja, Daisy wird sich freuen, sie zu sehen«, sagte ich. »Obwohl es schrecklich für mich ist, ihr von Curly erzählen zu müssen.«

Meine Mutter hob Larry von ihrem Schoß und setzte ihn neben seinen Bruder. »Erzähl ihr einfach, er sei weggelaufen. Erzähl ihr, er werde bestimmt in den nächsten Tagen zurückkommen.«

Ich duschte noch schnell, um letzte Blutspuren abzuwaschen, und legte mich dann ins Bett neben Daisy. Sie hatte offenbar die ganze Zeit, als ich weg war, tief geschlafen, aber als ich mich neben sie legte und einen Arm um ihre Hüfte schlang, flüsterte sie »Armer Curly« und legte ihre Hand auf die meine. Ich merkte, dass sie geweint hatte. Zusammen sprachen wir in der Dunkelheit ein Gebet für ihn, für Curly, der jetzt bei den Engeln war.

Die Moran-Kinder mussten ihre Antennen ausgefahren haben, denn am nächsten Morgen drückten sie alle fünf die Nasen an unserer Fliegentür platt und baten darum, die Katzen sehen zu dürfen. Ich fragte mich, ob vielleicht der Polizist ihnen die Neuigkeit erzählt hatte. Nachdem sie äußerste Stille geschworen hatten – Daisy schlief noch –, ließ ich sie herein, und eine Weile knieten sie in unserem Wohnzimmer, während Moe und Larry um sie herumstrichen, die Kinnbacken an ihren Knien rieben und genüsslich das Streicheln der Kinder und das endlose Kraulen hinter dem Ohr über sich ergehen ließen. Ihrem Schwur getreu, waren sie ganz leise, selbst Baby June, und formten ihre Mitteilungen nur mit den Lippen oder mit Hilfe von Gesten. (Ich bin dran, du hast ihn genug gestreichelt, lass mich jetzt!) In dieser seltsamen und seltsam anmutigen Stille war nur noch das heftige Schnurren der Katzen im Raum zu hören. Es hatte etwas Wundervolles, diese Stille und der kalte Kellergeruch des Kamins und die Flachsköpfe und die gebräunten Glieder der Moran-Kinder, die auf dem Wohnzimmerteppich herumwuselten. Das neue Licht eines Sommermorgens nach einer Regennacht.

Als Daisy aus meinem Zimmer auftauchte, trug sie mein altes Krepp-Ensemble, und ihre Söckchen und ihre rosa Schuhe waren schon am Platz. Eine Minute lang stand sie in der Tür, das Sonnenlicht schien von hinten auf ihr drahtiges Haar. Sie sah eine Weile zu und setzte sich dann zu den Moran-Kindern auf den Fußboden. Plötzlich hatte ich genug von der Stille. Ich klatschte in die Hände und rief: »Es gibt Arbeit«, und alle fingen wieder an, draufloszureden und zu streiten, nur Daisy sagte wenig. Später gestand sie mir, dass es sie überrascht und – wie ich vermutete – auch enttäuscht hatte, dass Moe und Larry trotz des Verlusts ihres Bruders einen so glücklichen Eindruck machten.

Ich toastete fast einen ganzen Laib Brot auf Backpapier im Ofen, streute auf jede Scheibe Zimt und Zucker und verteilte sie auf den Händen der Kinder, als ich sie zur Tür hinausschob. Peteys Kaninchenfalle stand noch immer in der Ecke des Gartens, jedoch war die Schachtel nach dem Regen der letzten Nacht völlig durchweicht und hatte irgendwie Schlagseite. Die welken Salatblätter lagen immer noch darin. Wie so vieles von dem Müll im Garten der Morans hatte auch die Kaninchenfalle das Aussehen eines verlassenen Unternehmens angenommen.

Ohne das Haus der Clarkes in der Planung für den Morgen konnten wir mehr Zeit mit Red Rover und den Scotchterriern verbringen und immer noch zu Floras Haus gelangen, solange das Gras noch nass war. Daisy war überzeugt, dass Floras Mutter heute zurückkommen würde – ihre eigene Erfahrung ließ es nicht zu, dass Mütter so lange ihre Kinder allein ließen –, aber Flora saß schon wieder alleine in ihrer Karre auf der Veranda. Als sie uns sah, warf sie die Flasche, die sowieso schon fast leer war, zur Seite und lehnte sich begeistert in den Gurt. »Raus«, rief sie und beugte das Gesicht bis fast auf die Knie herunter. »Holt mich raus!« Als ich mich hinunterbeugte, um sie zu befreien, sah ich, dass der Stoffgurt heute mit einem Männer-Ledergürtel verstärkt worden war, so dass ich mich hinter die Karre stellen musste, um die Schnalle zu lösen. Natürlich brauchte sie auch frische

Windeln, und als ich Flora nach drinnen brachte, war das Haus wieder völlig still, die Küche leer, und alle Türen, bis auf die zu Floras Zimmer, waren geschlossen. Nur ein paar rote Frauen-Espadrilles standen unter dem Glastisch im Wohnzimmer. Die Küchentheke war mit allen Sorten von Gläsern voll gestellt, Weingläsern, Whiskygläsern und den niedrigen Saftgläsern, die Floras Vater für seinen Whisky benutzte, ebenso ein halbes Dutzend leere, aber verschmierte Aschenbecher. Ich setzte die Mädchen mit Papier und Farbstiften an den Tisch, füllte das Spülbecken mit Seifenwasser und wusch und trocknete alles ab. Dann wischte ich die Flächen ab und fand im Kühlschrank ein paar Eier, die ich in einer Pfanne mit viel Butter und Sahne zu Rühreiern verquirlte. Ich war gerade dabei, sie auf Untertassen für Daisy und Flora zu verteilen, als ich hörte, wie die Fliegentür aufging und die dicke Köchin in der Küchentür erschien.

»Danke, Liebes«, sagte sie, als sie mich sah. »Ich hätte das schon gemacht.« Sie war außer Atem, und über ihren Lippen standen Schweißperlen. Ihr Mann habe sie unten an der Auffahrt abgesetzt, fuhr sie fort. Sie sei gestern da gewesen, es seien zwanglos ein paar Leute aus der Stadt zu Besuch gekommen. Aus der Einkaufstüte, die sie dabeihatte, holte sie eine Schürze hervor, band sie um und setzte sich dann neben Flora an den Tisch. Irgendeine Streiterei sei im Gange gewesen, erzählte sie. »Ich war hinten in Floras Zimmer, hörte aber, wie es immer weiterging.« Einer der Männer habe ausgeholt und jemandem eine geknallt, und eins der Mädchen ging zum Telefon und rief die Polizei. Eine ziemliche Aufregung. Die Dinge schienen sich zu beruhigen, nachdem die Polizei gekommen war, und es waren nur noch ein paar Leute da, als um drei Uhr morgens ihr Mann sie abholen kam. Plötzlich senkte sie die Stimme. »Hast du die Französin schon gesehen?«, fragte sie. Ich verneinte, sagte ihr aber, Flora habe schon fix und fertig angezogen in ihrer Karre auf der Veranda gestanden, als ich ankam.

Sie nickte. »Ana hat bei der Party serviert, ist dann aber auf ihr Zimmer gegangen, ohne auch nur 'ne Spur aufgeräumt zu haben. Ich tat, was ich konnte, aber irgendwann konnte ich mich nicht mehr auf den Beinen halten.« Sie hob ihren rundlichen Arm und deutete auf die saubere Küche. »Ich wollte ein bisschen für sie übrig lassen, nicht für dich.«

»Es hat mir nichts ausgemacht«, erwiderte ich. Draußen im Wohnzimmer hörte ich Schritte, die näher kamen und sich dann wieder entfernten. Ich vermutete, es war Ana, die vielleicht nur prüfen wollte, ob ich gekommen war, um Flora mitzunehmen.

In diesem Moment hörte ich ein Auto, das in den Kiesweg einbog, und Flora und Daisy sahen beide freudig zum Fenster hinüber. »Deine Mommy«, sagte Daisy, und Flora quietschte vor Begeisterung. Die Mädchen gingen zusammen zum Fenster.

Es war wirklich ein Taxi, aber es war leer. Ein paar Minuten blieb es mit laufendem Motor stehen, dann hörten wir wieder die Schritte, die Fliegentür öffnete sich, und eine Frau in einem losen, fließenden Gewand tauchte aus dem Schatten des Hauses auf. Das Kleid war dunkelrot und schwarz schattiert, zweifellos passte es besser zum

Abend als zum Morgen. Die Frau war nicht ganz schlank, aber sie bewegte sich elegant in dem Kleid. Es war unmöglich, ihr Alter zu schätzen – sie trug lange Ponyfransen und eine dunkle Brille und hatte rabenschwarze Haare, die kinnlang geschnitten waren –, aber irgendetwas an ihrer forschen Art, ins Taxi zu steigen und sich nach vorne zu beugen, um mit dem Fahrer zu sprechen, ließ erkennen, dass sie nicht gerade jung war.

Hinter mir sagte die Köchin: »Ach, herrje«, und ich wandte mich um und sah, dass sie mich vorsichtig beäugte. »Eine von den Partygästen«, erklärte sie leise, als ob die Mädchen sie nicht hören könnten. Zweifellos versuchte sie abzuschätzen, wie gut ich die Situation begriff. Sie kannte meine Mutter, sie ging in unsere Kirche, und sie wusste, dass ich die private Highschool besuchte. Die Party der letzten Nacht mit den vielen Wein- und Whiskygläsern, den überquellenden Aschenbechern, betrunkenen Männern, die sich prügelten, und einer jungen Frau, die die Polizei holte, noch frisch in Erinnerung, machte sie sich gewiss Gedanken, ob dies der richtige Ort für ein junges Mädchen wie mich war. Offenbar überlegte sie, ob man meine Eltern informieren müsste.

»Zum Glück gibt es ein Gästezimmer«, warf ich ein, und die Köchin lächelte, als ob sie sagen wollte: Mich täuschst du nicht. »Die führen ein wildes Leben hier«, sagte sie und stand langsam auf, um die Teller der Mädchen einzusammeln. »Diese Künstler! Wenn sie nicht jung sterben, benehmen sie sich weiter wie Teenager, bis sie siebzig sind.«

Daisy brachte Flora hinaus in den Garten, während ich

ihr Lunchpaket zurechtmachte und es zu unserem eigenen in die Strandtasche packte. Heute hatte ich keinerlei Neigung, mich länger hier aufzuhalten, obwohl ich mich schon innerlich darauf vorbereitete, was ich sagen würde, wenn die Köchin meine Mutter wirklich anrief. Ich sei mit Flora jeden Tag am Strand, würde ich ihnen erklären. Was kümmerte es mich, was sonst noch hier vorging? Floras Vater war ein netter Mann, besonders zur armen Daisy. Was bedeutete schon das Geschwätz einer Bediensteten?

Als ich zur Tür ging, hörte ich Anas Stimme, die aus den hinteren Schlafzimmern drang, laut und schnell. Ich hielt einen Augenblick inne, machte dann kehrt und ging ins Wohnzimmer. Weil sie französisch sprach, war schwer zu erkennen, ob sie weinte oder ihm gerade den Marsch blies. Jedenfalls erkannte ich in ihrer Litanei ganz deutlich ein Duplikat seines Bildes an der Wand, des Bildes mit der Frau in Stücken. Vielleicht hätte es ihm eine Mahnung sein sollen, sich besser an Bilder zu halten, die nichts darstellten.

An diesem Morgen war mein Vater vor der Arbeit zum Strand hinuntergegangen, um einen Sonnenschirm für uns aufzustellen – mir gefiel die Vorstellung sehr, wie er in seinem Anzug und aufgerollten Hosen barfuß den riesigen Schirm im Sand festmachte. Er hatte Tante Peg am Sonntagnachmittag am Telefon erzählt, dass er mit uns beiden hellhäutigen Schönheiten im Haus stapelweise Noxzema kaufen müsste. Als wir am Strand ankamen, zogen wir die Schirmspitze hinunter in den Sand, hängten ringsum unsere Strandtücher daran und befestigten sie mit unseren Schuhen und unseren Lunchpaketen und meinem Buch auf der Decke. So entstand eine kleine, von Handtüchern beschattete Höhle, die uns als Umkleidekabine diente. Wir zogen uns alle drei zusammen um bei einem Spiel, das ich »Oberteile runter, Hintern in die Höh« nannte. Die Mädchen lachten sich kaputt, als wir alle drei unsere T-Shirts über die Köpfe und unsere Shorts herunterzogen. Als ich gar nichts mehr anhatte, hielt ich einen Augenblick inne und half Flora in den Badeanzug. Als ich mich um- drehte, saß Daisy mit meinen alten Shorts und offenem Haar, das ihr über die dünnen Ärmchen und die Brust fiel, auf der Decke und betrachtete mich von oben bis unten. Ich fasste mein Haar auf dem Rücken zusammen. »Ich habe nichts, was du nicht eines Tages auch haben wirst, Daisy Mae. Ich hoffe nur, du kriegst ein bisschen mehr da- von.« Sie lächelte, vielleicht war sie in dem gedämpften Licht errötet. »Ich sehe mein altes Ich in dir«, sagte ich, »wenn du meine alten Kleider trägst. Ist also nur fair, dass du in mir dein zukünftiges Ich siehst.«

»Kann sein«, antwortete sie und kicherte. Der blaue Fleck von Petey prangte immer noch auf ihrer Schulter, sah fast sogar noch größer aus.

»Klar kann das sein«, sagte ich. Ich drehte mich zu Flora, die sich mit den Händen in meinen Haaren an mich lehnte, rund und rosig in ihrem Anzug mit dem Röck- chen. »Du und Flora, ihr beide eines Tages.«

Ich hob Daisys Badeanzug von der Decke auf. »Lass mich dir helfen«, bot ich an, beugte mich zu ihren Füßen hinab und streifte ihr den Anzug über. Selbst in diesem Licht sahen die blauen Flecken wieder schlimm aus, viel- leicht schlimmer denn je. Ich schloss die Augen, legte meine Arme um ihre Taille und den Kopf an ihre Brust. Auch Flora streckte von hinten die Ärmchen aus, als wollte sie Daisy umarmen.

»Umarmungssandwich«, sagte ich. Ich konnte Daisys Herzschlag an meinem Ohr hören, spürte seinen schnellen lebendigen Rhythmus gegenüber dem gemessenen Rauschen des Ozeans. Ganz kurz schoss mir durch den Kopf, dass ich Dr. Kaufman überlistet hatte, indem ich hier splitterfasernackt hinter unseren Stranddecken saß, während die Stimmen anderer Badender zu uns herüberdrangen, jemand im Sand direkt an uns vorbeiging, die Möwen schrien und ich das warme, durch die Frotteetücher gefilterte Sonnenlicht direkt auf meiner Haut spürte. Ich hatte ihn überlistet – Dr. Kaufman mit seinen unheilvollen Warnungen wegen meiner entblößten Brüste am Strand und der Blässe meiner Cousine: Ich hatte jeden Zentimeter von mir entblößt, ich hatte die Augen geschlossen, ich hatte meiner Cousine gezeigt, was ihre Zukunft für sie bereithielt.

Ich flüsterte den Mädchen zu, dass es Zeit zum Schwimmen sei. Wir lösten unsere Umarmung, und ich öffnete wieder die Augen, griff nach meinem Badeanzug und zog ihn geschwind an. Flora lehnte sich immer noch an mich, als widerstrebte es ihr, den Kontakt mit meiner Haut zu verlieren. Diesmal hatte sich Daisy nicht sittsam weggedreht.

Gegen Ende des Tages klappte ich den Sonnenschirm zusammen und trug ihn, den Weisungen meines Vaters folgend, an den Rand des Parkplatzes. Er wollte ihn auf dem Heimweg mitnehmen und ihn am nächsten Morgen wieder im Sand befestigen. Damit sparte er sich, wie er sagte, Massen von Noxzema und ersparte uns Mädchen ein Alter voller Falten und Lederhaut. Wir schoben Flora in ihrer Karre zurück zu meinem Haus, damit wir ihr die beiden Katzen zeigen konnten. Als sie gerade dabei war herauszuklettern, kam Rags in einem wahnsinnigen Tempo angerannt, umkreiste uns, wobei er Flora fast umwarf, und raste dann wieder weg, die Auffahrt der Morans hinauf. Wir hörten den alten Mann rufen und fluchen und sahen, wie Rags die Auffahrt wieder hinuntersauste. Er tänzelte um uns herum, Daisy und Flora lachten, rannte dann zur Straße, wo ihn irgendetwas auf einer anderen Auffahrt interessierte, und verschwand dann hinter der Hecke eines Sommernachbarn.

»Dieser Hund schafft es doch noch, erschossen zu werden«, sagte ich. Ich sah, dass Peteys Kaninchenfalle umgefallen und der Salat weg war. Ich sah auch, dass der Hut von Floras Mutter in Stücke zerrissen worden war (zuerst hatte ich den Eindruck gehabt, jemand habe eine Hand voll Stroh über das Gras verstreut). »Arme Janey«, meinte ich, und die Mädchen schüttelten feierlich den Kopf. »Ich werde wohl einen Hut für deine Mommy kaufen müssen, Flora. Und auch einen für Janey.«

Drinnen begrüßten Moe und Larry uns mit hochgestellten Schwänzen; ihr kleiner Schnurrmotor war schon in vollem Gange.

Ein neues Haus und andere Menschen um sie herum hatten ihnen ebenso wenig etwas anhaben können wie die Tatsache, dass sie nur noch zu zweit waren. Flora und Daisy hockten sich auf den Fußboden. Weil sie immer noch enttäuscht von der Gleichgültigkeit der beiden Kater war, begrüßte Daisy sie vielleicht nicht mit der ganzen Wärme und Begeisterung wie zuvor, und zum ersten Mal war auch ich, als ich sie streichelte, ein wenig angewidert, weil mir wieder Curlys gefletschte Zähne und sein schrecklicher Schädel in den Sinn kamen. Es war nicht mehr Curly, das leblose Häufchen, das Debbie in den Armen gehalten hatte, nicht in meiner Erinnerung. Es war etwas anderes, Schlimmeres. Etwas, gegen das ich mich auflehnte.

Ich wusch drei reife Pfirsiche ab und wickelte sie in Papiertücher ein. Wir aßen sie auf dem Weg zu Floras Haus. Im Studio brannten beide Glühbirnen, und weder die Köchin noch Ana waren zu sehen, obgleich offenbar erst kürzlich geputzt worden war und es noch stark nach Möbelpolitur und Chlorbleiche roch. Flora war klebrig von dem Obst, deshalb steckte ich sie schnell in die Badewanne und streifte ihr das Nachthemd über, während Daisy, zu sandig für ein sauberes Haus, auf der Veranda wartete. In der Küche von Abendessen keine Spur. Ich trug Flora auf die Veranda, bereit, wieder in das Studio ihres Vaters zu gehen, wenn es sein musste, aber da saß er auf einem der Segeltuchstühle, Daisy neben ihm. Sie schwiegen und saßen einfach nur da, er auf diese besondere Weise mit gespreizten Fingern an der Wange. Beide guckten über die Bäume in den Himmel und in das sich verändernde Licht. Flora und ich beobachteten sie eine Weile, und dann sagte Flora: »Daddy« – oder vielleicht auch »Daisy«, schwer zu sagen –, und sie blickten sich kurz zu uns um. Er legte einen Finger auf die Lippen. »Meine rotschöpfige Freundin und ich«, sagte er, »warten auf den ersten Stern.«

Noch bevor er zu Ende gesprochen hatte, hob Daisy den Arm und rief: »Da!«

Ich hörte das Knirschen von Schritten auf dem Kies. Ana kam hastig den Weg entlang. Sie trug dieselbe Seidenbluse wie den Abend zuvor. Sie stieg die Stufen hinauf und nahm mir sofort Flora aus den Armen, wobei sie mich leicht mit einem ihrer lackierten Nägel kratzte. »Merci«, sagte sie singend. »Bonsoir, bis morrrgen, sselbe Seit«, und trug Flora so schnell ins Haus, dass es eine oder zwei Minuten dauerte, bis das arme erschreckte Kind zu weinen begann.

Ich holte die Stranddecke unter der Karre hervor und ging damit zum Rasen, wo schon die ersten Glühwürmchen zu sehen waren. Ich schüttelte die Decke aus, faltete sie wieder zusammen und brachte sie zurück auf die Veranda. »Lass uns gehen, Daisy Mae«, forderte ich sie auf. In der wachsenden Dunkelheit der Veranda konnte ich sehen, wie Floras Vater mich beobachtete. Vielleicht war es die Brille oder das weiße, flammende Haar auf seinem Kopf oder die Art, wie er die Finger an seine Wange hielt, jedenfalls beunruhigte mich dieses Beobachten am meisten. Er streckte die Hand aus, als Daisy aufstand. »Bleib noch«, sagte er zu ihr. Und zu mir: »Setz dich einen Moment.« Ich zögerte, die Decke an meine Brust gepresst, bis er flüsternd sagte: »Es wird Ana rasend machen.« Drinnen hörte ich Flora quengeln, ein wenig weinen, vielleicht sagte sie sogar meinen Namen. Ich legte die Decke über das Verandageländer und setzte mich auf den dritten Segeltuchstuhl neben ihn. Jetzt lächelte er wirklich, als teilten wir erneut ein Geheimnis.

Eine Minute lang saßen wir schweigend da; auf meiner Seite war es ein störrisches Schweigen, bei ihm ein beiläufiges, amüsiertes. Dieses Beobachten beunruhigte mich, weil ich darin seine Überzeugung erkannte, er könne die Person, für die ich mich hielt, mit seinen amüsierten Augen durchdringen und in meinem Innersten etwas finden, an dem er mehr Gefallen fand. Als könne er mich auslöschen und noch einmal von vorne anfangen, nach seinem eigenen Entwurf, seiner eigenen Vorstellung. Ich fühlte mich irgendwie hin und her geworfen, als müsste ich von einem Augenblick zum anderen den Atem anhalten, mich fester hinstellen, so, wie man es zwischen zwei Wellen macht. Ich hatte noch mein ganzes Leben vor mir, ich war schön, hatte die Fähigkeit, ihn zu verunsichern, und doch hatte ich eine Art Pakt mit ihm geschlossen. Da war eine Komplizenschaft zwischen uns, wie vor ein paar Tagen, als wir zusammen sein Studio verlassen hatten und auf das Haus zugegangen waren. Erst hier herein, hatte er gesagt, als wir in die Küche gingen, als sei uns beiden klar, was folgen sollte. Auch in der Art, wie ich ihn in Daisys Betreuung mit einbezogen hatte, lag eine unausgesprochene Komplizenschaft, und darin, was ich jetzt tat, nämlich Ana rasend zu machen. Doch es war eine wackelige Allianz, wie Schwester Irene im Geschichtsunterricht gesagt hätte.

Ich hob den Blick und sah ihn an. Einen Augenblick fragte ich mich, wieso er nichts trank, ob seine Zahnschmerzen nachgelassen hatten, und dann entdeckte ich das leere Glas auf dem Boden neben ihm.

»Also, was brachte dich dazu, *Macbeth* auszusuchen?«,

fragte er schließlich. »Aus all den Märchen, die du meiner Tochter erzählen könntest?«

Ich zuckte die Achseln. »Wir haben es in der Schule aufgeführt«, antwortete ich.

Seine Brille schien in dem schwindenden Licht aufzublitzen. »Ich dachte, es könnte etwas mit ihrer Mutter zu tun haben«, meinte er. Er lehnte sich vor. »Erzähl mir nur nicht, du seist eine der Hexen gewesen.«

Ich schüttelte den Kopf. »Ich war Macduff. Es ist eine reine Mädchenschule.«

Er lachte auf. »Natürlich«, sagte er. Er griff nach dem leeren Glas unten und wandte sich an Daisy. »Würdest du nach drinnen laufen, Daisy Mae, und die Dame des Hauses bitten, dieses Glas für mich zu füllen?«

Daisy nahm das Glas und rutschte vom Stuhl. »In Ordnung«, antwortete sie. Ich hätte es ihm übel nehmen können, weil er sich meinen Spitznamen für sie angeeignet hatte, aber offensichtlich gefiel es ihr. Wir sahen ihr beide nach, wie sie durch die Tür verschwand, während ihre rosa Schuhe auf den Bohlen klapperten.

Er wandte sich wieder an mich. »Viel Raum für theatralisches Getue«, sagte er. »Macduff spielen. Großes Leid, blutige Rache. Bist du diese Art von Schauspielerin?«

Ich ließ das Schweigen eine Sekunde lang seine Wirkung tun und sagte dann: »So habe ich es nicht gespielt. So wollte es die Nonne, die Regie führte. Immer wieder brüllte sie mich an, ich solle die Hände ringen. Und ich solle Glotzaugen machen, wenn Macduff das von seiner Familie hört. Aber ich habe es nicht gemacht.« Sein Kopf ruhte auf der Künstlerhand. Ich merkte, dass er mich beobachtete, während in seinem Kopf seine eigenen Gedanken tobten. »Nun, ich habe es bei den Proben gemacht«, sagte ich und drückte mich noch fester auf den Stuhl, »aber nicht bei der Aufführung, wo sie nichts machen konnte. Ich habe es einfach gesagt, als sei es etwas, von dem er immer wusste, dass es passieren würde. Ich habe einfach gesagt...« – ich unterstrich dies mit einem Nicken, so, wie ich es an jenem Abend auf der Bühne gemacht hatte – »›All die süßen Kleinen... Der Himmel konnt es anschaun und nicht helfen.‹ – nicht wie eine Frage, sondern, als ob er es immer gewusst hätte.«

Wie er so dasaß, das Kinn in seiner Hand, den Ellbogen auf die Armlehne neben mir gestützt, die langen Beine vor sich ausgestreckt, die bloßen Knöchel überkreuzt, lag etwas Hoheitsvolles in seiner lässigen Haltung. Sein weißes Hemd stand am Kragen offen, die Ärmel waren aufgerollt, sein Haar leuchtete schneeweiß. »Du meinst, er hat immer gewusst, dass seine Kinder abgeschlachtet werden würden?«, fragte er leise.

Um selbst hoheitsvoll zu wirken, drückte ich das Kreuz durch. »Ja, in etwa«, antwortete ich.

Daisy kam mit dem Glas in der Hand zurück, gab es ihm und schlüpfte wieder auf ihren Segeltuchstuhl. Er berührte sie an der Schulter, als er das Glas nahm, und bedankte sich, stellte es aber in den großen Aschenbecher und wandte sich wieder mir zu, als sei er noch nicht trinkbereit. Als müsste zuerst zwischen uns etwas geklärt werden.

Ich schwieg erneut. An dem tiefblauen Himmel waren

jetzt ein weiterer Stern, eine Mondsichel und ein paar rot-goldene Wolkenfetzen zu sehen. Einen Augenblick lang blickte ich nur über den sich verdunkelnden Rasen. Von drinnen drang der Klang von Floras Stimme und Anas musikalischen, aber knappen Antworten. Zikaden zirpten in den Bäumen. Ich spürte, wie Floras Vater mich forschend betrachtete, die Finger an der Wange, obgleich ich immer noch zum Rasen und den Hängekirschen blickte.

»Ich ließ ihn am Ende Macbeth auch nicht anbrüllen«, bemerkte ich schließlich. »Es sollte kein Triumph werden. Ich ließ es so aussehen, als weinte er. Als habe er genug von all diesem Blut.« Einen Augenblick hatte ich wieder diesen nassen und blechernen Geruch in der Nase. »Bei mir ließ er am Ende Macbeth' Kopf herunterfallen. Dieses Ding aus Pappmaché. Ich ließ ihn so aussehen, als habe er genug von dem Ganzen. Von diesem ganzen Sterben.«

Ich drehte mich zu ihm hin, und er hob das Kinn aus seiner Hand. Es war nicht klar, ob er gelangweilt war. »Wie kam das an?«, fragte er.

»Es gefiel der Schwester nicht«, erwiderte ich. »Sie gab mir eine schlechte Note.«

Er kicherte. »Understatement: Ist nicht jedermanns Sache.«

Ich nahm meine Arme von der Lehne und legte sie auf meinem Schoß übereinander. »Von den anderen Mädchen hat eines gesagt, ich hätte Macduff gespielt, als wäre er eine Tunte.« Ich dachte daran, wie mir die Zusammenhänge langsam klar geworden waren, wie Mr Clarkes Haus plötzlich zurück auf die feste, schmutzige Erde sank. Ich sah ihn an, um herauszufinden, ob er wusste, was ich meinte.

Er lächelte nicht. »Reizende Mädchen«, flüsterte er.

Daisy schaukelte geduldig mit den Füßen. »Wir sollten gehen«, sagte ich, obwohl ich irgendwie keine Lust hatte. Wir standen beide auf. »Bonsoir«, sagte Floras Vater, mehr nicht, obwohl ich wusste, dass er uns beobachtete, als wir über den Rasen zur Auffahrt gingen.

Petey saß hinten auf der Treppe, als wir nach Hause kamen. Das Licht in der Küche hinter ihm brannte schon, und drinnen bereitete meine Mutter das Abendessen. Unser zusammengefalteter Strandschirm lehnte an der Hauswand.

Sobald wir uns näherten, sprang Petey auf. Er versteckte etwas hinter seinem Rücken. Ich guckte schnell, ob seine Kaninchenfalle noch da war. Sie war weg.

Petey wandte sich an Daisy. »Es ist nicht das, von dem ich dir erzählt habe. Nicht das, was ich eigentlich für dich haben wollte, aber ...« Er streckte seine Hand aus. Es war ein Armband aus karamelfarbenen Steinen, eingefasst in ein gelbliches Metall, das selbst in dem Halbdunkel für mich klar erkennbar kein echtes Gold war. Daisy hatte offenbar keine Ahnung, was sie tun sollte, und deshalb hielt er ihr das Armband einfach hin und sagte: »Das ist für dich.«

Zögernd nahm sie es. Ich wollte vor ihr nicht fragen, woher er das hatte, aber ich vermutete das Schlimmste. Als hätte er verstanden, dass es einer Erklärung bedurfte, fuhr er fort: »Der Polizist hat es meiner Mom geschenkt, aber es gefiel ihr überhaupt nicht. Sie meinte, ich könnte es haben.« Er kratzte an einem schon aufgebrochenen Mückenstich am Arm. »Ich weiß nicht, ob es dir gefällt«, sagte er zu Daisy.

Daisy betrachtete es und sah mich an. »Es ist hübsch«, meinte sie.

Ich fragte: »Bist du sicher, dass deine Mom damit einverstanden ist?«

»O jaaa.« Er knibbelte abwesend an der Kruste, und ein Blutfaden lief an seinem Arm herunter. »Sie wollte es wegwerfen. Ehrlich.«

Wenn das stimmte, konnte es nichts Gutes für den Polizisten bedeuten.

Ich nahm sanft seine Hand von seinem Arm. »Das ist wirklich nett von dir, Petey«, sagte ich. Daisy bedankte sich, und Petey erklärte noch einmal, er habe sich eigentlich etwas ganz anderes für sie ausgedacht, eine Sache, an der er noch immer dran sei.

Ich fragte ihn, ob er ins Haus kommen und sich ein Pflaster geben lassen wolle, und er blickte auf die Stelle, die er aufgekratzt hatte, als gehörte sie nicht zu ihm. »Nein«, antwortete er. »Es geht schon.« Er wischte mit seinem Hemd das Blut ab und deutete wieder auf das Armband. »Mach es mal um.«

Ich stellte die Strandtasche auf den Boden und nahm Daisy das Armband ab. »Streck deine Hand aus«, sagte ich und drehte ihr Handgelenk um, damit ich es zumachen konnte. Wir standen im Schatten des Verandalichts, aber ich wusste, dass das, was sich da auf der Innenseite ihres Arms ausbreitete, ein weiterer blauer Fleck war. Ich machte das Armband zu und drehte ihren Arm wieder herum, aber das Ding glitt sofort über ihre Hand aufs Gras. Wir alle bückten uns, um es aufzuheben, aber Petey war der Schnellste.

Er hielt es hoch und sah gequält und enttäuscht aus. »Es ist zu groß«, meinte er, aber ich widersprach, nein, man könne es richten. Ich streifte es erneut über Daisys winzige Hand und drückte es zusammen, um zu zeigen, wie es enger gemacht werden konnte. »Ich kann meinen Dad ein paar Glieder rausnehmen lassen«, sagte ich.

Petey sah furchtbar enttäuscht aus und schien mir nicht recht zu glauben. Daisy hielt ihr Handgelenk hoch, so dass das Armband fast bis zu ihrem Ellbogen hochrutschte, und sagte noch einmal schüchtern: »Ich danke dir sehr.« Die Hände tief in den Taschen, aber festen Schritts ging Petey von dannen, so, als sei er selber nicht ganz überzeugt vom Erfolg seines Geschenks, wollte sich aber auch nicht mit einem Misserfolg abfinden. Er lief barfuß, und seine Shorts reichten ihm fast bis zu den Knien; sein weißes T-Shirt hätte gut zu den Hinterlassenschaften von einem der Väter gehören können. »Manchmal denke ich«, sagte ich zu Daisy, als wir ins Haus gingen, »Petey ist das einsamste Kind auf der ganzen Welt.«

Ich dachte, sie werde widersprechen in Anbetracht seines Bruders und seiner Schwestern und all der verschiedenen anderen Hausbewohner, ob Mensch oder Tier, aber sie nickte nur und antwortete: »Ich weiß, was du meinst.«

Larry und Moe folgten uns in mein Zimmer, wo ich ihr das Armband abnahm und ihren Arm unter das Lampenlicht hielt. Der blaue Fleck war da, aber die Schatten hatten ihn größer erscheinen lassen, und vielleicht hatte ihn auch Red Rover verursacht, als er beim Spazierengehen so fest an der Leine zog. Daisy beobachtete mich still, als ich sie untersuchte, und antwortete feierlich »Beide«, als ich sie fragte, welche Hand sie gewöhnlich für die Leine benutzte. Ich versicherte ihr, es sei nicht weiter schlimm, und sie lächelte wieder hilflos. »Weg, ihr Scheißflecken«, rief sie. Ich legte den Finger auf ihre Lippen. »Mist«, korrigierte ich, »weg, ihr Mistflecken.«

Als sie unter der Dusche stand, saß ich mit meinem Vater am Esszimmertisch, während die Katzen um unsere Füße herumstrichen, und wir zählten die Armbandglieder und versuchten herauszufinden, wie man sie am besten entfernen könnte. Erneut rüttelte es an der Fliegentür, und Janey kam durch die Küche herein mit einer kleinen Papiertüte in der Hand. Ihr fein geschnittenes Gesicht war schmutzig und tränenverschmiert, die blonden Haare immer noch geflochten. Wahrscheinlich war es der Zopf von letzter Woche, obgleich die Schleife weg war. Moe und Larry kamen unter dem Tisch hervor, um sie zu begrüßen, aber sie beachtete sie heute nicht. »Rags hat deinen Hut zerrissen«, sagte sie einfach und reichte mir die Papiertüte. Sie enthielt die Überbleibsel des Huts von Floras Mutter, nur ein Stück vom Kopfteil, das zerkaute Hutband aus Leder und die Überbleibsel einer knallroten Schleife. Janey blickte auf meinen Vater, als wäre er irgendwie leblos. Vor ihm lag seine winzige lederne Werkzeugtasche auf dem Tisch, und die Brille saß ihm unten auf der Nase.

»Ich weiß nicht, ob Sie ihn reparieren können«, sagte sie in den Raum hinein, als sei sie sich unsicher, wen sie ansprechen sollte. Dann fiel ihr Blick auf das Armband. Ihre blassen Brauen zogen sich zusammen. Sie deutete mit dem Finger darauf. »Ich wollte das Armband«, und während sie sprach, entdeckte ich einen roten Ring um ihr Handgelenk. Ich nahm ihren ausgestreckten Finger und drehte ihren Arm herum. »Was ist denn hier passiert?«, fragte ich.

»Das hat Petey gemacht«, antwortete sie und hob ihr Kinn und die Unterlippe, eine Mischung aus Trotz und Verzweiflung. »Mommy hat das Armband auf den Boden geworfen, und ich bin als Erste drangekommen. Aber Petey hat es mir weggenommen.« Sie zeigte ihr Handgelenk. »Und dabei hat er mir die Haut aufgeschürft«, sagte sie, an meinen Vater gerichtet. Und zu mir: »Bis ich es losgelassen habe. Dann hat er mich gestoßen.« Jetzt hob sich ihre Stimme, als fange sie gleich an zu heulen. »Ich kam rüber, um zu sehen, ob ihr zu Hause wart, aber keiner war da. Dabei habe ich den zerkauten Hut auf dem Gras gefunden.« Eine Träne kullerte aus ihren Augen. »Für mich ist heute nichts richtig gelaufen.«

Ich streckte die Arme aus, und sofort kam sie zu mir, und obwohl sie den Körper etwas steif hielt, legte sie die Stirn auf meine Schulter. Meine Mutter erschien mit einem Rührlöffel in der Hand an der Küchentür, um zu sehen, was los war. Ein paar Minuten später kam Daisy mit einem Handtuch um den Kopf aus dem Schlafzimmer. Ich erklärte beiden, was passiert war. Daisy ging ein paar Schritte vor, nahm das Armband vom Tisch und reichte es Janey mit den Worten: »Du kannst es haben. Es ist in Ordnung.«

Janey sah sie durch ihre Tränen hindurch an und schüttelte den Kopf. »Petey bringt mich um, wenn ich es nehme.«

Ich versicherte ihr, dass er das nicht tun würde. »Ich werde es Petey erklären. Ich bring das schon in Ordnung.«

Mitfühlend legte Daisy ihre Fingerspitze auf Janeys wundes Handgelenk: »Petey will mir noch etwas anderes schenken. Ich werd ihm sagen, dass ich lieber darauf warten will.«

Ich blickte zu meinem Vater, um herauszufinden, ob er eine Verbindung zwischen dieser anderen Sache und Peteys sinnloser Kaninchenfalle herstellte. Tat er aber nicht. Meine Mutter meinte: »Das ist sehr nett von dir, Daisy«, und Janey streckte vorsichtig die Hand nach dem Armband aus.

»Ich kann es für dich enger machen«, sagte mein Vater, als sie es anprobierte. Er beugte sich zu ihr vor, zählte mit einem Finger die blassen braunen Steine und schlug dann vor, drei herauszunehmen, damit es richtig passte. »Und ich sag dir was«, sprach er über seine Bifokalgläser hinweg weiter, »die drei bewahren wir für dich auf, damit sie nicht verloren gehen, und wenn du größer wirst, kommst du einfach her, und wir fügen einen Stein nach dem anderen wieder ein. Auf diese Weise kannst du das Armband jetzt tragen und die ganze Zeit, in der du heranwächst.«

Janey schniefte und nickte und strich mit dem Handrücken wieder und wieder über ihr schmutziges Gesicht. »Okay«, sagte sie leise. Meine Mutter kehrte in die Küche zurück, und wir alle sahen meinem Vater zu, wie er sich wie ein Uhrmacher über das Armband beugte. (Später würde er erklären, dass das Ding kaum ein paar Dollar wert war, was zweifellos der Grund war, warum Sondra es ihren Kindern hingeworfen hatte.) Ich legte den Arm um Daisy, zog sie näher an mich heran und flüsterte »Danke« in ihr Ohr. Weil sie zitterte, rubbelte ich ihr die Haare trocken und schlug vor, sie solle das Armband so lange behalten, bis ich eine Gelegenheit hatte, mit Petey darüber zu reden. Janey stimmte glücklich zu und war ebenso begeistert davon, als wir sie zum Essen einluden. Sie probierte zum ersten Mal Rahmspinat (den sie mit der Spitze ihrer rosa Zunge erst vorsichtig kostete) und fand ihn richtig gut.

Abends im Bett, als ich mich an Daisy kuschelte, zu unseren Füßen Moe und Larry wie zwei warme Fellknäuel, sagte ich Daisy noch einmal, wie nett sie sich gegenüber der armen Janey verhalten habe. Und wieder spürte ich, wie ihr ein Schauer den Rücken hinunterlief. »Janey hat solches Glück«, flüsterte Daisy. »Sie kann zu deinem Haus kommen, wann immer sie möchte, all die Jahre, bis sie groß ist.«

Auf der anderen Seite der Wand hörte ich schwach die Stimmen meiner Eltern, die sich ruhig und endlos miteinander unterhielten. »Das kannst du auch, Daisy Mae«, flüsterte ich ihr ins Ohr. »Spring einfach in den Zug.«

Ich spürte, wie sie auf dem Kissen den Kopf schüttelte. Als sie nicht sprach, dachte ich eine Sekunde lang, sie weine wieder aus Heimweh. Aber dann flüsterte sie: »Ich glaube nicht, dass ich je wiederkommen werde.«

Ich lachte. »Warum?«, fragte ich.

»Weiß ich nicht«, flüsterte sie. »Ich habe halt einfach das Gefühl.«

Ich legte meinen Arm fester um sie. »Natürlich wirst du«, entgegnete ich. »Jeden Sommer. Du kannst auch Ostern kommen, wenn du willst, sogar Weihnachten. Du kannst jederzeit kommen, bis du erwachsen bist.« Ich sagte es liebevoll, zuversichtlich und mit der ganzen Autorität, die sie mir zuerkannte, das spürte ich, einer Autorität, von der ich wusste, dass ich hier in meinem eigenen Reich über sie verfügte, aber ich sagte es auch, weil ich wieder diese finstere Wut in mir aufflammen spürte, die plötzlich den Wunsch entfachte, diese verdammten Katzen vom Bett zu stoßen und jedes Gleichnis, jedes Lied, jede Geschichte zu verbannen, die – auch von mir – über Kinder erzählt wurde, die nie wiederkamen. Die neugeborenen Kinder, die nach irischen Patrioten benannt waren. Kinder, die behaupteten, ich will es den Engeln zeigen. Kinder, die abends ihr Spielzeug küssten und sagten, wartet auf mich, die von Lollibäumen träumten, die ihren Eltern vom Abendstern aus einen Abschiedsgruß schickten, Kinder, die als kleiner Geist auf den Schoß ihres trauernden Vaters krochen, die sich den Rat eines alten Mannes zu Herzen nahmen, nie alt zu werden und es tatsächlich nie wurden. All die süßen Kleinen? Alle? Verbannt sollten sie werden, die Geschichten, die Lieder, die törichten Erzählungen über die tragischen Vorahnungen von Kindern. Ich wollte, dass man sie ausstrich, zerriss. Ich wollte von vorne anfangen. Wollte eine Welt zeichnen, in der das alles einfach nicht passiert, eine Welt nur aus Farbe, ohne Form. Eine Welt wie ein Königreich am Meer, in dem es immer Sommer war und in der nur ein Stups mit Feenflügeln genügte, und alle düsteren Dinge waren verbannt – Alter, Grausamkeit, Schmerz, armselige Hunde, tote Katzen, überlastete Eltern, einsame Kinder, all der zukünftige Kummer, alle die sentimentalen, rührseligen Geschichten, die der Tod von Kindern hervorbringt.

»Und wenn du groß bist«, sagte ich, »kannst du hier herausziehen, zu mir. Und wir bringen unsere Babys zusammen zum Strand und lehren sie, im Ozean zu schwimmen, und im Garten haben wir ganz viele junge Hunde, und wir heuern uns Petey an, damit er herüberkommt und den Hundedreck beseitigt.«

Sie lachte.

»Und Mrs Richardson lädt uns zum Tee ein, und Mrs Clarke gibt dir ihr Haus, weil du fast die Nichte des Freundes der besten Freundin ihrer älteren Schwester geworden wärst.«

»Das habe ich nicht verstanden«, murmelte Daisy, und ich murmelte zurück: »Ich auch nicht. Aber ich glaube, dadurch bist du ihre engste Verwandte. Und ich erzähle dir ein Geheimnis über das Haus«, fuhr ich fort. »Wenn du versprichst, es niemandem zu erzählen. Es ist absolut wahr: Niemand hat je gesehen, wie das Haus gebaut wurde. Irgendwann einmal waren da einfach nur Gras und Bäume und der kleine Teich mit den Libellen, und dann stand da eines Abends ein Haus, erleuchtet wie ein Leuchtkäfer. Und obgleich niemand jemanden hineingehen sah, öffnete sich am Morgen die Eingangstür und ein Mann kam heraus, kurzbeinig und kahl, aber mit einem runden, glücklich aussehenden Gesicht und einem Bäuchlein und angetan mit einem schönen goldenen Hemd und braunen Hosen und einer schwarzen Jacke, so dass er selbst wie eine Art Leuchtkäfer aussah. Das war Mr Clarkes Onkel, und so wurde Mr Clarke der Besitzer des Hauses. Und wenn es an der Zeit ist, es jemand anderem zu vermachen, da sie keine eigenen Kinder haben, werden

Mr und Mrs Clarke es dir hinterlassen müssen, so dass du, wenn du groß bist, in einem von Elfen erbauten Haus wohnen wirst.«

Sie war wieder still, dachte offenbar über meine Prophezeiung nach. Dann fragte sie: »Warum müssen sie es denn jemandem hinterlassen?«

»Weil sie die Stadt so furchtbar vermissen – hast du nicht bemerkt, dass sie über nichts anderes reden? Früher oder später wollen sie bestimmt in die Stadt zurückkehren und das Haus jemand anderem überlassen. Und das wirst dann du sein«, erklärte ich. »Jedermann, der einen Ort so vermisst, geht schließlich dorthin zurück. Deshalb weiß ich auch, dass du immer hierher zu mir zurückkehren wirst.«

Sie nickte. Offenbar war sie jetzt bereit, jeden Gedanken daran, sie könne nie wiederkommen, den sie noch vor ein paar Augenblicken gehegt hatte, hinter sich zu lassen.

»Wirst du auch da wohnen?«, flüsterte sie. »Mit mir?«

Ich dachte einen Augenblick nach. »Ich werde hier wohnen«, antwortete ich. »Aber ich könnte dich besuchen kommen.«

»Auch zum Schlafen?«

»Klar. Ab und zu.«

»Ich würde da nicht allein schlafen wollen«, meinte sie.

»Was für ein Zufall«, sagte ich schelmisch. »Genau wie Mrs Swanson.« Ich schob den Kopf auf einen kühleren Teil des Kissens. »Ich weiß nicht, was daran so furchterregend ist. Die Feen? Ich würde gern ein paar Feen in meinem Zimmer herumtanzen sehen.«

Aber Daisy schüttelte wieder den Kopf. »Geister«,

korrigierte sie mich. »In dem Buch steht es ja, dass sie nur kommen, wenn man allein schläft.«

Ich lachte und legte den Arm noch fester um sie. »Ich glaube auch nicht, dass es so schlimm ist, Geister zu sehen. Vielleicht würdest du jemanden sehen, den du mal gekannt hast.«

»Curly zum Beispiel«, murmelte sie, endlich schläfrig.

»Na, also«, sagte ich.

Ich hielt sie fest und lauschte auf ihren Atem, bis sein Rhythmus mit meinem übereinstimmte, wachte dann kurz auf, um auch Peteys Atem zu hören und seinen Schatten an unserem Fenster zu sehen.


Als an jenem Nachmittag Dr. Kaufman am Strand an unserer Decke vorbeikam, schlief Flora noch im Schatten des Sonnenschirms, und Daisy und ich saßen am Rand der Decke und zeichneten Figuren in den Sand. Als ich ihn sich nähern sah, wischte ich schnell mein Bild weg und warf den Sand über Daisys Füße, als wäre ich mit dem, was ich gezeichnet hatte, nicht zufrieden.

Er war gerade vom Zug gekommen. Die Stadt sei unerträglich, sagte er, achtunddreißig Grad im Schatten (meine Eltern hatten am Morgen im Radio den Wetterbericht gehört und einander voller Genugtuung zugelächelt). Er hatte seinen Strandstuhl und seine Zeitung dabei und ließ beides in den Sand fallen, um sich zu meinen Füßen niederzulassen. Er trug dasselbe schwarze Polo-Shirt und eine rote Badehose. Seine Oberschenkel waren an den Innenseiten noch immer blass. »Ich muss dir etwas zeigen«, sagte er, öffnete die Zeitung und holte zwei lange Umschläge heraus. »Und dich um einen Gefallen bitten.«

Es waren Briefe von den Zwillingen, Briefe aus dem Camp, mit Strichmännchen verziert, die in Kanus saßen und um leuchtend orangefarbene Feuer tanzten. Der eine war von Patricia. In zittrigen, übergroßen Buchstaben hatte sie auf großzügig liniertem Papier geschrieben, dass sie gerne schwimme, von einer Biene gestochen worden sei und bei einem Gesangswettbewerb ein Lied aus der »Trapp-Familie« gesungen habe. Colby war weniger gesprächig; er gehe fischen und habe einen Preis gewonnen – ohne freilich zu erwähnen, ob eines das Ergebnis des anderen sei, wie Dr. Kaufman, der sich entzückt über meine Knie beugte, solange ich las, betonte.

Ich hockte mich auf die Fersen, als ich die Briefe zurückreichte. »Grüßen Sie sie von mir.« – »Oh«, sagte er aufgeräumt, »das habe ich schon getan.«

Er las die Briefe immer wieder, faltete sie dann zusammen und steckte sie wieder in ihre Umschläge. »Sie werden am 10. August hierher kommen«, teilte er mit. »Und nun ist Folgendes: Ich habe eine Frau namens Jill kennen gelernt, sie wird an diesem Wochenende hier sein. Ich werde dich vorstellen. Jedenfalls wird sie in der Woche hier sein. Eine ganze Woche lang. Sie möchte gerne etwas Zeit mit den Kindern verbringen, sie kennen lernen. Ist ja auch alles toll so, aber ich will ihr nicht zu viel zumuten.« Er lächelte. Die helle Sonne schien durch seine schütteren braunen Haare und brachte seine Kopfhaut zum Leuchten. Sie schien auch seine braunen Augen zum Leuchten zu bringen, und mir wurde klar, dass er somit seit letzter

Woche von der Last seiner Einsamkeit befreit worden war. »Also«, meinte er, »kann ich dich für die Woche des Zehnten buchen?«

Ich sah, wie Daisy den Kopf drehte und uns lauschte. »Ich muss mich um Flora kümmern«, antwortete ich, aber er hob die Hand. »Ich weiß, ich weiß.« Er berührte leicht mit der Faust mein Knie, und ich sah, wie sein Blick von meinem Gesicht über meine Brust zu meinem Schoß glitt, ein hübscher kleiner Ausflug. »Das gilt nur für die Abende«, fuhr er fort. »Am Tage werden wir mit den Kindern etwas unternehmen, aber ich möchte, dass Jill die Abende freihat.« Wieder lächelte er. Mir fiel ein, dass auch Ana die Abende freihatte.

Plötzlich streckte er die Hand aus und strich mir eine Haarsträhne vom Mund, die der Wind verweht hatte. »Es wäre mir eine große Hilfe«, sagte er. »Und die Kinder wären glücklich. Ich möchte so gern, dass es eine tolle Woche wird.«

Ich erinnerte mich an den Sommernachmittag, als ich seine Kinder am Pool auf dem Schoß sitzen hatte, während er und seine Frau – ihre Mutter – drinnen im Haus waren, und an ihre immer lauter werdende Stimme: »Oh, was ist passiert? Oh, wo ist es?« Ich fragte mich, ob ich mich für die Woche des Zehnten auf etwas Ähnliches gefasst machen konnte, jetzt mit der lauter werdenden Stimme einer anderen Frau. Der Sand war von Daisys Spann heruntergerutscht, und ich sah durch ihn hindurch den blauen Fleck, aber ich wusste auch, dass Dr. Kaufmans Aufmerksamkeit auf etwas anderes gerichtet war – auf sich selbst, um genau zu sein. Mir kam es so vor, als haftete seiner neuen Begeisterung für diese Frau, seine Kinder und seine plötzliche Atempause vom Junggesellensommer etwas von Red Rover an, etwas Japsendes und Tumbes. Ich wusste, dass Daisy, ihre Flecken und ihre blasse Haut in dem allen verloren gehen würden.

Ich sagte zu, und er antwortete »Toll!«, ein wenig zu laut. Flora bewegte sich unter dem Schirm, und er zog die Schultern hoch und legte die Finger auf seine Lippen. »Tut mir Leid«, formte er mit den Lippen. Als er sich noch näher zu mir hinbeugte, dachte ich einen Augenblick lang, er würde mich erneut küssen, aber er flüsterte nur: »Wir werden am Wochenende am Strand nach dir Ausschau halten. Du wirst Jill kennen lernen.« Er stand auf, winkte Daisy zu und sie winkte zurück. »Sie bekommt allmählich Farbe«, sagte er, hob seine Zeitung und seinen Stuhl auf und eilte den Strand hinunter mit seinen muskulösen, leicht gewölbten Waden, die Schultern zurückgelegt, während sein Kopf sich völlig unverfroren nach jeder jungen Frau umdrehte, die vorbeikam. Bei jedem Schritt warfen seine Hacken einen munteren Sandstrahl auf.

Sobald Flora aufwachte, packte ich alles zusammen. Selbst hier draußen auf der Insel war es ein wahnsinnig heißer Tag, und bis wir bei Floras Haus ankamen, waren wir alle gereizter Stimmung. In der Auffahrt stand ein fremdes Auto, und als wir am Studio vorbeigingen, hörte ich die Stimme eines anderen Mannes und Gelächter. Ana stand in ihrer blauen Uniform in der Küche. Sie legte winzige Sandwiches auf ein Tablett, auf dem sich schon Cracker mit Kaviar und kleinen Stückchen von hart gekochtem Ei befanden. Vor dem Fenster drehte sich ein

Tischventilator. Sie sagte etwas auf Französisch, was wohl so viel wie »Lass mich in Ruhe« bedeutete, und ich nahm beide Mädchen mit in Floras Badezimmer und stellte sie unter die Dusche. Als sie wieder angezogen waren, kämmte ich ihnen die Haare aus, legte ein paar von Floras Babypuppen zum Spielen auf den Boden und ging dann selbst unter die Dusche. Das hatte ich noch nie getan. Meine Mutter, die es von ihren eigenen Eltern gelernt hatte, hatte mich schon früh ermahnt, unter gar keinen Umständen dürfe ich mich in den Häusern meiner Arbeitgeber so benehmen, als wäre ich zu Hause. Ganz gleich, wie warmherzig und gastfreundlich meine Arbeitgeber sein mochten, ein bisschen Zurückhaltung und Anstand würden, wie meine Mutter und ihre Mutter vor ihr gesagt hatten, immer geschätzt. Indem ich mich einfach ihrer Dusche und der Hautcreme von Floras Mutter bediente (sie verströmte einen lieblichen Maiglöckchenduft, mit dem Noxzema wirklich nicht mithalten konnte), benahm ich mich wohl kaum zurückhaltend und anständig, aber mir war heiß und ich war voller Salz und müde, und mir wurde immer mehr bewusst, dass Floras Haus der einzige Ort war, wo ich wirklich sein wollte. Ich zog meine Shorts an, verzichtete wegen der Hitze auf das T-Shirt und schlüpfte nur in ein frisches Button-down-Hemd meines Vaters, das ich am Morgen aus seinem Schrank genommen und ganz unten in die Strandtasche gelegt hatte. Ich wickelte mir ein Handtuch um den Kopf und ging barfuß mit der Hautcreme zurück ins Schlafzimmer, um sie mit den Mädchen zu teilen. Ich schmierte gerade etwas davon auf Floras Arme, als ihr Vater an der Tür erschien. Er bat mich, seine Tochter ins Wohnzimmer zu bringen, da sei jemand, der sie gerne kennen lernen würde. Ich nahm das Handtuch vom Kopf, schüttelte meine Haare wie ein Hund und machte uns alle nass, was die Mädchen zum Lachen brachte. Dann trocknete ich mit dem Handtuch Floras und Daisys Haare und schob sie zur Tür hinaus.

Er war ein kleiner, dünner junger Mann mit aus der Stirn gekämmten dunklen Haaren, dunklen Augen und einer langen eleganten Nase. Er stand an der Fensterscheibe und blickte in die Bäume hinaus, die eine Hand in der Tasche seiner schlabbrigen Hose, eine Zigarette, für die er zu jung aussah, in der anderen. Als wir eintraten, wandte er sich um, und eine Art Erstaunen zog über sein Gesicht. »Sieh mal an«, sagte er, musterte uns alle drei und schenkte dann Flora seine volle Aufmerksamkeit, als ihr Vater sagte: »Das ist meine Tochter.«

Der Mann beugte sich herunter, als wollte er ihr die Hand schütteln, winkte ihr stattdessen aber zu, nur mit einem Schnippen der Fingerspitzen, und Flora lächelte hinter meinem Bein hervor und machte dasselbe. Dann richtete er sich auf und sah mich an. Er hatte große Augen, eine blasse Haut, den Anflug eines Bartes und war einer von den Typen, den die Mädchen in der Schule süß genannt hätten. Ich wurde als Floras Babysitterin vorgestellt, und er nahm meine Hand und schüttelte sie, führte sie dann an seine Lippen und küsste meine Knöchel. Er sah zu Floras Vater auf. »Glückliche Babys«, sagte er und hielt noch immer meine Hand fest, und dann versenkten sich seine Augen in das feuchte Hemd, das ich trug, und was immer darunter war. Daisy wurde als die »getreue

Gefährtin« vorgestellt. Er schüttelte auch ihr die Hand und sagte: »Schau dir diese Haare an.«

Schließlich wandte er sich an Floras Vater. »Das ist ja zum Schreien«, meinte er. »Du unter all diesen Weibsleuten.« Floras Vater lächelte und zuckte die Achseln. In seiner Reaktion lag etwas zugleich Liebevolles und Tolerantes. Als Ana mit dem Kaviartablett hereinkurvte, holte der junge Mann ein kleines Notizbuch und einen Stift aus seiner hinteren Hosentasche, worauf Floras Vater gutmütig sagte: »Oh, um Himmels willen, Bill«, aber dieser wedelte nur mit dem Stift und notierte etwas. Er schloss das Buch mit einem Grinsen und steckte es wieder in die Hosentasche. »Bloß eine Notiz«, sagte er.

Über die Schulter hinweg teilte Ana mir mit, dass Floras Abendessen fertig in der Küche stehe.

Erneut hob der junge Mann die Hand und wackelte uns mit den Fingern zu. »Bon appétit.« Auf dem Tisch in der Küche stand ein Teller mit Crackern, einigen Karotten- und Selleriestreifen und ein zerdrücktes hart gekochtes Ei. Ich hatte das Gefühl, Ana habe einfach irgendetwas zusammengewürfelt, wahrscheinlich als sie uns draußen im Wohnzimmer hörte. Sie kam nicht in die Küche zurück, solange wir da waren und Flora zu überzeugen versuchten, etwas zu essen (schließlich machte ich ihr ein Streichkäsesandwich mit Marmelade, da konnte nichts schief gehen), und erst als wir nach draußen gegangen waren, um nach Glühwürmchen zu suchen, hörte ich Wasser in den Spülstein laufen und das Klicken von Eis und Gläsern. Bald darauf hörte ich die Fliegentür zuschlagen, und der junge Mann kam die Stufen herunter in den Garten.

Ich hatte ein Glühwürmchen in meiner Hand, ließ es aber frei, als ich sah, wie er näher kam. Ich fand mich plötzlich etwas töricht, dass ich solche Spielchen spielte. Es war immer noch warm, aber ein Lüftchen hatte sich zu regen begonnen. »Oh, es ist davongeflogen«, sagte er, stand neben mir und sah zu, wie es sich in die Luft erhob. Dann fragte er mit erhobenem Kinn: »Wie alt bist du?«

Ich sagte es ihm, und er nickte, die Augen noch immer zum Himmel erhoben. »Bist du zu jung«, fragte er weiter, »um zu wissen, was hier los ist? Ich meine, wie das Arrangement ist?« Ich hielt einen Augenblick inne. Er hatte einen langen Hals und einen Kiefer und Backenknochen, die aussahen wie gemeißelt. Mir war noch immer unklar, wie alt er war. Mitte zwanzig vielleicht. »Ich kümmere mich nur um Flora«, antwortete ich.

Mit immer noch erhobenem Kinn sah er zu mir herab. »Das heißt wohl, du bist zu jung.« Dann senkte er das Kinn. »Wann kommt Mommy zurück?«

Ich zuckte die Schultern. »Weiß nicht.«

Er steckte die Hände in die Taschen, hob die Schultern und seufzte tief. Einen Augenblick lang sahen wir beide Daisy und Flora zu, wie sie den Rasen überquerten. »Jemand hat mir erzählt, sie sei in Europa«, sagte er. Ich sah ihn erschüttert an, um Floras willen.

»Ich weiß es nicht«, antwortete ich. »Ich dachte, sie sei in der Stadt.«

»Stimmt schon«, entgegnete er. »Irgendeiner Stadt. Irgendwo.« Er sah mich wieder an. »Das hier könnte zu einer Dauerstellung für dich werden.« Wir waren fast gleich groß, und er stand so nahe bei mir, dass sich unsere

Arme fast berührten. Ich hatte sehr wenig Erfahrung mit Jungen meines Alters, aber irgendwie begriff ich, dass er nicht dabei war zu flirten. Die Bewunderung, die gelegentlich in seinen Augen aufblitzte – sonst das Vorspiel zu der Feststellung, ich sei hübsch –, schien gänzlich beiläufig. »Ich meine«, fuhr er fort, als wären wir alte Freunde, »die französische Lady ist in Ordnung und alles. Er beweist Geschmack bei solchen Dingen. Aber soweit ich weiß, war es nie so, dass er nur auf mollige Matronen stand. Es musste bei ihm immer auch etwas Junges und Lebendiges sein« – er deutete auf Flora –, »im gebärfähigen Alter. Sozusagen zum Nachtisch.« Erneut ließ er seinen Blick über mich gleiten. »Ich weiß nicht«, meinte er, »hat wahrscheinlich mit dem Mythos vom Jungfrauenblut zu tun.« Ich sah in seine dunklen Augen und sein anziehendes Gesicht. Er hatte gerade weiße Zähne und schmale Lippen. Ich blinzelte zweimal, und plötzlich berührte er meinen Arm und lachte keuchend, als hätte er einen Obstkern in der Kehle.

»O nein«, sagte er, noch immer meinen Arm haltend. »Jetzt wirst du kündigen. O Gott, er wird mich umbringen. Ich habe ihn um seinen schönen Teenager-Babysitter gebracht. O Gott.« Er kam noch näher heran und legte seine Hand auf meinen Rücken. »Kündige nicht«, flehte er, und ich spürte seine Fingerspitzen an meiner Wirbelsäule. »Versprich mir, dass du nicht kündigen wirst. Vergiss, was ich gesagt habe. Er ist ein völlig harmloser Kerl. Wahrscheinlich muss er das Dienstmädchen da drinnen heiraten, wenn du gehst.«

Ich sah, dass Daisy und Flora durch sein hustendes

Lachen auf ihn aufmerksam geworden waren. »Ich werde nicht kündigen«, antwortete ich leise und versuchte zu lächeln. »Warum sollte ich?«

Plötzlich wedelte er mit der Hand vor seinen Lippen, als hätte er gerade einen Schluck von etwas Heißem getrunken. »Ich rede zu viel«, sagte er. »Das mag er an mir.« Wieder steckte er die Hände in die Taschen. »Natürlich gibt's keinen Grund für dich zu kündigen und keinen Grund, warum er nicht hier draußen an diesem wunderbar lieblichen Ort mit all diesen wunderbar lieblichen Weibchen bleiben sollte.« Er wartete einen Pulsschlag lang. Ich hörte die Fliegentür hinter uns sich öffnen und spürte dann wieder seine Hand auf meinem Rücken und wie seine Fingernägel über meine Wirbelsäule strichen. »Und wenn du unter diesem ganzen großen weißen Hemd wirklich nichts drunter hast«, sagte er leise in mein Ohr, »ist auch das wunderbar lieblich.«

Flora ging auf ihren Vater zu, die Hände um ein Glühwürmchen gewölbt, und wir drehten uns beide um und beobachteten sie. Ihr Vater beugte sich über sie, legte eine Hand auf ihren Kopf und blickte dann zu uns herüber.

Der junge Mann hakte mich plötzlich unter und lachte: »Ich habe deinen Babysitter gerade um eine Verabredung gebeten. Ganz unschuldig. Kinobesuch und ein Eiscremesoda. Hast du etwas dagegen?«

Er kam näher zu uns heran. »Ich habe nichts dagegen«, antwortete er. »Sie sollte in der Tat ausgehen, ins Kino und auf ein Eiscremesoda.« Er packte den jungen Mann am Hemdsärmel und schob ihn weg. »Aber nicht mit dir.« Er blickte mich an. »Er ist, weißt du, jemand, bei dem manchen deiner Schulkameradinnen Macduff einfallen würde.«

Der junge Mann lachte, ein tiefes Lachen ganz hinten in der Kehle, und sagte: »Das wäre aber neu.« Plötzlich stand Flora vor mir und streckte die Arme nach mir aus. Ich machte einen Schritt von ihnen weg und hob sie hoch. Sofort legte sie den Kopf auf meine Schulter.

Über ihren Kopf hinweg sah ich ihren Vater an, und gleichsam als Antwort nahm er den Arm des jungen Mannes und bestimmte: »Lass uns essen gehen.« Der Mann stolperte ein wenig, als sie über das Gras gingen, und rief auf dem Weg zum Auto: »Gute Nacht, ihr Mädchen.« Er setzte sich auf den Fahrersitz, und Floras Vater klappte die Autotür zu und kam zu uns zurück. Als er an Daisy vorbeiging, berührte er sanft ihren Kopf, als wollte er sie segnen, und dann legte er seinen Arm über meine Schulter, bückte sich und drückte einen Kuss auf die Haare seiner Tochter. »Gute Nacht, Liebes«, sagte er, als sei dies eine abendliche Routine. Sein Atem roch nach Alkohol. Flora kuschelte sich scheu an meine Schulter. Sich aufrichtend, drehte er sich um und küsste mich leicht auf die Stirn, wobei meine eigenen Lippen nur wenige Zentimeter von der zarten Haut seiner Kehle entfernt waren. Sie duftete schwach nach Rasierwasser und Pimentöl. Er griff in mein vom Duschen noch feuchtes Haar und hob es hoch. Plötzlich musste ich mit aller Kraft dagegen ankämpfen, meinen Kopf in seine Hand zu legen. Dabei war es genau das, was ich am liebsten getan hätte. Aber mir war bewusst, dass Macduff uns zusah und vielleicht wieder etwas in sein kleines Notizbuch schrieb. Und auch Daisy und Flora waren noch da. »Ich bitte um Verzeihung«, flüsterte er. Er ließ die Haare durch seine Finger fallen, fing nur den letzten Rest auf und hob ihn an seine Lippen. Dann kehrte er zu seinem Auto zurück.

Flora, mit ihrem Kopf auf meiner Schulter, streckte plötzlich die Hand aus und legte sie auf mein Herz, als hätte sie die Veränderung in seinem Takt gespürt. Daisy sah zu, wie das Auto hinausrollte, und erwiderte Macduffs kleines Fingerspitzenwedeln, als er vorbeifuhr. Dann wandte sie sich wieder mir zu. Ich reichte ihr die Hand und war dankbar für den beruhigenden Ernst, mit dem sie meinen Händedruck erwiderte. »Komm, lass uns Flora ins Bett bringen.«

Wir begegneten Ana im Türeingang. Sie hatte wieder ihren schwarzen Rock und das ärmellose Oberteil an und ein Kopftuch von Floras Mutter flott um den Hals gebunden. Die Handtasche am Arm, sagte sie: »Bonsoir«, und ich musste meine Hand ausstrecken und sie berühren, um sie zum Stehenbleiben zu bewegen. Ihr Fleisch war kühl.

»Sie gehen weg?«, fragte ich. Sie hatte mehr Lippenstift, mehr Make-up aufgetragen, als ich an ihr zu sehen gewohnt war, und das Chanel von Floras Mutter war deutlich zu riechen.

»Ich habe eine Essensverabredung«, antwortete sie, ohne sich aufhalten zu lassen. »Ich komme später zurück.« Sie ließ die Autoschlüssel in ihrer Hand klimpern. »Du bist die Babysitterin«, meinte sie, als sie durch die Fliegentür trat.

»Auf Wiedersehen, Ana«, sagte Flora zu der dufterfüllten Luft. Und dann zu mir: »Ana ist weg.«

»Verschwunden«, bestätigte ich.

Ich rief meine Eltern an, um ihnen mitzuteilen, dass ich noch etwas länger bleiben würde, und sie schlugen vor, herüberzukommen und Daisy abzuholen, wenn es später als zehn würde. Daisy verzog das Gesicht, als ich ihr das erzählte, aber ich legte meinen Arm um sie und meinte, sie solle sich deswegen keine Sorgen machen. Wie lange würden die anderen schon wegbleiben?

Wir lasen Flora eine Weile etwas vor und spielten dann noch ein wenig mit ihr auf dem Teppich. Als sie schließlich eingeschlafen war, gingen Daisy und ich in die Küche und knabberten an Crackern und Sellerie und hart gekochten Eiern und Sweet Pickles und spanischen Oliven und leuchtend roten Maraschino-Kirschen. Wir wuschen die herumstehenden Teller ab und stellten sie weg, und dann bereitete ich uns überbackene Käsesandwiches. Wir trugen unser Abendessen ins Gästezimmer, weil dort der Fernseher stand, aber Macduff hatte eine dicke Lederreisetasche geöffnet auf dem Bett liegen – ein Paar Hosen hingen über einer Stuhllehne –, und obgleich ich ein Handtuch auf dem Fußboden vor dem TV ausbreitete, wir unsere Teller darauf stellten und dort unsere Sandwiches aßen, fand es keine von uns behaglich genug, um länger dort zu bleiben. Stattdessen holte ich eine Decke aus Floras Schrank, breitete sie im Wohnzimmer über der weißen Couch aus und forderte Daisy auf, sich eine Weile hinzulegen. Ich setzte mich auf den Fußboden neben sie und ließ sie meine Haare flechten und entflechten, bis ihre Antworten kürzer und ihre Hände still wurden. Ich umschlang meine Knie mit den Armen, legte meinen Kopf darauf und wartete.

Ich stellte mir tausend verschiedene Szenen vor. Ana würde als Erste zurückkommen, und ich würde einfach meinen Vater anrufen und ihn bitten, uns abzuholen. Macduffs Auto würde in die Einfahrt hereinfahren, er und Floras Vater würden hereinkommen, und ich würde sagen »Ich rufe schnell zu Hause an« und Daisy wecken und auf der vorderen Veranda auf sie warten. Macduff würde verschwinden und Ana würde verschwinden, und während Daisy und Flora schliefen, würden wir zusammensitzen und ich würde meinen Kopf nach hinten in seine Handfläche legen. Seine Künstlerfinger an den Knöpfen meines Hemdes. Wie viele Jahre mehr werde ich dafür kriegen, würde er fragen, und Daisy würde antworten, weiß ich nicht. Wie viele Jahre mehr wollen Sie haben, und er und Daisy würden im Chor antworten, mehr, während sie Aspirin zwischen den Zähnen knackten. Mehr, mehr Jahre, wie Farbe dick aufgetragen mit einem Spachtel. Mehr.

Ich hörte zuerst den Wagen, die Reifen auf dem Kies, und sah dann die Scheinwerfer, wie sie über die Möbel in der dunklen Küche wanderten. Ich erhob mich vom Fußboden, setzte mich auf die Couch zu Daisys Füßen und bedeckte ihre rosa Schuhe mit der Hand. Dann hörte ich die beiden männlichen Stimmen. Ich war dankbar, dass es nicht Ana war. Nur Macduff kam durch die Fliegentür herein. Er hatte eine Hand in der Hosentasche, und ein beiläufiger Ausdruck der Überraschung huschte über sein Gesicht, als er mich und die neben mir schlafende Daisy sah, als hätte er nicht erwartet, uns zu sehen. Er spazierte ins Zimmer und setzte sich auf einen der weißen Stühle uns gegenüber, als sei er gerade erst aufgestanden. »Er ist in sein Studio gegangen«, flüsterte er. »Ich soll Ana sagen, dass er hier ist.«

Ich berichtete ihm, dass Ana zum Abendessen ausgegangen sei, und ich wüsste nicht, wann sie wiederkomme.

»Ach, du meine Güte.« Er runzelte die Stirn und spitzte die Lippen. Dann beugte er sich zu mir herüber. »Du könntest an ihrer Stelle da hinausgehen«, flüsterte er. »Das könnte ihn beflügeln.« Sein Blick war scheu und teuflisch zugleich, und er lächelte mich an, als sähe er auf meinem Gesicht all die Szenen, die ich mir gerade vorgestellt hatte. Sein eigenes Gesicht war so dunkel und anziehend, wie man es von einem Satan aus einem Comic erwarten würde. Ich senkte den Kopf. Der springende Punkt war – das wusste ich –, dass ich es wirklich könnte. Ich könnte hinausgehen, und fast wollte ich es auch, über den dunklen Weg und dann die Schwelle und den mit Farbe bespritzten Fußboden, während Daisy und Flora schliefen und Macduff hier drinnen mit seinem kleinen Notizbuch blieb, zu Floras Vater, der auf dem Bett oder der Liege in der Ecke des Studios lag. Könnte die Welt nach meinem Geschmack neu gestalten, nach meinen eigenen Träumen, meiner eigenen Vorstellung – denn das konnte ich sogar besser als er.

Ich stand auf – Macduffs Augen folgten mir, wie es schien, erwartungsvoll – und sagte, ich wolle nur schnell zu Hause anrufen, damit mich jemand abhole. Er nickte. Als ich vom Telefon in der Diele zurückkam, hatte er sich eine Zigarette angezündet und beobachtete die auf der Couch schlafende Daisy. Als ich mich über sie beugte, meinte er: »Oh, musst du sie aufwecken?«

»Mein Vater wird gleich hier sein«, antwortete ich, und er machte eine Geste mit der Hand. »Warte nur ein paar Minuten. Ich kann mich nicht erinnern, wann ich das letzte Mal ein Kind so schlafen gesehen habe.« Er beugte sich vor, das Kinn in der Hand mit der brennenden Zigarette. Der Schatten seines Bartwuchses war dichter geworden und ließ seine Haare und Augen noch viel dunkler erscheinen. »Es hat so etwas Reines«, meinte er. Ich setzte mich neben Daisy, unsicher, ob ich das Richtige tat, wenn ich zuließ, dass er so dasaß und sie beobachtete, aber ein paar Sekunden später zog er an seiner Zigarette und fragte, mit einer Handbewegung zum Studio hin: »Schläft er da draußen in dem Studio?«

Ich zuckte die Schultern. »Ich glaube, er macht da seine Nickerchen, tagsüber.«

Er lachte. »Wie oft ist er da draußen? Ich meine, wie viel Zeit verbringt er im Durchschnitt da draußen?«

Ich zuckte die Achseln. »Das weiß ich nicht, aber eine Menge.«

Er nickte, berührte mit dem Finger die Spitze seiner eleganten Nase. »Und wie viel trinkt er?«

Wieder zuckte ich die Achseln. »Ich weiß es nicht. Ich bin den ganzen Tag am Strand. Mit Flora.«

Er nickte. »Flora«, wiederholte er und klopfte sich nachdenklich aufs Kinn. »Glaubst du, dass er viel Zeit mit Flora verbringt? Ich meine, wenn du nicht da bist und sie versorgst?«

Ich schüttelte den Kopf. »Das weiß ich nicht.«

Er schlug die Beine übereinander und schob eine Hand unter den Ellbogen.

»Was, meinst du, ist in ihn gefahren«, fuhr er fort, »dass er schließlich dieses Kind in die Welt gesetzt hat, in seinem Alter?« Wieder zuckte ich die Achseln, und er sagte, mich mit weit aufgerissenen Augen nachäffend: »Du weißt es nicht.« Er beugte sich zu dem breiten Couchtisch zwischen uns vor, schnippte die Asche ab und schüttelte den Kopf. »Ich weiß es auch nicht.«

Er sah sich im Zimmer um. »Vier Ehefrauen und Gott weiß wie viele Freundinnen und mit siebzig dann auch noch ein Kind.« Sein Blick fiel auf das Gemälde der Frau. Er betrachtete es liebevoll, als wäre es ein Porträt von jemandem, den er wiedererkannte. »Die Ehefrauen und die Freundinnen kann ich verstehen. Er liebt Frauen. Wirklich. In allen Formen und Größen.« Er sah mich an. »Er ist unersättlich. Ich glaube nicht, dass er ohne sie malen könnte, weißt du, ohne seine tägliche Ration.« Sein Blick wanderte zurück zu dem Bild. »Aber ein Kind mit siebzig? Und nach all den Abtreibungen, mit denen er irgendwelchen Medizinern durchs Studium geholfen hat.« Er lachte aus tiefer Kehle, sah mich dann an und schlug in gespielter Erschrockenheit die Hand vor den Mund. »Entschuldige.« Er breitete die Finger fächerförmig aus. »Sag Bescheid, wenn ich zu direkt bin.« Er nickte zu der Wand hin. »Was hältst du von seinen Bildern?« Er deutete mit den beiden Fingern, die seine Zigarette hielten, auf mich wie mit einem Gewehr. »Und sag nicht, du weißt es nicht. Ich frage nach deiner Meinung.«

Sein zurückgestrichenes Haar fiel ihm in einzelnen Strähnen über die hohe Stirn und die großen und schläfrig dreinblickenden Augen. Angestrengt horchte ich, ob ich das Auto meines Vaters hörte.

»Ich glaube nicht, dass ich sie verstehe.«

»Sie gefallen dir also nicht«, setzte er sich über meine Worte hinweg. »Das sagen die Leute immer, wenn sie ihnen nicht gefallen. Aber das ist in Ordnung.« Er nahm einen weiteren Zug aus seiner Zigarette und sah mich durch den Rauch hindurch an. »Was ich wirklich wissen möchte, ist, was er eigentlich mittlerweile darüber denkt.«

Ich zuckte die Achseln und ließ meine Hand auf Daisys Schuh ruhen. »Ich weiß es nicht«, würde ich nicht noch einmal sagen.

Er beugte sich vertraulich nach vorne, als tauschten wir in der Schule Geheimnisse miteinander aus. »Ich glaube, er ist irgendwie verzweifelt, um ehrlich zu sein«, flüsterte er. »Ich glaube, deshalb hat er das Kind in die Welt gesetzt. Ich glaube, ihm gehen allmählich die Augen auf, dass sein Werk nicht bleiben wird, nicht so, wie er es sich vorgestellt hat.« Selbstgefällig und eine Spur zu stolz auf seine Einsichten, sah er mich an. Er erinnerte mich an die schwatzenden Mädchen in der Schule, die winzigen mit den nichts sagenden Gesichtern oder die übergewichtigen mit Akne im Gesicht oder die im konventionellen Sinne hübschen, aber blöden – alle, die immer über mich tratschten, hinter vorgehaltener Hand und hinter meinem Rücken. »Ich glaube, dass ihm das Selbstvertrauen abhanden gekommen ist«, fuhr er fort. »Vielleicht hat er auf seine Karriere geblickt, auf fünfzig Jahre Arbeit, und erkannt, dass alles bereits hinter ihm liegt – und dass es nicht gut genug war. Dass es nicht bleiben wird.« Er zog fast entzückt die Augenbrauen hoch. »Also setzte er ein Kind in die Welt, aus Verzweiflung.« Er schnippte seine Zigarette wieder in den Aschenbecher. »Ich meine, das ist wenigstens etwas. Ein Kind. Selbst wenn die Kunst sich als wertlos herausstellt, kann man immer sagen, jedenfalls gab es ein Kind.«

Mir fiel kurz das Schlafzimmer von Tante Peg und Onkel Jack ein, das hohe, ordentlich gemachte Bett, die mitfühlenden Augen von Herz Jesu. »Er malt noch immer«, sagte ich leise.

Macduff blinzelte mich durch den Rauch an. »Jaaa«, erwiderte er. »Und säuft wie ein Loch. Und vögelt das Dienstmädchen, während seine schöne junge Frau sich Gott weiß wo aufhält. Siehst du darin keine Verzweiflung?« Statt wieder »Ich weiß es nicht« zu sagen, erzählte ich: »Er hat mir einmal eine Zeichnung geschenkt. Nur eine kleine. Meine Eltern haben das Bild rahmen lassen. Man bot ihnen hundert Dollar dafür.«

Macduff lachte in sich hinein. »Sie hätten das Geld wohl besser genommen«, erwiderte er. Und dann wedelte er wieder mit seinen Fingern vor dem Gesicht. »Nein. Ich bin gemein. Wer weiß, was geschehen wird. Eine Menge großer Künstler sterben völlig unbekannt, nicht wahr? Er hat vielleicht gerade eine schlechte Zeit. Seine Preise werden wahrscheinlich hochgehen, wenn er tot ist.«

Einen Augenblick lang war es still, und ich hörte Daisy leise atmen. Fast glaubte ich, auch Flora in ihrem Bettchen zu hören, wie sie leise atmete. »Schreiben Sie etwas über ihn?«, fragte ich.

Jetzt blitzten seine dunklen Augen auf. »Stimmt«, antwortete er, richtete sich steif auf und wischte etwas von seinem Hosenbein. »Es begann als Artikel, aber jetzt weiß ich nicht, was ich damit machen soll. Wenn er in den nächsten zwei oder drei Jahren stirbt, wird es wohl eine Biografie. Wenn er sich aber bis neunzig hält, muss ich wohl einen Roman daraus machen.« Wieder dieses tiefe, kehlige Lachen. »Wie auch immer, vermutlich bin ich seine letzte Chance, zu Größe zu gelangen.«

Ich hörte einen Wagen in der Einfahrt und ging zur Küche, um mich zu vergewissern, dass es mein Vater und nicht Ana war. Er war es, und ich winkte durch das Fenster und kehrte dann ins Wohnzimmer zurück, um Daisy zu holen. Sie war schlaff und verschwitzt, schwerer, als sie im wachen Zustand gewesen wäre, und zu meiner großen Überraschung machte Macduff Anstalten, mir zu helfen. Er legte vorsichtig ihren Arm auf meine Schulter und flüsterte: »Hast du sie?«, als ich sie etwas hochhob, um sie besser zu umfassen. Er legte seine Fingerspitzen auf ihre Wade, die über meiner Hüfte baumelte, streichelte sie und sagte: »Ohhh, ein schlimmer blauer Fleck.« Ich blickte über die Schulter auf die dunkle Stelle, die sich von ihrem weißen Knöchel aus nach oben ausbreitete. Ich wusste, am Nachmittag war der Fleck noch nicht da gewesen.

Macduff öffnete die Fliegentür für mich, ergriff auf der Veranda die Strandtasche und trug sie die Stufen hinunter zum Wagen meines Vaters. Mit einem »Guten Abend, Sir« öffnete er die Beifahrertür wie ein Schüler, der mich zum Schulball führte, und hielt dann seine Hand unter meinen Ellbogen, als ich mit Daisy einstieg und sie auf meinen Schoß nahm. Er öffnete die hintere Wagentür, um die

Strandtasche hineinzustellen, und schloss dann für mich die Beifahrertür.

Er beugte sich ins Fenster, sein Gesicht ganz nah neben meinem. »War nett, dich kennen gelernt zu haben«, sagte er und zu meinem Vater: »Sie haben eine sehr nette Tochter.«

Mein Vater, der in seiner blassen, über den Schlafanzug geworfenen Windjacke selbst in dem trüben Licht des Armaturenbretts müde aussah, beugte sich zum Steuerrad vor und sagte: »Danke«, erfreut und verwirrt und offenbar unsicher, was für ein Gesicht er am besten aufsetzen sollte.

Als wir rückwärts hinausfuhren, erklärte ich über Daisys Kopf hinweg: »Das war ein Mann, der über Floras Vater einen Artikel schreibt.«

»Ein Reporter«, antwortete mein Vater beeindruckt – in was für Kreisen ich verkehrte! –, und fügte nach einem Augenblick des Nachdenkens hinzu: »Ich hoffe, du warst drinnen nicht allein mit ihm.« Ich warf ihm einen entrüsteten Blick zu und antwortete, nein, sie seien gerade alle vom Essen zurückgekommen.

»Da ist der große Mann selbst«, sagte mein Vater. Ich drehte mich um und sah Floras Vater in der Studiotür stehen, eine dunkle Gestalt, mit einem Arm an den oberen Türrahmen gelehnt und den anderen in der Hosentasche. Macduff schlenderte auf ihn zu. Ich war drauf und dran, zu meinem armen Vater zu sagen: »Es gibt mehr Ding im Himmel und auf Erden, als eure Schulweisheit sich träumen lässt, Horatio«, aber stattdessen legte ich die Lippen an Daisys drahtigen Haarschopf. In ein oder zwei Tagen, das wusste ich, würde ich es jemandem sagen müssen, meiner Mutter, meinem Vater, vielleicht sogar Dr. Kaufman, und schon jetzt spürte ich ihren Verlust, spürte, wie sie meinen Armen entrissen wurde.

Am nächsten Morgen wachte ich von einem Hämmern im Garten der Morans auf. Als wir auf unserem Weg zu Red Rover an ihrem Haus vorbeikamen, rannte Petey die Auffahrt hinunter, um zu fragen, wann wir wiederkämen. Ich antwortete, wie gewöhnlich, um die Abendessenszeit. Er trug kein Hemd und atmete schwer. Seine Augen waren weit geöffnet und noch blasser als sonst, so aufgeregt schien er. »Aber mach dich nicht verrückt, wenn wir später kommen«, warnte ich ihn.

Plötzlich packte er meine Finger mit der einen Hand und mit der anderen mein Handgelenk. »Komm mal schnell mit«, sagte er und dann zu Daisy: »Warte eine Minute, ja?«, und zerrte mich die Auffahrt hinauf. Über die Schulter rief ich Daisy zu, ich sei gleich zurück. Sie zuckte die Achseln und hockte sich im Schneidersitz ins Gras. Heute war sie, vielleicht aus dem Heimweh heraus, das sie schon seit Tagen plagte, damit einverstanden gewesen, das karierte Short-Ensemble zu tragen, das ihre Mutter ihr gekauft hatte, und als sie sich setzte, bauschte es sich um ihre Schultern auf wie eine Blüte. Auf der Einfahrt der Morans parkte ein langer Chevrolet, und beim Näherkommen sah ich den jungen Polizisten, wieder ohne Hemd, der über einen Sägebocktisch gebeugt war und ein paar Holzstücke zusammennagelte. Tony saß zu seinen Füßen, einen Hammer und ein weiteres quadratisches Holzscheit auf dem Schoß. Die Luft um sie herum war von Sägestaub und dem Geruch nach frischer Kiefer erfüllt.

»Kann ich es ihr zeigen?«, fragte Petey, und der Polizist lächelte. »Ist sie das?«, wollte er wissen. »Die Kaninchenliebhaberin?«

Petey hob den Kopf und erwiderte fast entrüstet: »Nein«, als läge das auf der Hand. »Die mit den Kaninchen wohnt gleich nebenan«, als läge das noch mehr auf der Hand. »Es ist Daisy.«

»Ach ja, Daisy«, meinte nickend der Polizist. Mir fiel ein, dass ich ihn einmal in seiner Uniform im Dorf gesehen hatte, offenbar war er neu in diesem Sommer. Er hatte breite Schultern, war muskulös und trug einen Bürstenhaarschnitt. Insgesamt hatte er ein optimistisches Gesicht mit freundlichen kleinen Augen. Ich stellte mich vor, und er erwiderte: »Ja, ich habe deinen Dad kennen gelernt«, und dann hielt Petey einen kleinen Holzkasten hoch und legte ihn in meine Hände.

»Sieh dir das an«, sagte er. »Wir haben ihn gerade gebaut. Wir bauen drei davon.«

Offenbar handelte es sich um eine fachmännische Kaninchenfalle, deren Tür mit einem Scharnier befestigt war. Vorne und hinten waren zwei Drahtfenster, von oben baumelte ein Schnappriegel. »Ich bin für eine zuständig«, sagte Petey atemlos, »Tony für die andere und die Mädchen für eine zusammen. Wir werden sie an verschiedene Plätze stellen und damit unsere Chancen vergrößern.«

Der Polizist strich Petey über den Kopf. Er schien plötzlich verlegen, als ob es ihn etwas bedrückte, dass die

Kinder so begeistert seinen Ratschlägen folgten. »So, wie ich es verstehe«, meinte er, »will niemand irgendwelche Kaninchen behalten. Wir wollen sie nur zeigen.«

Petey nickte. »Jaa, ich möchte ihr nur eins zeigen.«

»Zu ihrem Geburtstag«, sagte der Polizist. Petey blickte mich an, um festzustellen, ob ich seine Lüge aufdecken würde. Daisys Geburtstag war wie der meine im April. Er nickte, duckte sich unter dem Arm des Polizisten durch und hob ein Stück von dem Drahtgeflecht auf. »Siehst du«, sagte er zu mir und hielt das Geflecht an seine Augen. »Wir können da jetzt durchgucken und sehen, ob wirklich eines drin ist.«

Ich berührte den Draht. »Gute Idee«, sagte ich, und der Polizist lachte und klopfte Petey auf die Schulter. Beide ohne Hemd, hätten die Jungen seine Söhne sein können. »Das hier ist ein ziemlicher Casanova«, sagte er und lächelte mich an. »Was auch immer seine Herzensdame sich wünscht, sie bekommt es.« Petey duckte sich erneut, und Tony kicherte, während er ein Stück Drahtgeflecht an dem Brett in seinem Schoß befestigte. »He, lach nicht«, meinte der Polizist. »Zu wissen, wie man seine Freundin glücklich macht, ist eine Kunst.« Er bückte sich und zeigte Tony, wo er den Reißnagel anbringen sollte, wobei er sanft seine Hand zu der richtigen Stelle führte. Ich dachte an das unglückselige Armband.

Im Haus neben uns war es ruhig, die meisten Jalousien noch heruntergelassen. Der Polizist musste wohl früh am Morgen mit all den Utensilien gekommen sein. Ich hatte das Hämmern schon eine Weile gehört, bevor ich aufstand. Vielleicht war er auch die ganze Nacht hier gewesen, und die Kaninchenfallen waren nur noch ein Vorwand, hier zu bleiben – dieser ramponierte Ort, diese abgerissenen Kinder, die für ihn durch die Gegenwart seiner Herzensdame, die noch hinter einer der verbogenen Jalousien schlief, wie verwandelt waren.

»Ich geh jetzt besser«, sagte ich zu Petey, und er packte mich wieder am Arm und drängte: »Nichts verraten, bitte!«

Ich lächelte ihn und den Polizisten an. »Dein Geheimnis ist bei mir sicher«, antwortete ich.

Daisy saß immer noch im Gras unten an der Auffahrt. Garbage, der getigerte Kater, strich um sie herum, rieb sich an ihrem Knie und schnurrte, als Daisy mit der Hand seinen Rücken entlang bis zur Spitze seines Schwanzes fuhr. Ich ging neben Daisy in die Hocke und kraulte Garbage hinter dem Ohr. »Was würdest du machen, wenn du in den Himmel kämst«, fragte Daisy, »und du herausfändest, dass da keine Tiere zum Liebhaben wären, keine Hunde, keine Katzen oder sonstige?«

Ich stand auf und streckte ihr die Hand hin, um sie hochzuziehen.

»Ich würde ein ganz schönes Theater machen«, antwortete ich. »Ich würde zum Allerobersten gehen und ihm klar machen, wenn er keine Hunde reinließe, würde ich zu dem anderen Ort runtersteigen und gucken, was die zu bieten haben.« Sie lachte, zog die zu großen Shorts über die Taille hoch und zupfte ihre Bluse zurecht. Offenbar fühlte sie sich nicht wohl in ihrem neuen Anzug.

»Aber sie haben Tiere da oben«, fuhr ich fort. »Der heilige Franziskus hat dafür schon vor langer Zeit gesorgt.«

Es war ein herrlicher Morgen, windig und strahlend, mit Wolken, die so schnell dahinzogen, dass man meinen konnte, man sehe sie vom Zug aus. Wir ließen Red Rover an dem Morgen sausen, weil Dr. Kaufman aus der Stadt zurück war, und führten die Scotchterrier länger spazieren als gewöhnlich, den ganzen Weg bis zum Hauptstrand, wo die schwarze Fahne schon wehte, und dann zurück zum Strand der Küstenwache, wo die Hunde rennen konnten, obgleich sie, als wir dort ankamen, so müde waren, dass sie sich japsend zu unseren Füßen auf den Boden setzten, ihre rosa Zungen leuchtend in ihren schwarzen Gesichtern. Wir lehnten uns oben am Parkplatz an das Stahlgeländer. Die Wellen waren riesig und zweifellos gefährlich. Eine nach der anderen brausten sie heran, donnerten gewaltig und knallten ihre Gischt auf den Strand. Daisy rückte näher an mich heran und nahm meine Hand, während wir zuguckten. Wir redeten über das Ende der Welt, so, wie wir es heute Morgen hier sehen konnten, und wie es wäre, auf einem Schiff zu sein und den zurückweichenden Horizont zu beobachten, ihn so lange zu beobachten, bis eine andere Küste im Blickfeld auftauchte, eine andere Küste, wo die Wellen auch mit Getöse aufprallten und das schäumende Wasser den Strand hinaufströmte, ein gleich großer Küstenstrich, wo vielleicht auch gerade jemand nach uns Ausschau hielt (oder zumindest nach den Scotchterriern, sagte ich, da sie schließlich dort geboren waren) und mit einem Tuch von einer »Witwenwache« oder einem fernen Turm winkte, hallo, hallo.

Ich winkte, und auch Daisy hob die Hand und winkte. Während ich an dem Parkplatzgeländer lehnte, deutete ich auf Daisys Schuhe hinunter und sagte: »Jetzt sind sie ganz blau.« Sie folgte meinem Blick. »Als ob sie aus dem Himmel gefallen wären«, fügte ich hinzu.

Daisy lachte. »Nicht ganz, oder?«

Ich sah, wie die vorüberziehenden Wolken sich in den Schmucksteinen widerspiegelten. »Wirklich«, antwortete ich. »Es ist wahr. Sie sind vollständig blau. Vielleicht bedeutet es, dass du drauf und dran bist zu fliegen.«

Bei den Richardsons, wo der Garten voller Tau war, ein wahres Sommerblumenmeer, händigten wir an der Hintertür dem Dienstmädchen die Scotchterrier aus und hörten dann Mrs Richardson rufen: »Sagen Sie ihnen, sie sollen hereinkommen.« Das Mädchen machte die Tür weiter auf und winkte uns ins Haus, die Leinen immer noch in der Hand, und Rupert und Angus sprangen an uns hoch, als wollten sie – wenn auch etwas träge – unsere Rückkehr feiern. In einem kleinen Zimmer gleich neben der Küche kam uns Mrs Richardson in einem langen weißen Morgenrock entgegen, eine Teetasse in der Hand. Wir folgten ihr. Die Küche war lang und schmal – die größte Küche, die ich – und ganz gewiss auch Daisy – je gesehen hatte. Wir folgten der Hausherrin in einen kleinen Wintergarten, ganz verglast und voller Pflanzentöpfe. Hier frühstückten Mr und Mrs Richardson an einem Glastisch mit einem wunderschönen Rosenstrauß in der Mitte. Er trug ein Jackett mit einem Satinkragen und sie ihren weißen Morgenrock, der, wie ich jetzt sah, mit Frühlingsblumen bestickt und unter ihrem ansehnlichen Busen fest zusammengezurrt war.

»Ihr Mädchen seht ja völlig windzerzaust aus«, sagte

Mrs Richardson, zog einen der schmiedeeisernen Stühle heraus und kehrte an ihren Platz zurück. »Ihr müsst einen Tee trinken.«

Sie beugte sich nach unten, gab den Hunden ein paar Stücke gebutterten Toast und erzählte dabei, dass sie an dem Morgen wegen des Windes kein Golf gespielt, sondern sich noch eine Weile im Bett geräkelt hätten. Deshalb säßen sie auch noch so spät am Frühstückstisch. Die Hunde hockten neben ihr und blickten hoffnungsvoll zu ihr hoch, offenbar in Erwartung von weiterem Brot, doch als es nichts mehr gab, wackelten sie zu mir zurück und ließen sich mit einem Klopfen ihrer Schwanzstummel zu meinen Füßen nieder.

»Ah«, rief Mrs Richardson, als das Dienstmädchen gerade Daisy und mir unseren Tee brachte. »Seht euch das bloß an!« Das arme Mädchen richtete sich rasch auf, weil es wohl mit einer Zurechtweisung rechnete, aber Mrs Richardson meinte die Hunde. »Ihr brecht mir noch das Herz, ihr Burschen«, sagte sie, beugte sich zu den Terriern herab und blickte unter ihren kurzen, grau werdenden Ponyfransen zu mir auf. »Du hast etwas Magisches an dir, anders kann es gar nicht sein.«

»Sie haben einfach einen guten Geschmack«, erwiderte ihr Mann und biss sich im selben Moment auf die Lippen, als ob er sich wünschte, nichts gesagt zu haben. Mrs Richardson blickte zu ihm hoch, musterte ihn eine Sekunde lang liebevoll, aber gründlich, sagte dann: »Ach, du alter Knacker«, und drehte sich wieder zu mir. »Jetzt hast du das arme Kind zum Erröten gebracht.«

Bis zu diesem Augenblick war ich nicht rot geworden,

denn erst jetzt wurde mir klar, dass Mr Richardson wahrscheinlich um einiges jünger war als Floras Vater. Und erst vor kurzem hatte dieses rundliche und komische Paar sich noch »im Bett geräkelt«.

Mrs Richardson fuhr mit der Hand über das Tischtuch und sagte, mehr geschäftsmäßig: »Ich möchte mit deinem Vater über seine Dahlien sprechen. Sie sind so außergewöhnlich schön. Wir haben uns angewöhnt, fast jeden Nachmittag an eurem Haus vorbeizugehen – sie sind wirklich atemberaubend.« Ihr Mann bot Daisy ein Stück Blaubeerkuchen an, das sie schüchtern nahm. »Ich habe sogar schon ein- oder zweimal an eure Tür geklopft, aber es war niemand zu Hause. Wann würde ich ihn denn zu Hause antreffen?«

Ich erklärte ihnen, dass er und meine Mutter beide in Riverhead arbeiteten und gewöhnlich nie vor sieben heimkämen. Aber natürlich, sagte ich, sei er an Wochenenden zu Hause. Mrs Richardson lehnte sich zurück, als ob die Information ihr missfiele. »An Wochenenden sind wir immer mit Gästen beschäftigt. Gewöhnlich kommen wir an eurem Haus um halb fünf oder fünf Uhr vorbei, wenn wir mit den Hunden spazieren gehen. Könnte er es eventuell einrichten, dann zu Hause zu sein?«

Ich fragte mich kurz, ob ich mich nicht klar ausgedrückt hatte (»Dem Mädchen sollte man wirklich beibringen, den Mund aufzumachen.«). Ich erklärte noch einmal, dass er in Riverhead arbeite. Er und meine Mutter. Sie kämen gewöhnlich nicht vor sieben nach Hause.

Mrs Richardson richtete sich auf. Die Information gefiel ihr immer noch nicht. Langsam schlürfte sie ihren Tee und meinte: »Ich möchte nicht gern die Gewohnheiten der Hunde durcheinander bringen, vielleicht fahren wir an einem Abend einfach schnell mal rüber. Würde das passen?«

Ich antwortete, ich würde es meinen Eltern mitteilen und sei sicher, dass es in Ordnung gehe.

Die Augen ein wenig zusammengekniffen, betrachtete sie wieder die Hunde, die noch immer zu meinen Füßen lagen. Irgendein Gedanke huschte über ihr Gesicht und ließ ihren Mund schmal werden. »Vielleicht sollte ich vorher anrufen. Um sicherzugehen, dass ich niemanden störe.«

Ich nahm einen Schluck von meinem Tee. »Tun Sie das doch bitte«, antwortete ich. Ihr Mann lachte leise in sich hinein. Er hielt mir den Teller hin. »Nimm ein Stück Gebäck.«

Als wir unseren Tee getrunken hatten, stand Mrs Richardson auf und fragte, ob wir gern das Haus ansehen wollten. Ich wollte schon ablehnen, als Daisy sagte: »Oh, ja«, und als wir sie alle etwas verdutzt ansahen, fügte sie hinzu: »Bitte.« (Ich glaube, das war die lauteste Antwort, die sie je von sich gegeben hatte.)

Es war ein großes wunderschönes Haus, sehr männlich, sehr britisch, mit einer Menge Leder und Karos, schweren Mahagonimöbeln mit beträchtlichen Rundungen wie denen von Mrs Richardson und dunkel gerahmten Bildern von Fuchsjagden und Cotswold-Dörfern an den Wänden. In jedem Zimmer stand eine Vase mit hübschen Rosen, doch unter ihrem Duft war auch ein Alte-Leute-Geruch unverkennbar. Es war ein moderiger Geruch, der nichts damit zu tun hatte, wie makellos sauber das Haus war (eine Frau putzte gerade Staub, eine andere wischte den Küchenfußboden), ein strenger, trauriger, menschlicher Geruch, der schlechte Geruch nach Atem und Fleisch und Haaren, nach abgetragenen Kleidern, nach Gegenständen, die man zu lange in der Hand gehalten hat. Daisy ging durch die Zimmer – und Mrs Richardson zeigte uns nur die Bibliothek und das Arbeits-, Ess- und Wohnzimmer – mit offenem Mund und nach oben gerecktem Kinn, als wären wir im Planetarium. Ihr grenzenloses Staunen blieb jedoch nicht ohne Wirkung auf Mrs Richardson, und sie begann Daisy mit einigem Amüsement zu beobachten, während wir jeden Raum durchschritten. In der Bibliothek hielt sie inne, um ihr ein vergilbtes Exemplar von *Der Zauberer von Oz* und ein anderes von *Der Wind in den Weiden* zu zeigen. Im Arbeitszimmer blieben sie bei einem Flaschenschiff ihres Gatten und einem Paar Scotchterrier-Türstoppern aus Gusseisen stehen, die natürlich eine bemerkenswerte Ähnlichkeit mit Angus und Rupert aufwiesen. Im Wohnzimmer nahm Mrs Richardson einen kleinen runden Silberrahmen vom Kaminsims und sagte: »Das ist mein kleiner Junge.« Höflich spähte Daisy auf den Bilderrahmen, den Mrs Richardson ihr hinhielt: das altmodische Konterfei eines Jungen im Matrosenkragen, der mit Mrs Richardsons stahlgrauen Augen freundlich, wenn nicht sogar feierlich, in die Kamera blickte. Instinktiv (für mich zumindest überraschend) legte Daisy ihre Hand auf Mrs Richardsons Handgelenk. »Wie heißt er?«, flüsterte sie.

»Andrew«, antwortete Mrs Richardson mit fester Stimme. »Andrew Thomas.«

»Sehr nett«, sagte Daisy, was sie auch über das Modellschiff und die Türstopper gesagt hatte.

Leise antwortete Mrs Richardson: »Ja, das war er. Danke.«

Daisy blickte ihr direkt ins Gesicht und sagte: »Ich glaube, ich bin ihm begegnet, bevor ich geboren wurde.«

Mrs Richardson hielt das Foto zur Seite, als ob es ihren Blick behinderte, und bedachte Daisy mit einem ihrer stetigen abschätzenden Blicke. Dann sagte sie, freundlicher, als ich es bei ihrem Stirnrunzeln vermutet hätte: »Was für ein sonderbarer Satz.«

Daisy nahm ihre Hand von Mrs Richardsons Handgelenk und zuckte unbeeindruckt die Achseln. »Ich erinnere mich an ihn«, entgegnete sie. Eine Sekunde lang war der einzige Laut im Raum das Klirren von Ruperts (oder Angus') Halsband, als er sich kratzte.

Ich legte die Hand auf Daisys Kopf und meinte: »Wir sollten gehen«, während Mrs Richardson sich umwandte, um das Foto wieder auf den Kaminsims zu stellen, und sagte: »Oh, meine Liebe. Er wäre viel älter gewesen als du.«

Ich dankte ihr für den Tee, und da mir meine vorhergehende Grobheit Leid tat, versicherte ich ihr, dass mein Vater sich über ihren Besuch freuen würde. Er wüsste eine Unmenge über seine Dahlien.

Sie lächelte und führte uns zur Eingangstür. Einiges von ihrer stählernen Härte schien geschmolzen zu sein. »Mich macht es glücklich, einfach vorbeizugehen und sie zu bewundern«, sagte sie.

Sie griff sich Rupert (oder Angus), als wir hinausgingen, und hielt den anderen Hund mit ihrem Fuß zurück, um ihn davon abzuhalten, dass er uns nachlief. Mit den Worten »Schön, dass ihr da wart«, verabschiedete sie uns, aber als wir die Stufen hinuntergingen, rief sie Daisy nach: »Und mir gefallen deine Schuhe.« Sie deutete zum Himmel hinauf. »So ein hübsches Blau.«

Da ich wusste, dass ich für Daisys Erklärung verantwortlich war, erwähnte ich sie nicht auf unserem Weg zu Flora. Ich hatte nicht vor, das, was ich ihr in den letzten paar Tagen beigebracht hatte, wieder zunichte zu machen. Dafür würden Bernadette und ihre Brüder schon sorgen, wenn sie erst einmal wieder in Queens Village war. Aber ich nahm ihre Hand, während wir gingen, damit sie nicht weggeblasen wurde, erklärte ich. Ihre Haare flatterten über ihren Schultern, während sie neben mir herhüpfte, und in ihren blauen Schuhen spiegelte sich vielleicht wirklich der strahlende Himmel. »Du fühlst dich besser heute«, sagte ich vorsichtig, und sie sagte, ja, das Haus der Richardsons habe ihr ungeheuer gefallen, auch das Gebäck (das für mich eigentlich nach nichts geschmeckt hatte) und der Raum mit all den Fenstern, wo wir Tee getrunken hatten. Sie könne sich nicht entscheiden, ob sie Scotchterrier oder irische Setter züchten wolle, wenn sie groß sei, vielleicht ja sogar englische Setter und walisische Corgis, warf ich ein – was sie nicht verstand, bis ich es ihr erklärte. Macht nichts, sagte ich. Der springende Punkt war, dass sie alle genau von der anderen Seite des Ozeans kamen, von jener großen und unsichtbaren Küste gegenüber.

Wir gingen zum Gärtnertor, und als wir erst einmal im Wald waren, ließ der Wind etwas nach; er schien nur die

Baumspitzen zu streifen, um gelegentlich das Laubwerk zu teilen und neue Sonnenstrahlen durchzulassen. Zwischen den Bäumen konnte man deutlich das Rauschen des Windes vom Rauschen des Meeres unterscheiden. Beim Gehen überlegten wir uns den Ablauf des Tages: Wir würden ins Dorf gehen und Flora einen Papierdrachen kaufen und vielleicht – ich musste den Inhalt meiner Brieftasche überprüfen – genügend Süßigkeiten, um einen der Kirschbäume zu schmücken. Mittags würden wir Flora ihr Essen geben und sie ihr Schläfchen machen lassen und dann den Drachen mit hinunter zum Strand nehmen und versuchen, ihn zum Fliegen zu bringen. Wir würden Ana oder vielleicht Floras Vater (hier hatte ich meine eigenen Pläne) um ein paar Stofffetzen bitten, um sie für einen Drachenschwanz zusammenzubinden.

Wie sie da neben mir herlief, mit ihren kleinen Zähnen und ihren wilden Haaren und ihren schmalen Schultern in dem zu großen karierten Hemd und den Shorts, die ihre Mutter für sie gekauft hatte, ging mir fast das Herz über vor Liebe. Ich drückte ihre Hand. »Was würde ich ohne dich machen, Daisy Mae?«, fragte ich. »Was mache ich, wenn du nach Hause fährst?«

»Das weiß ich nicht«, antwortete sie, aber ich hob sie auf und schwang sie mir über die Schulter, so dass ihre Worte in einem vergnügten Quietschen untergingen. Sie war viel leichter als am vergangenen Abend, wenn auch erheblich zappeliger. Ich rannte mit ihr über meiner Schulter den Pfad entlang, und sie rief im Takt meiner Schritte: »Du wirst dich einfach an mich erinnern müssen.«

Als wir bei Floras Haus anlangten, war ich erleichtert, dass Macduffs Auto nicht mehr dastand. Im Studio brannte Licht, und die Seitentür stand offen. Obwohl ich die Farbe roch, ging ich nicht hinein, sondern stellte nur Daisy wieder auf die Füße und ließ sie mit ihren knirschenden Schuhen den Kies entlanggehen, damit er wusste, dass wir da waren. Ich war erleichtert, dass Flora heute nicht auf der Veranda stand, sondern drinnen in der Küche saß und eine Schüssel Cornflakes aß. Ana saß, beide Ellbogen auf den Tisch gestützt, neben ihr und redete auf Französisch übertrieben liebevoll und kindisch auf sie ein. Zunächst gab sie vor, uns nicht zu bemerken; erst nachdem sie fröhlich gelacht hatte, als ob Flora irgendetwas Lustiges gesagt hätte – Flora hatte aber nichts gesagt, sondern sich nur umgedreht und Daisy ihren Löffel hingestreckt –, setzte sie sich auf und küsste das Kind auf die Stirn. Dabei guckte sie mich direkt an und lächelte, als ob sie sagen wollte, sie sei durchaus darauf vorbereitet, mich als Babysitter mit meinen eigenen Waffen zu schlagen. »Guten Morgen«, sagte sie. Sie erhob sich von ihrem Stuhl – sie trug ihre blaue Uniform, hatte sie aber am Kragen so weit geöffnet, dass man den Brustansatz sehen konnte – und ging zur Theke, wo sie schon eine Babyflasche mit Saft hergerichtet hatte. Sie schwenkte sie in der Luft. »Hast du Durst, Flora?«, fragte sie auf Englisch, und Flora streckte beide Hände aus. »Roter Saft«, antwortete sie. »Gib mir.« Ana ging zu ihr hinüber und reichte sie ihr. Flora grapschte danach und steckte sie in den Mund. Lächelnd stützte Ana die Hände auf ihre breiten Hüften und drehte sich zu mir, als ob sie sagen wollte: Na, und was machst du jetzt?

Ich zuckte die Achseln, mied ihren Blick. Aber es war Daisy, die den Mund aufmachte und sagte: »Ihre Mutter will nicht, dass sie aus der Flasche trinkt.«

Ana runzelte die Stirn. Sie sah gut aus, was wohl an der olivfarbenen Haut und den leuchtend braunen Augen lag, aber da waren auch diese zwei tiefen dunklen Kerben auf jeder Seite ihres Mundes, die mit Sicherheit keine Lachfalten waren, sondern Falten, die von Ärger und Sorgen und Kummer sprachen und ihr Gesicht dominierten. »Ihre Mutter ist nicht da«, sagte sie zu Daisy mit deutlich erhobener Stimme. Und an mich gewandt, fügte sie hinzu, die Hände auf den Hüften und mit ihrer koketten schiefen Kopfhaltung: »Wenn sie wieder da ist, kannst du ihr erzählen, dass ich Flora Flaschen gebe.« Die Linien wurden noch tiefer, während sie so tat, als lächelte sie. »Und ich werde ihr erzählen, dass du ihren Hut gestohlen hast.«

Wir sahen einander einen Augenblick an, und dann warf ich den Kopf zurück und lachte. Ich kann nicht behaupten, dass ich bewusst seine Art zu lachen imitierte, sein echtes Lachen, aber in meiner Stimme war deutlich ein Echo davon zu hören, und Ana hörte das vielleicht auch. Ein Echo unserer Komplizenschaft, einer Komplizenschaft, die selbst ich nicht verstand, aber eine, von der ich jetzt wusste, dass sie Ana und alle anderen Dinge weit hinter sich ließ. Ich war niemandes Rivalin. Daisys Augen waren voller Sorge, während sie mich beobachtete, aber sie lächelte, und Flora zog die Flasche aus ihrem Mund und lachte auch.

Ich ging zum Tisch und hob Flora aus ihrem Stuhl.

»Wir machen einen Spaziergang ins Dorf«, sagte ich und trug Flora, die sich noch immer an ihre Flasche klammerte, hinaus auf die Veranda. Daisy folgte uns. »Warum ist sie so wütend auf dich?«, fragte sie, als ich Flora in die Karre setzte. Ich zuckte die Achseln. »Das kriege *ich* dafür, dass ich Ana rasend mache.«

Den Blick auf die Segeltuchstühle gerichtet, dachte Daisy einen Augenblick nach, dann sagte sie, als erinnerte sie sich seiner Worte: »Ah, jaa.«

Ich rollte die Karre auf den Hinterrädern die Stufen hinunter und über die Kiesauffahrt, während Flora ihre kleinen Füße in die Luft gestreckt hielt und ihre Stimme aus der Tiefe der Karre und hinter der Flasche mit dem scharlachroten Saft hervor summte und vibrierte. Es war eine ganz schöne Strecke bis zum Dorf, und auf halbem Weg hörte ich, wie Daisy immer atemloser wurde. Ich nahm Flora aus der Karre, ließ Daisy einsteigen und setzte ihr dann Flora auf den Schoß und schob sie beide. Als ich auf die zwei Paar Mädchenbeine blickte, sah ich, dass Daisys Beine im Gegensatz zu Floras pummeligen, braun gebrannten Knien und Waden nicht nur dünn, sondern völlig farblos waren, trotz all der Zeit, die wir in der Sonne verbracht hatten, als hätte das Noxzema nicht nur die Sonnenbräunung, sondern auch jegliche Spur einer natürlichen Farbe ausgebleicht. Ich hielt an und fragte Flora, ob sie laufen wolle, und eine Weile trippelte sie vor uns her, während ich Daisy in der Karre weiterschob. Irgendwann befühlte ich ihre Stirn, aber sie stieß meine Hand weg. Sie sagte, sie sei nur müde.

Im Einkaufszentrum besorgten wir einen Drachen und

eine Schnur und genügend Lollis und Lakritzschnüre, um eine der Hängekirschen zu schmücken. Beim Hinausgehen sah ich Dr. Kaufman, der aus dem Supermarkt gegenüber kam. Er hatte eine braune Einkaufstüte im Arm und eine Frau an seiner Seite. Sie hielt seinen freien Arm mit beiden Händen und lachte, sie lachten beide. Sie hatte dunkelrote Haare, etwa wie Red Rover, die auf dem Kopf zu einer hohen Krone toupiert waren. Sie war klein und etwas füllig und trug goldfarbene, dreiviertellange Hosen und ein goldenes Oberteil mit einem schwarzen Pullover über den Schultern – so anders als seine Frau (und »ihre Mutter«), wie Dr. Kaufman sie sich überhaupt aussuchen konnte. Auf zum Neuanfang. Plötzlich fielen mir die weißen Schwangerschaftsstreifen auf Mrs Kaufmans Brust ein, die ich in dem Sommer gesehen hatte, als ich ihr Babysitter gewesen war, wie die Linien auf einem Stück Papier, das zerknüllt und wieder auseinander gefaltet worden war. Aber das war nur natürlich, denn Haut leistete Widerstand, weigerte sich oft, nachzugeben: Ich dachte an Daisys Flecken, an Floras Wachsen, an die Arme ihres Vaters, die zu Staub werden würden. Man konnte sich alles Mögliche neu erfinden, es neu benennen, aber es war das Fleisch, das nicht nachgeben würde.

Ich hielt inne, um unsere Einkäufe in den Korb unter der Karre zu stecken, und wartete, bis sie um die Ecke zum Parkplatz bogen, in der Hoffnung, dass sie uns nicht sehen würden, aber kaum waren wir aus dem Dorf heraus und hatten gerade kurz angehalten, damit sich Daisy wieder in die Karre setzen konnte, als er in seinem Auto heranfuhr. Die Frau saß auf dem Beifahrersitz, lächelte uns an, und er lehnte sich über ihren Schoß und rief meinen Namen. Er sagte etwas, aber der Wind war noch immer zu böig, und er hielt die Hand hoch, als wollte er sagen, warte einen Augenblick, stellte den Motor ab und stieg aus. Er lief um den Wagen herum und öffnete dann die Beifahrertür. Langsam stieg sie aus, als sei sie am Ende einer langen Fahrt. Sie trug schwarze hochhackige Sandalen, und ihre Zehen waren knallrot lackiert. Die ganze Zeit über lächelte sie uns an, den schwarzen Pullover über den Schultern und in diesen goldenen Klamotten, die fast in der Sonne schillerten.

»Das ist Jill«, stellte Dr. Kaufman sie vor, die Brust vor Stolz gebläht. »Sie ist gerade mit dem Zug angekommen.« Zu mir gewandt, erklärte er: »Das ist das Mädchen, von dem ich dir erzählt habe, Theresa. Sie wird sich die Woche über abends um die Zwillinge kümmern.«

Jill streckte eine sorgfältig manikürte Hand aus, das Handgelenk voller Armreifen, und stellte mir eine Reihe Fragen; die meisten waren nichts sagend: in welcher Klasse bist du, was ist dein Lieblingsfach und was für Sänger magst du, als ob sie sich verpflichtet fühlte, mich auf der Stelle ins Verhör zu nehmen. Sie war parfümiert und übertrieben geschminkt, aber hübsch, schon gebräunt, eine attraktive Mischung aus Rot und Gold und Rostrot. Während sie mich abfragte, hockte Dr. Kaufman auf dem Bürgersteig und redete mit Flora, die ihm das Bonbonarmband zeigte, das ich ihr gekauft hatte, und dann wandte er, noch immer in der Hocke, Daisy seine Aufmerksamkeit zu, und ich sah, wie auch sie ihm ihr Bonbonarmband entgegenstreckte. Er nahm ihre Hand und betrachtete sie, und dann hob er den Arm und legte seine Finger auf ihren Hals, nur kurz, als ob er ihren Puls fühlte. Er richtete sich auf und unterbrach Jills Unterhaltung, um sie den beiden Mädchen vorzustellen.

»In welcher Klasse bist du?«, fragte Jill Daisy. »Was ist dein Lieblingsfach?«

Dr. Kaufman drehte sich zu mir. Ich wollte seinem Blick nicht begegnen.

»Wollt ihr Mädchen mitfahren?«, fragte er leise, als ob das nur etwas zwischen uns beiden wäre.

Ich schüttelte den Kopf. »Nein, dennoch vielen Dank.« Ich erklärte ihm, dass dies unser morgendlicher Ausflug war, von dem Flora müde für einen Mittagsschlaf werden sollte. Er nickte, die Hände auf den Hüften, als ob er verstünde.

»Geht es ihr gut?«, fragte er. Ich wusste, er meinte Daisy.

»Ja, gut«, antwortete ich. Der Wind wehte mir die Haare ins Gesicht. »Vielleicht hat sie sich etwas verkühlt.«

Er runzelte die Stirn. »Du hast es weitergegeben, was ich gesagt habe, ja? An ihre Eltern?«

»Sobald sie nach Hause fährt«, sagte ich ausweichend.

Meine Antwort schien ihn zufrieden zu stellen. Er sah Jill an, der weitere Fragen an die beiden Mädchen ausgegangen waren.

»Sollen wir gehen?«, fragte sie. Und dann an mich gewandt: »Ich freue mich, dass wir eine Gelegenheit hatten, uns kennen zu lernen.«

Wir winkten ihnen nach, als sie wegfuhren. Flora und ich schoben Daisy eine Weile, danach half mir Daisy, Flora zu schieben. Als wir die Auffahrt erreichten, spürte ich, wie der Wind nachließ, ganz wie am Morgen, als wir zum Gärtnertor und durch den Wald gingen, und es war, als fahre man mit einem Schiff in eine Hafeneinfahrt. Das Gefühl war so stark, dass ich, genau wie mein Vater immer, wenn er mit seinem Boot anlegte, zu Daisy und Dora sagte: »Alle an Land, die an Land müssen.«

Floras Vater hatte die Sägeböcke mit der alten Tür in die Einfahrt gestellt, aber von ihm war nichts zu sehen.

Flora kletterte eifrig aus der Karre, und Daisy sagte, mich anlächelnd: »Endlich wieder da.« Die Mädchen wollten als Erstes den Baum schmücken, deshalb schoben wir die Karre direkt über den Rasen bis zur Mitte, wo die drei Bäume standen. Ich holte die Stranddecke von der Veranda und breitete sie aus, und die Mädchen verteilten die Lakritze und die Lollis darauf. Ich holte aus dem Haus eine Schere – Ana kam an mir vorbei, als ich sie aus der Schreibtischschublade nahm, und guckte mir über die Schulter, um zu sehen, was ich da machte – und setzte mich dann mit ihnen auf die Decke, wickelte die Lollis aus und band um jeden ein kleines Stück Drachenschnur. Einen nach dem anderen trugen sie die Lollis zu dem Baum, den sie ausgewählt hatten, und banden sie an seine niedrigeren Zweige, wobei Flora die dünnen Zweige hielt und Daisy die Schleife band. Ich machte dann den Rest. Alle drei liefen wir mit Lollis im Mund zwischen der Decke und dem Baum hin und her und »arbeiteten«.

Ein- oder zweimal spürte ich, dass Floras Vater uns beobachtete, als er im Türeingang seines Studios stand und kleine Dosen mit Farbe hinaus auf die Einfahrt brachte.

Ich ließ Flora sich auf den Sitz der Karre stellen, damit sie an die höheren Zweige gelangen konnte, und hob sie hoch, wenn sie noch höher hinaufwollte. Daisy saß indessen auf der Decke und band weitere Schnüre um die verbleibenden Lollis. Floras Vater trug die Leinwand durch die Studiotür und lehnte sie gegen die Mauer, wo die Sonne darauf fiel, und mir schien, als ich Flora in die Blätter hob, dass jemand winkte, um meine Aufmerksamkeit zu erlangen. Ich drehte mich um und erkannte, wer es war. Er hatte eine Zigarette im Mund, seine Schultern hingen, und in seiner ganzen Haltung, in der er sein Werk, die mit schwarzer, grauer und weißer Farbe verschmierte Leinwand, betrachtete, lag etwas von Peteys schlaffer, enttäuschter Gekrümmtheit. Er warf seine Zigarette auf den Weg und ging wieder ins Studio.

Daisy brachte uns die Lakritzschnüre, und wir hängten sie an die dünnen Zweige, indem wir sie einfach über jeden Lolli drapierten. Obwohl der Wind hier nur eine leichte Brise war, hatte Daisy knallrote Wangen, aber auch Floras Wangen und Augen und Lippen leuchteten, eindeutig vom Wind. Wir banden die rote Lakritze an die Zweige, die unter der süßen Last ganz schwer wirkten, und warfen sogar einige in die Luft, die sich in der Baumspitze verfingen. Floras Vater kam wieder mit ein paar Farbdosen aus dem Studio heraus, und es dauerte nur eine Sekunde, so schien es – ich hatte mich bloß umgedreht, um noch mehr Lakritzschnüre von der Decke aufzuheben –, da war quer über der Leinwand ein roter Strich. Die Mädchen umtanzten jetzt lachend den Baum und warfen die restlichen Schnüre, so hoch sie konnten, in die Luft. Um die volle Pracht unserer Arbeit zu bewundern, aber auch um eventuell leere Stellen zu entdecken wie bei einem Weihnachtsbaum, gingen wir langsam um den Baum herum. Seine Zweige hingen nun etwas tiefer, aber sie leuchteten in allen möglichen merkwürdigen Farben, lilarot und grün und orange, die bei jedem Windstoß das Sonnenlicht spiegelten. Ich zog die Decke etwas weiter vom Baum weg, und wir setzten uns darauf und betrachteten unser Meisterwerk. Dann legten wir uns alle drei auf den Rücken und beobachteten den Himmel. Die Wolken standen hoch und bewegten sich noch immer schnell, und wir entdeckten alle möglichen Formen: ein Gesicht und einen Fisch und den Umriss eines Krokodils, eine seitwärts schwebende Dame in einem langen Kleid, die zu einem großen Schiff mit windgeblähten Segeln wurde. Flora lag zwischen uns; Daisy und ich hoben unsere Arme und deuteten auf die Gebilde. Flora ahmte uns nach. »Ein Schloss«, rief sie mit ihrem kleinen Arm in der Luft, »ein Geburtstagskuchen, ein Schwein« – wenngleich Daisy und ich sie nicht sehen konnten. »Erfindest du das?«, fragte Daisy sie schließlich, und Flora antwortete: »Ja.« Entzückt rollte Daisy zur Seite, hielt sich den Bauch vor Lachen und schlug die harten Kanten ihrer magischen Schuhe aneinander.

Flora setzte sich auf und fragte: »Daddy, siehst du das?«

Er stand direkt hinter uns, und als er in seinen weichen Schuhen näher herankam, lehnte sich Flora über mich und fragte ihn: »Siehst du die Wolken?«

Ich bin mir nicht sicher, dass er sie verstand, denn er

stand einfach da, neben uns, die Hände in den Hosentaschen, und sagte: »Ein hübscher kunstvoller Baum.«

Die Hände auf meinem Bauch, lehnte sich Flora noch enger an mich: »Guck dir die Wolken an«, rief sie.

Er sah auf sie herunter und wieder zum Himmel und verlor einen Augenblick das Gleichgewicht, fing sich aber wieder, ging langsam in die Hocke und setzte sich ein wenig ungeschickt hin. Schließlich streckte er sich neben mir im Gras aus, zog in der ihm eigenen Pose ein Bein an und wölbte seine Hände über den Augen.

Als wenn sie die Anstrengung verstünde, die ihn das kostete, sagte Flora: »Gut, Daddy«, und legte sich flach neben ihn.

»Ich sehe ein Schiff«, sagte er, und Daisy rief entzückt: »Ja, wir auch!«

»Ich sehe die Umrisse einer großen Stadt.«

»Ein Schloss«, sagte Flora, aber er verstand sie nicht. Ich wandte den Kopf und hob das Kinn, um ihn anzusehen: »Ein Schloss«, wiederholte ich. Seine weißen Haare leuchteten im Gras. Sein Arm lag direkt neben dem meinen, der andere bedeckte noch immer seine Augen, als er in den sich verändernden Himmel blickte. Er meinte: »Ja, vielleicht hast du Recht.«

Als ob er mich nur durch den Klang meiner Stimme lokalisiert hätte, bewegte er seine Hand und ließ seine Finger an meiner Hüfte ruhen. Wir waren alle einen Augenblick still, und das dumpfe Rauschen des Ozeans war plötzlich deutlich zu hören. Zum Schwimmen waren heute die Wellen zu ungestüm. »Ein Schuh«, sagte er und hob seine Hand von der Braue, um in den Himmel zu deuten. Floras Arm ging auch hoch. »Ein Schuh«, rief sie.

»Daisys Schuhe«, sagte ich.

»Mit Edelsteinen«, fügte Flora hinzu.

Eine Windbö schüttelte die glänzenden Lollis am Baum, einer fiel wie eine reife Frucht auf den Rasen. Floras Vater hatte nur die Kante seiner Hand an meinem Hüftknochen, während seine Fingerspitzen leicht mein Bein berührten. »Ein Schloss«, sagte er wieder, noch immer mit dem Finger nach oben deutend. »Ein Türmchen, ein Pfeiler, ein Ausguckturm.«

»Eine ›Witwenwache‹«, meinte Daisy.

Ich hörte ihn lachen, leise, wie er da im Gras lag. Er fuhr mit der Hand meine Hüfte hinunter und über meinen nackten Schenkel und ließ sie dort liegen, mit einem kaum wahrnehmbaren Druck seiner Fingerspitzen. Ich spürte, wie der Wind über das Gras strich. Ich legte meine Hand auf meinen Bauch, unsicher, ob ich den Saum meines Hemds unten halten oder hochziehen sollte.

»Eine Witwenwarte«, sagte er und lachte wieder in sich hinein. Seine Künstlerfinger glitten über die Innenseite meines Oberschenkels. »Wachen und warten«, sagte er, zumindest hörte es sich so an. »Sich sehnen«, fuhr er fort. Plötzlich nahm er seine Hand weg, stützte sich auf seinen Ellbogen, lehnte sich über mich und sagte zu Daisy: »Du bist schon ein tolles Mädchen, Daisy Mae.«

Und zu seiner Tochter: »Du auch, Kleine.« Er streckte den Arm über mich hinweg, um ihr übers Haar zu streichen, und dann zog er die Hand zurück und legte sie auf die meine. Er beugte sich vor und senkte sanft den Kopf, eine Art Demutsgeste. »Und du auch«, flüsterte er, während die Zweige der Hängekirsche sich im Wind bewegten und der Boden unter der blauen Decke von Floras Mutter sich gegen mein Kreuz zu pressen schien.

Er rückte von mir ab. Ich ließ meine Hand über den Augen liegen, aber an seinem Schatten über mir und auf dem Gras konnte ich erkennen, dass er Schwierigkeiten hatte aufzustehen. Unter meiner Hand durch sah ich, wie er die Knöchel aufs Gras presste, zunächst auf seine gespannten und sehnigen Arme gestützt, die, sauber geschrubbt, dennoch Spuren der roten Farbe von seiner Arbeit an dem Bild heute Morgen aufwiesen; dann zog er die Knie unter sich. Er hob ein Knie und setzte sich auf die Ferse. Legte noch einmal eine Hand aufs Gras. Ich setzte mich auf, ebenso die beiden Mädchen, und ohne ein Wort erhoben wir uns alle. Lachend packten Daisy und Flora seine Ellbogen, ich stellte mich vor ihm auf und streckte ihm die Hand entgegen. Als er sie nahm, sah ich voller Überraschung, dass ihm Grashalme von den Fingern fielen, als hätte man ihn von dem Rasen, wo er gelegen hatte, weggerissen und er hätte versucht, sich festzuhalten. Als hätte er darum gekämpft, liegen bleiben zu dürfen. Während die Grashalme von seinen Fingern rieselten, lehnte er sich schwer an mich, legte dann die Fingerspitzen auf meine Schultern und richtete sich langsam auf. Sein Kinn strich über meine Kopfhaut. Den Wind im Rücken und den Blick getrübt durch mein wehendes Haar, legte ich meine Lippen an die papierne Haut seiner Kehle und spürte seinen Puls an meinem Mund, spürte sein Lachen. Als ich mich umdrehte, sah ich, dass Daisy und seine

Tochter ihm die Lollis anboten, die auf den Boden gefallen waren. Flora sagte: »Hier, Daddy, hier.«

»Die ersten Früchte der Ernte«, meinte er. Er hatte seinen Arm um mich gelegt, seine Hand ruhte auf meiner Hüfte. Er nahm von jedem Kind einen Lolli, und den Rest boten sie mir an.

»Komm heraus zum Studio, wenn du eine Möglichkeit siehst«, flüsterte er mir zu.

Ich drehte mich um und beobachtete, wie er zu seinem Bild zurückging. Ein alter Mann, der in seinen weichen Schuhen dahinschlurfte, mit seinem weißen, nach oben stehenden Haar und dem weißen Hemd, das sich nur scheinbar im Takt seines Herzens bewegte, in Wirklichkeit aber im Wind flatterte.

Wir gingen ins Haus, um zu Mittag zu essen. Beide Mädchen sahen vom Wind zerzaust und müde aus; Daisys Wangen leuchteten immer noch mehr als Floras. Während wir am Küchentisch saßen und unsere Sandwiches verzehrten, kam Ana zweimal herein, doch sie achtete nicht weiter auf uns. Nur einmal begegneten ihre braunen Augen kurz den meinen, als sie grob mit einem Geschirrtuch etwas Schokoladenmilch von Floras Mund wischte. »Kein Strand heute?«, fragte sie, und ich antwortete, die schwarze Fahne sei aufgezogen und schwimmen nicht möglich.

Ana schnalzte mit der Zunge und rieb erneut über Floras Mund, als putzte sie ein Fenster. »Ich finde, man kann trotzdem am Strand sitzen«, entgegnete sie, als Flora zu weinen anfing. Voilà! Ana trat einen Schritt zurück und hielt die Hände hoch, als wollte sie sagen: »Du siehst, du wartest zu lange mit ihrem Mittagsschlaf!«

Ich hob die immer noch weinende Flora hoch und trug sie in ihr Zimmer; Daisy folgte uns. Ich wechselte die Windel der Kleinen, während sie noch immer weinte, und wiegte sie eine Weile in meinen Armen. Daisy saß zu unseren Füßen und rieb ihre Beine. Doch Flora war nicht zu beruhigen und schlug sogar das Buch und die Stofftiere zur Seite, die Daisy ihr brachte. Als ich zu singen begann, legte sie mir zornig ihre kleine Hand über den Mund und rief nach ihrer Mutter. Sie wollte ihre Mutter haben, jetzt sofort, und als sie erst einmal damit angefangen hatte, gab es kein Halten mehr. All meine Versuche, sie zu trösten, scheiterten. Sie wollte ihre Mutter. Daisy sah mich an und schüttelte den Kopf, Tränen stiegen ihr in die Augen. »Deine Mommy kommt bald zurück«, redete sie auf Flora ein und streichelte ihren Arm, »Mommy kommt«, doch ihre Worte gingen in Floras Wehklagen unter. Plötzlich stand Ana in der Tür und winkte mit einer Flasche Saft. Flora streckte die Hände aus, und Ana kam ins Zimmer herein. Selbstgefällig reichte sie ihr die Flasche. Flora grapschte sie gierig und ließ dann ihren Kopf auf meinen Arm fallen. Bald fielen ihr die Augen zu.

Mit gekonntem Hüftschwung verließ Ana das Zimmer. Kurz darauf hörte ich ihre Schuhe auf dem Kies und, weiter entfernt, eine Unterhaltung zwischen ihr und Floras Vater auf Französisch. Ein paar Minuten später war sie wieder zurück in der Küche. Ich zog vorsichtig die Flasche aus Floras Mund, und sie nuckelte noch ein paar Sekunden weiter, bevor sie wieder in Schlaf versank. Ich hob sie hoch und legte sie in ihr Bettchen. Daisy hatte sich auf dem Boden zusammengerollt und lag da, die Hände unter den Wangen, aber mit weit geöffneten Augen. Als ich mich hinunterbeugte und ihr Gesicht berührte, war mir plötzlich klar, dass die Farbe auf ihren Wangen nicht allein vom Wind rührte. Ich ging zu Floras Schrank, aber das Aspirin war nicht in die Schuhschachtel zurückgelegt worden. Ich bat Daisy, kurz zu warten, und ging den Flur hinunter, durch das helle Wohnzimmer und durch die Eingangstür hinaus. Anas Gesicht tauchte am Küchenfenster auf.

Mittlerweile waren auch gelbe Striche auf dem Bild. In der hinteren Hosentasche von Floras Vater steckte eine weitere farbbekleckste Windel, und zum ersten Mal sah ich ihn eine Palette und den Spachtel halten. Ruhig und konzentriert trug er einen gelben Strich auf, einem Plan folgend, dessen Hintergründe mir natürlich verborgen blieben. Er hatte einen Lolli im Mund, die Brille saß auf seinem Kopf, und er sah blinzelnd auf sein Werk, als sei der kleine weiße Stiel eine Zigarette, aus der Rauch aufstieg. Die Bewegungen, mit denen er die Farbe auftrug, hatten etwas Sicheres und erinnerten mich an die Veränderung im Verhalten von Dr. Kaufman, als er aufhörte, sich mit mir zu befassen, und sich nach Daisy erkundigte. Es war die Sicherheit seines Berufs, die Vertrautheit mit dessen Gepflogenheiten, die allen seinen Gesten etwas Definitives verliehen, als gebe es nur diesen und keinen anderen Verlauf und als sei das alles nicht einfach nur ein Zufall, eine Laune seiner Fantasie. Ich fragte mich, wie oft er das gemacht, wie viele Bilder er so gefertigt hatte in seinem langen Leben. Und ob Macduff Recht hatte, als er meinte, dass seine Bilder am Ende vielleicht nicht das Geringste wert sein würden. Dass es keine Kunst war, was er da machte, sondern reine Spielerei, so tun als ob.

Er trat von der Leinwand zurück, legte die Palette auf den Sägebocktisch, warf den Spachtel dazu, wischte sich die Hände an der Windel ab und warf sie ebenfalls hin. Dann nahm er den Lolli aus dem Mund, pfefferte ihn zu Boden und ging auf die Tür seines Studios zu. Kurz vor dem Eingang drehte er sich zu mir um und bedeutete mir, ich solle vorgehen, und ich erkannte erst jetzt, dass er mich überhaupt bemerkt hatte. Als ich an ihm vorbeiging, legte er die Hand auf meinen Rücken und folgte mir ins Studio, das in den gefilterten Sonnenschein aus dem Oberlicht getaucht war. Ohne die Tür zu schließen – ich hatte sie nie zu gesehen –, ging er zu dem voll gestopften Regal, nahm ein sauberes Tuch und wischte sich erneut die Hände ab; auch die Brille nahm er vom Kopf und putzte sie. »Die Kleinen schlafen, ja?«, fragte er. Ich antwortete: »Nein.« Er sah mich an, und da war wieder diese Unsicherheit.

»Nein?«

»Daisy ist wach«, sagte ich. »Sie fühlt sich nicht wohl, glaube ich. Ich habe mich gefragt, ob das Aspirin bei Ihnen ist.«

Er senkte den Kopf, wiegte ihn hin und her und lachte leise vor sich hin. Schließlich durchquerte er den Raum zu dem Stuhl neben dem Bett, hob die Aspirinflasche hoch und warf sie mir zu. Ich fing sie auf. »Guter alter Joseph«, meinte er. »Armer Tor.«

Er setzte sich auf das hohe, zerwühlte Bett. »Ist sie

wirklich krank«, fragte er mit einem leichten Lächeln, »oder bist du nur eine nachgiebige Mutter?«

Ich stand direkt unter dem Oberlicht, aber in dem Raum war es noch immer kühl, als läge er im Schatten, einem kühlen, hellen Schatten. Ich nahm den Farbgeruch wahr und sah zum ersten Mal all die anderen Leinwände, einige von ihnen leer, einige kaum bemalt, die übereinander an den Wänden lehnten. Fehlstarts, vermutete ich, nichtige Bemühungen, unvollendete Meisterwerke. Ich fragte mich, was sie von den anderen unterschied, an denen er weiterarbeitete.

»Ich glaube, sie ist wirklich krank«, sagte ich zu ihm. Ich spürte, wie der Wind noch immer auf meinen Wangen und Lippen brannte, und ich spürte das Gewicht meiner Haare im Nacken. »Ich glaube, sie hat Fieber, seit sie hier ist.« Ich hielt inne. Er hatte die Beine übereinander geschlagen und nahm sein Kinn in die Hand, wobei die Finger seinen Mund bedeckten. Seine Augen waren das Dunkelste an ihm, ruhig und tief blickten sie hinter seiner Brille hervor. Alles andere war blass, als schwinde es langsam dahin. »Sie hat blaue Flecken, die nicht heilen. Auf ihren Füßen und am Rücken. Einer auf ihrer Schulter, den sie letzte Woche von einem kleinen Jungen bekommen hat, wird jeden Tag schlimmer.« Er ließ mich nicht aus den Augen. »Ich habe es niemandem gesagt«, fuhr ich fort. »Alles, was sie machen werden, ist sie nach Hause holen. Ihr Sommer wäre damit vorbei.« Nach einer Pause: »Ich möchte sie einfach noch etwas länger hier behalten.«

Er nahm die Hand von seinem Kinn, als wollte er mir antworten. Aber er sagte nichts. Wir waren mindestens drei Meter voneinander entfernt, aber in dem merkwürdig kühlen, diffusen Licht seines Studios hätten wir einander genauso nahe sein können wie vorher auf dem Rasen, als ich meine Lippen an seine Kehle gelegt und das Vibrieren seines Lachens an meinem Mund gespürt hatte. Die Tür war offen, und es bestand keine Notwendigkeit, sie zuzuziehen. Draußen rauschte der Wind und vielleicht ganz schwach auch der Ozean, dessen Wellen zu gefährlich zum Schwimmen waren. Hier drinnen jedoch, in diesem bleichen Licht, schloss unsere Komplizenschaft alles andere aus.

Schließlich sagte er mit heiserer Stimme, als hätte er gerade eine ziemlich lange Rede gehalten: »Geh und bring ihr das Aspirin. Gib ihr auch etwas zu trinken, Saft oder so was. Oder Wasser.«

Ich nickte.

»Und komm zurück«, fuhr er fort. »Wenn du kannst.« Er hielt inne. »Wenn dir danach ist.« Er lachte zögernd, und ich erkannte an seinem Zögern, dass ich in diesem Spiel immer noch besser war als er. »Oder auch nicht.«

Daisy lag schlafend auf dem Fußboden, als ich zurückkam, aber ich weckte sie auf, gab ihr das Aspirin und ein Glas Wasser zu trinken. Sie legte ihren Kopf auf meinen Oberschenkel, und ich strich ihr über die Wange und das Haar, während wir flüsternd den restlichen Nachmittag und den Abend und die nächsten Tage planten.

Als sie wieder einnickte, schob ich ihren Kopf auf das Stofftier, das sie als Kissen benutzt hatte, und deckte sie mit einer von Floras leichten Decken zu. Wieder ging ich durch den Flur und das Wohnzimmer, wo die Bilder von

Floras Vater hingen. Ana saß mit einem Sandwich und einer Zeitschrift am Küchentisch; sie blickte auf, als ich durch die Tür hinausging, begab sich diesmal aber nicht zum Fenster. Ich spazierte den Pfad hinunter. Das Bild stand noch immer draußen an der Wand, und die rote Farbe leuchtete nass im Sonnenlicht.

Im Studio herrschte unser eigenes Licht. Er stand über einen anderen kleinen Tisch gebeugt und zeichnete mit langen Strichen wie an jenem ersten Abend, als ich hierher gekommen war. Wie damals machte er eine Weile weiter, als wäre er allein im Raum, dann legte er bedächtig den Kohlestift nieder, nahm die Brille ab und drehte sich zu mir. Was diese Zeichnungen vielleicht einmal wert sein würden, blieb abzuwarten. Entweder würde seine Kunst nichts taugen, weil sie aus Verzweiflung entstanden war, oder sie würde alles verändern, einfach weil sie es vermochte.

»Schläft sie?«, fragte er, und ich nickte. »Armes Kind«, sagte er, als ob er voll und ganz verstünde, was auf Daisy zukam, und fügte hinzu: »Beide. Meins ist auch ein armes Kind.« Als sähe er Floras sorgenbeladenes Leben vor sich.

Er kam auf mich zu, schob sanft die Haare von meinen Schultern, und ich legte meine Fingerspitzen auf seine Handgelenke in einer liebevollen Geste der Zuneigung, wie sie sonst nur Daisy eigen war. Mir war, als könnte ich fühlen, wie dünn seine Haut war, nur hier und da kleine Unebenheiten durch die Farbtropfen.

»Und wie ist das mit dir?«, fragte er, auf mich herabblickend.

»Mir geht es gut«, versicherte ich ihm.

Ich ließ meine Fingerspitzen auf seinen Handgelenken

ruhen, als er einen Knopf nach dem anderen meiner Bluse öffnete, dann griff ich nach hinten, zog die Bluse über meine Arme und ließ sie auf den Boden fallen. Nur ein ganz klein wenig zögerlich und leicht den Atem anhaltend, küsste er mich, eine Hand in meinem Haar, auf den Hals. Er küsste mich auf die Schultern, und, als ich meinen Kopf zurück in seine Hand legte, wieder auf den Mund. Der Geschmack nach Alkohol war bei weitem nicht so stark wie beim letzten Mal, da er sich mit dem süßen Aroma des Lollis vermischt hatte. Eine Hand auf meinem Kreuz, schob er mich zum Bett, fuhr mit den Händen meine Hüften hinab und kniete sich dann langsam vor mich hin, während ich die Hände in seine wilden weißen Haare grub. Inmitten des Durcheinanders von Kissen und Decken aus Damast und Seide lehnte ich mich auf das Bett zurück und bedeckte meine Augen, als er aus seinen Sachen schlüpfte und sich neben mir ausstreckte. Sein Fleisch fühlte sich erstaunlich kühl an, und seine langen blassen Glieder lagen leicht, fast ohne Gewicht, neben den meinen. Er wusste, was er tat, als folgte er einem von ihm ersonnenen Plan, und ein paar Minuten lang war ich erleichtert, nicht einen selbst erdachten Plan verfolgen zu müssen. Irgendwann einmal wurde das durch die offene Tür strömende Sonnenlicht unterbrochen, aber nur kurz, wie von einem im Traum vorüberziehenden Schatten, der nicht hereinkommen kann.

Als er weg war, stand ich auf und schlüpfte wieder in meine Sachen. Einen Augenblick lang stand ich in dem diffusen Licht, meine Bluse in der Hand. Er lag noch immer ausgestreckt auf dem Bett, den Damast über Schulter und Oberschenkel drapiert. Mit seinem Handrücken auf der Stirn drehte er sich zu mir und schaute mir zu, und ich schaute zurück. Schließlich sagte er: »Obwohl ich dich von hier aus ohne Brille kaum sehe, erahne ich, dass du schön bist, wie du da stehst.«

Ich zog meine Bluse an, hob meine Haare über den Kragen und knöpfte langsam einen Knopf nach dem anderen zu. »Zurück an die Arbeit«, sagte ich.

Daisy und Flora schliefen immer noch. Seit ich das Zimmer verlassen hatte, waren nur zwanzig Minuten vergangen. Ich legte meinen Handrücken an Daisys Wange, die mir deutlich kühler vorkam, und zog die Decke über Floras Schulter. Mein Blick fiel auf die drei Zeichnungen in ihren Goldrahmen, und ich überlegte, wie viel sie wohl wert sein würden, wenn die Zukunft sie eingeholt hatte und alles, was an ihnen einmal hübsch und reizvoll war, von allem, was sich noch ereignen würde, verwandelt worden wäre, dem Kleinkind, das zu einer problembeladenen Frau herangewachsen, der Mutter, die nie zurückgekommen, und dem Vater mit all seinen Bemühungen, die zu Staub geworden wären. Aber wahrscheinlich würde alles mit der Zeit sowieso vergessen sein, und sie würden wieder reizvolle und hübsche Porträts von einer Mutter und einem Kind sein – nicht eine Biografie, wie Macduff vielleicht gesagt hätte, sondern ein Roman.

Mir wurde bewusst, dass mir die moderne Kunst, also Bilder, die eigentlich nichts darstellten, tatsächlich lieber war.

Ich ging mit meinem Buch auf die Veranda und zog einen Segeltuchstuhl unter Floras Fenster. Jedes Stückchen meines Körpers, jeder Zentimeter meiner Haut fühlte sich an wie vom Wind zerzaust, vom Wetter verwittert, ich war angenehm müde, bis auf einen Schmerz in meiner Mitte, einen dunklen, scharfen Schmuckstein von Schmerz. Einmal meinte ich Anas Stimme aus dem Studio zu hören, vielleicht wieder weinend, vielleicht schreiend. Dann war es still, nur eine leichte Brise, der ferne Ozean, die Vögel auf dem Rasen und in der hohen Hecke. Plötzlich hörte ich die leisen Stimmen von Flora und Daisy. Sie redeten miteinander, irgendetwas über den Baum, die Lakritze und Mommy in New York City, etwas Liebes und Ruhiges der Rhythmus ihrer Stimmen, der sanfte Wechsel ihrer Worte, der mich an die gedämpften Gespräche meiner Eltern erinnerte, den fortwährenden Klang ihrer Stimmen, die durch unsere Schlafzimmerwand drangen, wenn ich erwachte oder in den Schlaf hinüberglitt. Auf einmal empfand ich eine süße, tiefe, bekümmerte Wehmut für meine Eltern und die Tage, die ich in ihrer Obhut gewesen war.

Flora sagte meinen Namen, und Daisy wiederholte ihn. »Ich bin hier draußen, Mädchen«, rief ich über meine Schulter in Richtung Fenster, stand auf und ging zu ihnen.

Wir aßen ein paar Cracker in der Küche, tranken etliche Gläser Fruchtsaft (wobei ich Flora zu überzeugen versuchte, dass es besser aus dem Glas schmeckte), und dann ging ich zum Besenschrank und fand ein paar alte Kissenbezüge, die Ana zum Saubermachen benutzte. Wir trugen sie hinaus zu der Decke unter den Bäumen, und nachdem wir jede einen Lolli und eine Lakritzschnur vom Baum »gepflückt« hatten, nahm ich die Schere, um lange Streifen zu schneiden, die die Mädchen für einen Schwanz unseres Drachens zusammenknoteten. Wir bauten den

Drachen auf der Veranda zusammen, wo es windstill war, dann stieg Flora in die Karre, und wir wanderten zum Strand. Daisy trug den knallbunten Drachen auf dem Rücken, damit der Wind ihn nicht verbiegen konnte. Eine moderne Version von Engelsflügeln, schien es mir.

Wir hatten für die Lollis mehr Drachenschnur verbraucht, als ich gedacht hatte, und obwohl der Drachen sich sofort in die Lüfte erhob, schien sein Aufstieg ziemlich rasch zu enden. Zwar vermochte ich ihn mit viel Zerren und Rennen gut in der Luft zu halten, doch der Eindruck, er sei an der Erde festgebunden, wie das bei Drachen manchmal der Fall ist, ging nie ganz verloren. Mich störte das jedoch mehr als die Mädchen, die begeistert hinter dem Drachen herjagten und jedes Mal, wenn er gen Boden sauste, versuchten, seinen Schwanz zu grapschen. Die Wellen waren hoch und krachten unablässig und mit diesem dumpfen, bösen Donnern auf den Strand, das man gewöhnlich mit schlechtem Wetter in Zusammenhang bringt. Der Himmel jedoch blieb strahlend. Die Wolken waren größer geworden, aber noch immer von einem reinen Weiß, das in der Sonne leuchtete. Während wir am Rand des Wassers standen und die Gischt um Daisys Füße spielte, fiel unser Blick auf ein Schiff am Horizont, die graue Silhouette eines Tankers, der langsam nach Osten tuckerte. Wir beobachteten, wie er sich scheinbar unmerklich bewegte, und plötzlich sagte Daisy: »Ich glaube, da draußen ist er sicher. Das Wasser ist ziemlich ruhig. Es ist nur hier gefährlich, wo wir schwimmen.«

Mit Flora auf meiner Hüfte, sah ich auf sie hinunter. »Glaubst du?«

Sie nickte. »Ja, ich bin ziemlich sicher.« Sie trat sanft von einem Fuß auf den anderen, wie ich es ihr beigebracht hatte, damit ihre Füße abwechselnd im nassen Sand steckten. »Jaa«, sagte sie, und blickte noch einmal hoch, als wollte sie uns beruhigen. »Den Seeleuten wird nichts geschehen.«

Wie jeden Tag lehnte sie sich nach unserem Strandbesuch oben auf dem Parkplatz ans Geländer, während ich mich bückte und den Sand von ihren Füßen wischte. Dann war Flora dran. Während Daisy ihren sauberen, mit den blauen Flecken bedeckten Fuß auf meinen Oberschenkel legte, hielt ich einen Schuh hoch, der in der Sonne glitzerte, noch immer hellblau, wie ich behauptete, genau die Farbe des Himmels. Ich hielt ihn Flora hin. »Sind die Schuhe nicht blau geworden?« Flora aber schüttelte feierlich den Kopf und sagte leise: »Die Babys haben geweint.«

Daisy und ich sahen einander an und runzelten die Stirn. Daisy lächelte nachsichtig und fragte: »Was für Babys, Dora Flora?«

»Die Babys«, antwortete Flora, streckte die Hand aus und legte den Finger auf einen der falschen Schmucksteine. Er löste sich und fiel in den Sand. Ich bückte mich, um ihn aufzuheben, und hielt ihn Daisy auf meiner offenen Handfläche hin. Er war türkis und wie ein Diamant geformt, und der Klebstoff hatte seinen Abdruck auf dem Schuh hinterlassen. »Wir können ihn einfach wieder ankleben, Daisy Mae«, sagte ich. »Kein Problem.«

Sie schien betroffen, und wenn sie ein anderes Kind gewesen wäre – Bernadette, zum Beispiel, oder eins von den

Morans –, hätte sie vielleicht Flora auf die Hand geschlagen. Daisy jedoch war an diese Art Enttäuschung gewöhnt und zuckte nur die Achseln. »Ich weiß«, sagte sie.

Ich ließ den Schmuckstein in meine Hemdtasche gleiten und zog die Socke und den Schuh über Daisys Fuß. Meine Hand strich sanft über den Fleck auf ihrer Wade. Schweigend wanderten wir nach Hause, während sich am Himmel im Westen ein blasses Orange entwickelte; direkt über uns war er noch immer strahlend blau. Auf einer der großen Rasenflächen direkt auf unserer Seite eines langen, von Rosen umrankten Lattenzauns entdeckten wir ein winziges Kaninchen. Es saß so nahe an der Straße, dass wir sein Mümmeln sehen konnten und das Licht, das sich in seinen runden schwarzen Augen spiegelte. Mit dem Finger auf den Lippen bedeutete ich den Kindern, still zu sein, als wir in die Hocke gingen, um es zu beobachten, gerade so nahe, wie es ein wildes Kaninchen zulassen würde. Offenbar war es ein sehr junges Kaninchen, das mit den Gefahren noch nicht genug vertraut war.

Als es schließlich weggehoppelt war, gingen wir weiter, und ich sagte zu Daisy: »Du musst Petey erzählt haben, dass du Kaninchen magst.«

»Ja«, antwortete sie. »Erinnerst du dich an den ersten Tag? An den Morgen, als wir alle die Kaninchen sahen und Red Rover meinen Muffin fraß?«

Ich erinnerte mich. Es war noch nicht so lange her.

»Wir saßen da mit den Scotchterriern«, fuhr Daisy fort. »Petey erzählte mir, dass er keinen Hund haben durfte, und ich antwortete ihm, wir auch nicht. Aber dass ich überlegte, meinen Vater zu Hause um Erlaubnis zu bitten, ob ich ein Kaninchen haben darf. Weil man sie im Zimmer halten kann und sie nicht wegrennen. Sie sind so niedlich. Und dass ich einfach gern eines streicheln würde.«

Ich lachte. »Damit hast du vielleicht etwas in Gang gesetzt.«

Bei Floras Haus war das Auto weg, und das Bild lehnte immer noch an der Studiomauer. Jetzt enthielt es ein paar grasgrüne Tupfer, die hie und da das Schwarz und Grau auflockerten. Die Köchin stand in der Küche und schüttete gerade eine Unmenge Fleischweichmacher auf ein dickes Steak, hob es mit den bloßen Fingern hoch und knallte es wieder auf den Tisch. Ihre Unterarme wabbelten. Die Lampe über ihr war an, obwohl es erst sechs Uhr und draußen noch immer hell war. Auf dem Herd kochte ein Topf Wasser, auf einem Schneidebrett lag ein ausgerollter Teig. Die ganze Szenerie und der Anblick dieser Frau mit ihrem Haarnetz, der Kattunschürze und den Schweißperlen auf der Oberlippe hatten etwas herrlich Normales an sich. Was am Nachmittag in dem blassen, verzauberten Licht des Studios geschehen war, kam mir plötzlich wie eine Ausgeburt meiner Fantasie vor, ein Ort und eine Zeit und eine Reihe von Ereignissen, die nur heraufbeschworen, herbeigesehnt, erträumt worden waren, ein fantasievolles Mittel gegen alles, was real und solide und unvermeidlich war – diese Küche, dieses Essen, diese Frau, die Vorbereitung einer Mahlzeit am Ende eines Tages. Eine Sekunde lang ertappte ich mich dabei, wie ich mir das kleine bisschen Schmerz, irgendwo in meiner Mitte, in Erinnerung zu rufen versuchte, eine Sekunde lang voller Angst, ich hätte ihn verloren.

»Hallo, meine Lieben«, sagte die Köchin über ihre Schulter hinweg. Daisy und Flora gingen zum Tisch und blickten wie gespannt auf den ausgerollten Teig, als würde er sich vor unseren Augen von allein zu Brötchen oder Kuchen formen. »Die Französin ist weg«, sagte sie zu mir. »Er hat sie zum Bahnhof gebracht.« Sie rollte die Augen, ihr Atem ging schwer von der ganzen Anstrengung in der Küche. »Plötzlich fällt ihr ein, dass sie seit drei Wochen ihren Mann nicht gesehen hat.« Sie kicherte, drehte das Steak um. »Gott sei Dank bin ich Christin«, sagte sie.

Daisy und ich steckten Flora in ihren Schlafanzug und lieferten sie dann bei der Köchin ab. Sie hatte das Steak schon fertig, dazu Apfelsauce und warme Brötchen und Karotten und Erbsen. Wir könnten ebenso gut nach Hause gehen, meinte sie, Flora würde sie selbst ins Bett bringen. Sie habe ihr Nachtgepäck mitgebracht. Nicht dass sie glaubte, es würde ihm nicht gut tun, sich selbst um seine Tochter zu kümmern, aber bei seinem Alter und seiner Lust am Trinken sei es wahrscheinlich nicht das Sicherste, die beiden sich selbst zu überlassen.

Sie kicherte in sich hinein und flüsterte mir zu: »Ich werde ja wohl nicht die Tür zusperren müssen.«

Flora weinte beim Abschied, und als Daisy sich zu ihr hinabbeugte, um ihr einen Gutenachtkuss zu geben, merkte ich, dass die Röte in ihre Wangen zurückgekehrt war. »Einen Augenblick«, sagte ich zu ihr und ging noch einmal in Floras Zimmer, um das Aspirin zu holen, das ich am Nachmittag dort hatte stehen lassen. Ich schüttelte mir ein Dutzend Tabletten auf die Hand und steckte sie in meine Hemdtasche. Die Kopftücher von Floras Mutter waren aus der Küche verschwunden und lagen ordentlich auf Floras Kommode. Ich hob eines hoch und sah darunter ein zusammengefaltetes schweres beigefarbenes Tuch aus dem Damast, der das Studiobett des Malers bedeckte. Es war nicht größer als zwanzig Quadratzentimeter und hatte ausgefranste Kanten; offenbar war es mit einer stumpfen Schere schnell und ungleich herausgeschnitten worden. In der Mitte prangte ein dunkelfarbiger Schmierfleck.

Ich faltete das Tuch sorgfältig und legte es wieder auf den Stapel Kopftücher.

Wir gingen Hand in Hand und wortkarg in dem verblassenden Sommerlicht nach Hause. Plötzlich sagte Daisy: »Ich weiß, was Flora gemeint hat – das mit den Babys.« Ich blickte auf sie hinab. Der Wind und das Fieber hatten ihre Wangen gefärbt, ihre Augen glänzten. »Es war die Geschichte, die du erzählt hast, von den Babys in Lourdes, die das Wasser aus ihren Flaschen trinken, und dass dann ihre Tränen zu Schmucksteinen werden. Weißt du noch? Das hast du Flora erzählt. Und ihre Mütter haben sie auf ihre Schuhe geklebt. Daran hat sie gedacht, als sie den Schmuckstein von meinem Schuh riss. Die weinenden Babys.«

Ich stand einen Augenblick still und schloss die Augen. »Du hast Recht«, antwortete ich, »du hast absolut Recht.«

Daisy nickte, stolz auf sich.

»Du meine Güte«, sagte ich. »Man kann euch Kindern aber auch gar nichts erzählen. Ihr erinnert euch an alles.«

Wir setzten uns wieder in Bewegung, und leise meinte Daisy: »Ich erinnere mich an Andrew Thomas.«

Ich legte ihr meine Hand auf den Nacken, hob ihre dicken roten Haare hoch. Ein neuer Windstoß fuhr in ihren Haarschopf, und Daisy blinzelte, während sie sich dem Wind entgegenstemmte. »Margaret Mary Daisy, du bist mir 'ne Marke«, sagte ich.

Wir waren gerade um die Ecke von unserer Straße gebogen, als wir den Aufruhr hörten: das Bellen von Rags, Petey und Tony, die schrien, vielleicht Janeys Stimme, und mittendrin auch die des alten Mannes, hineingemischt und vom Wind getragen. Wir waren noch nicht bei Morans Haus angelangt, als Tony und dann Petey aus der Einfahrt herausstürzten, eine der hölzernen Kaninchenfallen hoch über den Kopf haltend, und darunter Rags, der hüpfte und sprang und bellte, und schließlich Janey und Judy, die versuchten, den Hund zu vertreiben. Tony sah uns als Erster und deutete auf uns, und dann entdeckte uns Petey und kam angerannt, die Kaninchenfalle in den Händen. Rags schnappte nach seinen Fersen, die Mädchen folgten kreischend, alle fröhlich, und niemand beachtete den alten Mann, der immer noch hinter ihrer Hecke stand und brüllte und fluchte. Baby June kam auf wackligen Beinen hinterher.

Sie stürzten auf uns zu, und Petey schrie: »Wir haben eins, wir haben eins.« Sein Gesicht war gerötet und feucht von Schweiß, seine Augen wild und glänzend. Er drückte Daisy die Kaninchenfalle in die Hand und Rags sprang bellend daran hoch, während der Wind sein Fell blähte. »Für dich«, rief Petey, und Tony wiederholte wie ein Echo:

»Für dich, für dich!« Und dann fielen die Mädchen über sie her, Janey schrie: »Lass mich sehen, lass mich sehen«, und Judy versuchte, den Hund wegzuschubsen.

Sie verschlangen Daisy mit ihren braunen Gliedern und ihren blonden Köpfen, ihren Stimmen und ihren Atemstößen, ihren Händen auf dem Käfig, auf ihren Armen, alle drückten und drängten auf sie ein, dazwischen Rags, der bellte und an ihnen hochsprang. Ich sah, wie Daisy nach hinten austrat, entweder um ihr Gleichgewicht wiederzuerlangen oder den Hund wegzustoßen, und dann sah ich, wie Rags die Zähne in ihren Knöchel schlug. Sie stieß einen Schrei aus, und Rags sprang auf Janey und Petey zu, die plötzlich den Käfig hielten und erschrocken vor Daisy zurückwichen, die sich schreiend krümmte und mit beiden Händen das Bein hielt. Blut breitete sich in ihrem dünnen weißen Söckchen aus.

Ich nahm Daisy in die Arme und rannte zum Haus. Sie weinte, hielt ihr Bein, rang nach Luft. »Es wird alles wieder gut«, sagte ich. »Es wird alles gut, Daisy Mae. Es wird alles gut.« Ich hörte das Trappeln der Moran-Kinder, die hinter uns herliefen. Peteys Erwachsenenstimme, die rief: »Ich hole den Polizisten«, dann zog ich die Hintertür auf und rannte durch die stille Küche, durch das Wohnzimmer, wo die Katzen zur Begrüßung von der Couch heruntersprangen.

»Es wird alles gut, es wird alles gut«, sagte ich wieder durch ihr Keuchen und ihre Tränen hindurch. »Alles wird gut, Daisy Mae.«

Ich trug sie ins Badezimmer, setzte sie auf den Badewannenrand und zog ihr die Schuhe und die weißen

Söckchen aus. Der Biss war präzise, zwei tiefe Zahnabdrücke, die schon anzuschwellen begannen, und ein paar kleinere Löcher dazwischen. Ich drehte das Wasser auf. Sie hielt ihren Arm um mich geschlungen, griff in meine Haare und vergrub ihr Gesicht darin. Ich riet ihr, das Bein unter das Wasser zu halten, das Blut abzuspülen, während ich ein Handtuch von der Stange zog und es um ihre Wade wickelte. Moe und Larry strichen sanft um meine Knie.

»Es tut so weh es tut so weh es tut so weh«, jammerte sie.

Ich antwortete. »Ich weiß, ich weiß. Es wird alles gut.«

Ich beugte mich zurück und fand die Flasche Wasserstoffsuperoxyd, die meine Mutter unter dem Waschtisch aufbewahrte, und schüttete es ebenfalls über den Knöchel. Das Blut schäumte auf, und sie schrie und riss an meinen Haaren. »Ich weiß«, sagte ich und hielt sie fest. »Ich weiß.«

Ich nahm die Moran-Kinder kaum wahr, die die Badezimmertür blockierten, bis ich Mrs Richardsons Stimme hörte. »Macht Platz, Kinder, macht Platz«, rief sie und: »Gsch, gsch« zu Moe und Larry.

Und dann stand Mrs Richardson da, wie in einem Traum, wenn Menschen und Plätze sich völlig unlogisch und unpassend miteinander vermischen, stand da hinter mir in ihrem Tweedrock und den derben Schuhen und ihrem breiten, tüchtigen Körper in unserem engen Badezimmer und legte mir die Hand auf die Schulter, als sie sich vorbeugte, um Daisys Bein zu sehen. »Oh, das sieht schlimm aus«, meinte sie und holte Luft. »Schrecklich verfärbt.« Sie tätschelte Daisys Schulter. »Wir besorgen dir einen Arzt, mein Liebes«, rief sie etwas lauter, um das Rauschen des Wassers zu übertönen. Zu mir sagte sie: »Sie sollte sofort in die Notaufnahme.«

Ich spürte, wie sich Daisys Arm um meinem Nacken anspannte und ihre Finger sich in meine Haare verkrallten. Ich beugte mich vor, um eine Hand voll Wasser nach der anderen zu schöpfen und über ihren blutenden Fuß zu gießen. »Es wird alles gut, Daisy Mae«, sagte ich und versuchte, meine Stimme ruhig zu halten. »Es kommt alles in Ordnung.«

»Der Mann von nebenan hat den Hund eingefangen«, berichtete Mrs Richardson. Sie schien geschäftig hin und her zu laufen, soweit das bei dem engen Raum möglich war, öffnete und schloss die Türen des Badezimmerschranks. »Das ist wichtig im Falle von Tollwut. Ich vermute, dass es ein streunender Hund ist.«

Inzwischen weinte Daisy so heftig, dass sie dies wohl nicht gehört hatte. Bei dem laufenden Wasser hörte ich kaum mich selbst, und Daisy war über meinen Rücken gebeugt, mit dem Mund an meiner Schulter. Eines der Moran-Kinder meinte: »Es war Rags«, und ich glaube, da war ein Geräusch, das ich irgendwie mit dem Wind in Verbindung brachte – vielleicht ein herunterstürzender Ast oder das Aufschlagen einer schwarzen Welle am Strand –, und ein paar Minuten später rief Tony: »Da kommt er.«

Ich erkannte die geduldige Stimme des Polizisten, der rief: »Aus dem Weg, Leute!«, und einen Moment später stand Mrs Morans Liebhaber bei uns im Badezimmer und beugte sich vor, an Mrs Richardsons solider Front vorbei.

»Ich fahre dich ins Krankenhaus«, sagte er. Ich schöpfte weiter Wasser über Daisys Bein.

»Lass mich sie tragen«, schlug er vor, doch ich blockierte ihn mit meinem Ellbogen und meiner Schulter.

»Je früher, desto besser«, meinte Mrs Richardson.

Ich sah Daisy an. Sie hatte ihr kleines Kinn erhoben und die Augen fest geschlossen gegen den Schmerz. »Ich trage sie«, bestimmte ich.

Langsam drehte ich den Hahn zu und bat jemanden, mir ein Handtuch zu reichen. Mrs Richardson hielt bereits eins in der Hand. Ich drehte Daisy herum, ließ sie das verletzte Bein auf das Handtuch legen und umwickelte es sorgfältig.

»Mach es mit Druck«, empfahl Mrs Richardson.

Der Polizist sagte: »Ich hol den Wagen.«

Er quetschte sich durch die Tür und scheuchte die Moran-Kinder weg. »Los, Leute, macht Platz. Sie wird schon wieder gesund.«

Ich trug Daisy durch das Wohnzimmer, wo das Licht allmählich seinen pfirsichfarbenen, goldenen Ton annahm, durch die Küche und hinaus in den Garten, wo die Moran-Kinder alle standen, Janey und Tony wie betäubt, mit offenem Mund, Judy, die hemmungslos weinte, Petey mit geballten Fäusten, sein Gesicht wütend und voller Tränen. Auch Mr Richardson stand da draußen, Angus und Rupert an kurzer Leine direkt neben sich. Sogar der alte Mr Moran war da. Er war unrasiert, trug ein grau aussehendes Unterhemd und ausgebeulte Hosen und lehnte müde über unserem Zaun oberhalb der Dahlien meines Vaters. Er hielt Baby June in den Armen. Der Polizist fuhr das Auto aus der Einfahrt der Morans und dann mit Schwung vor unser Tor.

Mrs Richardson legte ihre breite Hand auf meine Schulter. »Wann kommen deine Eltern nach Hause?«, fragte sie mich, und ich antwortete: »Bald.« Über den Rasen hinweg rief sie ihrem Mann zu: »Sie werden jeden Augenblick kommen. Sag ihnen, dass wir in die Notaufnahme nach Southampton gefahren sind. Dort treffen wir uns dann.« Zu ihren Hunden sagte sie: »Und ihr seid jetzt schön brav.«

Der Polizist stieg aus und öffnete die hintere Tür für uns. Mit Daisy auf den Armen schlüpfte ich auf den Rücksitz, Mrs Richardson neben mich. Der Polizist nahm ein rotes Licht aus dem Handschuhfach, aus dem Drähte baumelten, und stellte es auf das Armaturenbrett.

»Na, ist das nicht ein Glücksumstand«, meinte Mrs Richardson freundlich. »Gleich nebenan einen Polizisten zu haben.«

Unter dem Armaturenbrett befand sich auch ein kleines schwarzes Radio, und beim Fahren zog der Polizist ein Mikrofon daraus hervor und berichtete mit einer sicheren nasalen Stimme, die nicht die seine zu sein schien, dass er ein Kind mit Hundebiss am Knöchel in die Ambulanz nach Southampton bringe. Er drehte sich um und fragte, ob sie noch anderswo gebissen worden sei. Daisy und ich antworteten beide: »Nein.«

Die Stimme etwas gesenkt, fügte er noch hinzu: »Streunender Hund« und »eingefangen«, und gab die Adresse der Morans an. »Unter einer Persenning und Brettern«, präzisierte er. »Westseite des Hauses, nach hinten zu.«

Mrs Richardson wickelte das blutige Handtuch von Daisys Fuß. »Wir müssen den Druck aufrechterhalten«, meinte sie und umwickelte den Fuß noch enger. Ihre dicken grauen Ponyfransen bewegten sich über ihren stählernen Augen wie ein Vorhang. Und dann sagte sie mit derselben entschlossenen Stimme: »Solch hübsche Schuhe, Daisy. Du musst mir verraten, wo du sie gefunden hast.«

Weinend, mit dem Kopf unter meinem Kinn, flüsterte Daisy: »Es tut weh, es tut so weh.« Ich streichelte ihren Arm. »Ich weiß, ich weiß.« Mir fielen die Aspirintabletten ein, die ich aus Floras Zimmer genommen hatte, und holte so viele aus meiner Hemdtasche, wie ich konnte. Auch der türkisfarbene Schmuckstein war noch da. Ich hielt Daisy meine Hand mit den Tabletten hin, und sie nahm eine nach der anderen.

Wir waren erst zwanzig Minuten im Krankenhaus, als auch meine Eltern eintrafen. Daisys Eltern kamen gegen zehn. Von da an nahmen die Gespräche ihren Lauf, geflüsterte Gespräche zwischen den Ärzten und den Eltern, meinen und Daisys, Gespräche, zu denen ich nicht zugelassen war.

Daisy blieb dort über Nacht, Tante Peg und Onkel Jack schliefen auf Stühlen neben ihr. Meine Eltern und ich fuhren nach Hause und suchten ihre Sachen zusammen, all die neuen und unbenutzten Klamotten, die Haarbürste und die Zahnbürste, die ungetragenen, noch immer mit einer Plastikschnur zusammengebundenen Turnschuhe. Ich legte ein paar von meinen Sachen mit in den Koffer – das rot-blau karierte Sonnenkleid, das weiße Sonntagskleid mit der grünen Schleife, den roten Zigeunerrock aus einer Laune heraus, denn ich wusste, dass dieser nicht den Beifall Onkel Jacks finden würde. In ihrem rosa Schuh war nur ein kleines bisschen Blut, und ich schrubbte mit kaltem Wasser daran herum, bis es weg war. Dann klebte ich den Schmuckstein wieder an seinen Platz und brachte ihr den Schuh am nächsten Morgen ins Krankenhaus. Onkel Jack rief: »Hallo, Cinderella«, wandte sich aber dann stirnrunzelnd an Tante Peg und sagte: »Vielleicht hätte sie die nicht tragen sollen.« Es war ein letzter Versuch, etwas zu finden, was seine ausführliche Verbotsliste noch verlängern könnte, einen ganz gewöhnlichen und vermeidbaren Grund für das Geschehene, der als Gegenmittel für das herhalten konnte, was die arme Daisy mitmachte.

Am Nachmittag fuhren sie weg nach Queens Village und am nächsten Morgen in ein anderes Krankenhaus in der Stadt. Auf der Rückfahrt zu unserem Haus erzählten mir meine Eltern, zögernd und vage, wie es ihre Art war, dass die Ärzte befürchteten, irgendetwas stimme nicht mit Daisys Blut. Ob ich ihre blauen Flecken bemerkt hätte, wollten sie wissen, und ich bejahte es. Vielleicht hätte ich es jemandem sagen sollen, meinten sie, und ich erwiderte, dass ich annahm, es komme davon, wenn man mit so vielen Geschwistern aufwachse. »Wie bei den Moran-Kindern«, sagten meine Eltern, und ich war freigesprochen.

Den Rest der Woche kümmerte ich mich um die Scotchterrier und Red Rover, Samstagabend passte ich auf die Swanson-Kinder auf. Mr Clarke hatte ihnen am Morgen Moe und Larry zurückgegeben, und sie waren offensichtlich bereit, es trotz der schmerzlichen Erfahrung mit Curly noch einmal mit Haustieren zu versuchen.

Sobald ich ins Haus kam, strichen mir die Katzen um die Beine, und als ich Debbie fragte, wie sie es geschafft habe, die Meinung ihrer Mutter zu ändern, bedachte sie mich mit einem listigen Blick und antwortete, sie habe sie nur einfach freundlich gefragt, ob die Katzen zurückkommen könnten. Aber Donny lachte. Er hockte rittlings hinter uns auf dem Rücken der Rattancouch, wo wir saßen. »Jaa, genau so war's«, sagte er verschmitzt. »Sie hat dem Arzt gesagt, sie bringt sich um, wenn die Katzen nicht zurückkommen.«

Debbie ging mit der ganzen Vehemenz einer verratenen Frau auf ihn los. »Hab ich nicht.«

»Na klar hast du es gesagt.«

Ich hielt die Hände hoch. Da war wieder dieses wunderschöne Sommerzwielicht, und wir saßen auf der breiten vorderen Veranda, direkt unter der »Witwenwache«, und warteten auf die Glühwürmchen.

»Ich will es gar nicht wissen«, sagte ich. »Erzähl's mir lieber nicht.«

Zu Flora ging ich nicht mehr. Als wir am Sonntag vor der Kirche der Köchin über den Weg liefen, erklärte meine Mutter, was mit Daisy geschehen war und warum ich nicht gekommen sei. Die gute Dame schnalzte mit der Zunge, schüttelte den Kopf und meinte, das arme Ding habe für sie nie gesund ausgesehen, so blass. Es sei völlig in Ordnung, fuhr sie fort, dass ich weggeblieben sei, denn sie selber habe viel Freude an dem kleinen Mädchen gehabt. Die Französin sei gestern Morgen zurückgekehrt, und Floras Mutter werde am nächsten Wochenende erwartet. »Zweifellos wird sie dich anrufen, damit du wieder regelmäßig kommst.«

Das geschah jedoch nie. An jenem Abend bekam ich einen Anruf von Mrs Carew, meiner ersten Arbeitgeberin. Ihre Schwester komme von Princeton mit zwei kleinen Kindern zu Besuch, und ob ich vielleicht für die Woche frei sei. Anschließend rückten die Swansons für den Rest des Sommers ein, und ich war mit ihnen beschäftigt. Auch die Kaufman-Zwillinge und Jill trafen ein. Sie war jetzt zu »meine Verlobte« geworden und trug einen riesigen Rubinring von der Größe und Form des englischen Muffins, den ich Daisy damals an dem Morgen im Juni über den Finger gestreift hatte. Sie schlief im Gästezimmer, stellte ich befriedigt fest, und hielt sich auch am Schwimmbad bedeckt. Einmal wies sie Dr. Kaufman zurecht, weil er seine Hand auf ihren Oberschenkel gelegt hatte, und blinzelte mir verschwörerisch zu. »Denk immer an die drei Worte«, sagte sie und zählte mit ihren manikürten Fingern ab. »Nach – der – Hochzeit.«

Jeden Sonntag telefonierte ich mit Daisy, nur ein oder zwei Worte, wenn es ihr schlecht ging, längere Gespräche, wenn sie sich besser fühlte. Immer fragte sie nach den Hunden und den Katzen, und ich erzählte Geschichten von ihnen, Rags eingeschlossen. Ich berichtete ihr, dass die Moran-Kinder immer nach ihr fragten, und dass der arme Petey ihr liebe Grüße sende. Auf das Letztere folgte immer ein bedeutsames Schweigen, das mir lebhafter ihr sommersprossiges Erröten und ihr verlegenes Grinsen ins Gedächtnis rief als alle Worte, die sie vielleicht geäußert hätte. Im März hat sie uns dann verlassen – wie die ganze Familie sich angewöhnte zu sagen. Es war eine uralte Wendung, die eigentlich niemand von uns benutzt hätte, obwohl Bernadette und ich vielleicht tatsächlich im Laufe der Jahre manchmal so dachten, wenn wir allein in unseren Betten lagen: Sie hat mich verlassen. Onkel Tommy besuchte uns, als schließlich der lang befürchtete Anruf kam, und er wies als Erster darauf hin (wie immer entschlossen, glücklich zu sein), dass sie uns in der Jahreszeit der Auferstehung verlassen hatte, zu Beginn des Frühlings.

Spät im August des Sommers, als Daisy zu uns gekommen war, setzte ich mich, gleich nachdem meine Eltern zur Arbeit gefahren waren, mit einer Hand voll Pflaumen und meinem Buch auf die vordere Veranda, und als ich mit beidem fertig war, ging ich die Stufen hinunter und um das Haus herum zur Rückseite, barfuß im nassen Gras. Die Sonne auf meinen Schultern und meinen Haaren war warm und verhieß trotz der angenehmen Leichtigkeit der Morgenluft einen feuchtheißen Tag. Ich spähte hinter die Hecke, die unter unseren Schlafzimmerfenstern verlief, fand aber keinerlei Hinweis, dass Petey da gewesen wäre, obwohl ich glaubte, ihn in der Nacht gehört zu haben. Ich stieg die hinteren Stufen hinauf, und gerade als ich die Fliegentür aufziehen wollte, sah ich dieses formlose graue Bündel, in dem ich sofort, noch bevor ich mich hinunterbeugte, um es genauer in Augenschein zu nehmen, etwas Lebendiges erkannte. Es waren drei neugeborene Kaninchen, blind, eingehüllt in etwas, das ihr eigener klebriger Kokon zu sein schien.

Ich ging ins Haus, durch die Küche und das Wohnzimmer hindurch in mein Zimmer, nahm die Bänder aus der Bänderschachtel – nur ein mit Stoff ausgelegter Schuhkarton – und brachte die leere Schachtel nach draußen. Ich ging um unsere Rasenfläche herum, rupfte an dem langen Gras und füllte damit die Schachtel. Ohne nachzufragen, wusste ich, dass dies ein Geschenk von Petey war, denn wie immer war es mehr eine Bürde als eine Gabe. Petey, der immer wieder fragte: »Hast du mich gern? Hast du meine Familie gern?«, fordernd und werbend zugleich. Der mit zusammengeballten Fäusten geweint hatte. Der sein Leben lang von Zorn und Zuneigung geplagt sein würde, von Geschenken, die niemand wollte, von dem unvereinbaren Unterschied zwischen dem, was er bekam, und dem, wonach er sich sehnte – von dem unvermeidlichen, unerträglichen Verlust, der sich wie ein dunkler Edelstein im Innern eines jedes Menschen verbirgt, der zu Liebe fähig ist.

Ich riss das Gras am Rande unseres Gartens heraus, eine schnelle Hand voll nach der anderen, und als ob das Geräusch sie angezogen hätte, sah ich hochblickend die Moran-Kinder, die langsam durch unser Tor hereinkamen. Judy mit Baby June auf dem Arm, Janey mit einer Packung Cornflakes an die Brust gedrückt, Tony und Petey, an Armen und Hüften wie zusammengewachsen, als kämpften sie um jeden Zentimeter des Raums, den sie miteinander teilten.

Ohne ein Wort trug ich die Schachtel zu den Stufen, bückte mich, die Moran-Kinder um mich geschart, und hob behutsam die hoffnungslosen kleinen Wesen, die noch atmeten, in das Nest aus abgerissenem Gras.

# Kirsty Gunn

*Ein Roman von lyrischer Schönheit über
die Kraft der Erinnerung*

Kirsty Gunn
*Regentage*

Die zwölfjährige Janey und ihr kleiner Bruder durchstreifen
gemeinsam die Wildnis, die das Sommerhaus ihrer Eltern
umgibt, und schützen sich so vor der dunklen, unberechen-
baren Welt der Erwachsenen.

»Ein melancholisches, schmales Werk, das mit meisterhaft
gesetzten Aussparungen und einer feinsinnig komponierten
Sprache noch lange im Ohr klingt.« *Der Tagesspiegel*

Berliner Taschenbuch Verlag
Weitere Informationen: www.berlinverlag.de

# Khaled Hosseini

*Die bewegende Geschichte einer Freundschaft
und deren Verrat in Afghanistan*

Khaled Hosseini
*Drachenläufer*

Afghanistan 1975: In Kabul will der zwölfjährige Amir mit
Hilfe seines Freundes Hassan unbedingt den Wettbewerb im
Drachensteigen gewinnen. Hassans Vater ist der Diener von
Amirs Vater, doch trotz ihrer unterschiedlichen Herkunft
verbindet die beiden Jungen eine innige Freundschaft. Aber
diese wird nach ihrem erfolgreichen Wettkampf von Amir
auf schreckliche Weise verraten …

»Ein mitreißender Roman.« *Literarische Welt*

Berliner Taschenbuch Verlag
Weitere Informationen: www.berlinverlag.de